OVERLORD 9

破軍的魔法吟唱者

OVERLORD 「9」 The magic caster of Destroy

丸山くがね 插畫◉so-bin

Kugane Maruyama | illustration by so-bin

Kadokawa Fantastic Novels

目錄 Contents

Prologue

吉克尼夫・倫・法洛德・艾爾・尼克斯——帝國獨一無二的至高君主——人稱鮮血皇帝，備受畏懼的青年回想著自己的演技有無任何瑕疵。

他有自信剛才的笑容與態度能讓對方抱持好感，萬無一失。

貴族都很擅長這種心機，尤其是身為皇帝，自幼就被灌輸這類知識的吉克尼夫，這方面更是高超到沒人能一眼識破。在那些客人的眼裡，吉克尼夫一定像個溫柔爽朗的青年。

舒緩對方的心情是很重要的。

以猜疑包裹自己的人，內心不易觀察。然而只要以信賴與好感作為絲線加以操縱，將猜疑的外衣一件一件脫去，對方的內心就等於毫無防備。當然，這些誘導手段都會巧妙隱藏在紳士真心歡迎般的笑容底下。

紳士吉克尼夫接待的對象——是騎著龍(Dragon)，突如其來闖入皇城的兩名黑暗精靈(Dark Elf)。

他還是頭一次遇到外貌與力量如此不一致的人。

手持法杖的小女孩引發的地震慘劇，造成了一百七十名死者。詳細清單為：近衛兵四十名、騎士六十名、魔力系魔法吟唱者(Magic Caster)八名、信仰系魔法吟唱者八名。此外還有一人——被害之嚴重令人瞠目結舌。

這些騎士負責守衛皇城，雖然是精英中的精英，但還算能夠睜一隻眼閉一隻眼的損失。以冒險者的等級來說，算是一群銀級戰士。國內在培訓後進上投注了相當大的心力，這種等級的騎士今後仍不虞匱乏。

再來是近衛，他們是帝國將來不可或缺的頂級精英。一次失去半數能與金級冒險者匹敵的人，損失相當慘重。而且他們的裝備，是動員了帝國魔法省眾多魔法吟唱者，耗費大量時間打造的魔法武器與防具，比相同重量的黃金更有價值。

最慘重的損失是最後這一人，帝國最強騎士之一「不動」納札米．艾內克。本人說自己只是模仿以前見過的戰士，不過由於他採取的是雙手持盾戰鬥，重視防禦的戰鬥風格，因此在帝國最強的四位騎士當中，又被稱為「最硬騎士」。

在這個世界裡，個人勇武能勝過數百名士兵，強悍戰士的死亡可不只是單純損失，即使說帝國的軍事力因此一口氣下滑也不為過。

老實說，吉克尼夫恨不得能潑盆水把對方趕走，但他當然不可能對殺人不眨眼的強者這樣做。他不知道對方是不是故意想展示力量，總之剛才只能用笑容歡迎這些不速之客。

不過，自己也不會一直挨打。吉克尼夫緊盯眼前的兩個小孩，觀察他們的一舉一動。

從一點無聊的小細節，都能看出很多資訊。

吉克尼夫的感覺相當敏銳，曾經藉由飄散著相同的辛香料氣味，看穿為自己竭盡忠誠的貴族，其實暗中勾結敵對貴族。這次他也試圖眼尖地找出一些蛛絲馬跡。

服裝——

容貌——

（話說回來……）

作為安茲．烏爾．恭的使者闖入皇城的黑暗精靈小孩，五官生得相當端正，可以想像將來一定會受到異性青睞。

（那種嬌小纖細的體格，還有千變萬化的表情，怎麼看都只是普通的小孩。一無所知的人聽到他們是使者，不管是誰都只會苦笑吧。）

背負著國家命運的使者——外交官必須具備多方面的資質，其中外貌也是個重要條件。外貌不合使命的人，有可能使母國蒙受損害。

安茲．烏爾．恭應該也明白這一點，但他卻送來了可能遭到輕視的黑暗精靈，究竟有何意圖？

吉克尼夫絞盡腦汁，冥思苦索。

（有可能是……示威行為。先派來定會遭到輕視的使者，再行使武力威嚇我方。與一開始的印象落差越大，對我方造成的衝擊也就越大……但若是如此，騎著龍闖入皇城豈不是適得其反？因為龍就足以震服眾人了……還是說他們那邊只有這兩人堪任使者？或是有其他的——可惡，我猜不透對方的目的，情報還太少了。）

腦海中浮現幾個想法，又像泡沫般消失。

（首先最優先的事，是收集對方的情報。沒有情報什麼都免談。再來是測試會讓對方感到不快的底線。只有蠢材才會激怒對方，讓談判決裂。）

首先，吉克尼夫必須確認他們來找自己的理由。

這兩個黑暗精靈說：「皇帝送了一些沒禮貌的傢伙到納薩力克地下大墳墓來」，並在中庭引發了一百多人瞬間喪命的慘劇。他們這樣做是基於有憑有據的情報，還是只是想套話，這點吉克尼夫必須看個清楚。

他們所說的「沒禮貌的傢伙」從時機來想，應該是指那些工作者。如果是這樣，下指示把他們送過去的的確是吉克尼夫沒錯。但吉克尼夫可是用了層層計謀，在不露出任何馬腳的狀態下，將他們送進去的。

他們——安茲．烏爾．恭是怎麼看穿己方計謀的？根據這點，己方也得採取不同態度。

（既然他們說是以使者身分來的，那麼應該有機會可以抓出一點情報。我必須觀察對方的每一個小動作，解讀出他們的目的才行。）

隱藏在兩人背後的，是認同他們擅闖其他國家，以武力要脅國君的存在。任何一點判斷錯誤，都可能直接威脅到生命安全。

他可不希望對方再引發一場地震。

吉克尼夫將意識轉向牆壁另一頭的房間。

本來他應該會讓大量近衛兵在隔壁房間待命，並且讓幾名近衛兵在這個房間一同出席，但他今天沒這麼做。就算找來五十名近衛兵擠進房間裡，遇上這兩人也只能白白送死。因此只有五人與自己一同出席。

首先是帝國四騎士之一「雷光」巴傑德．佩什梅。接著是帝國最強的大魔法吟唱者夫路達．帕拉戴恩。最後是優秀能力受到吉克尼夫讚賞的三名祕書官。

另外，他命令近衛隊在中庭挖掘地裂痕跡。

他知道把屍體挖出來也沒有意義。

帝國沒有人能使用復活魔法。帝國的精鋼級冒險者沒那麼大的能耐，神官們也一樣，附近地區只有王國與教國有人能使用復活魔法。

即使如此他仍然下令回收屍體，純粹只是因為捨不得他們裝備的魔法道具。除此之外，替部下們收屍並加以厚葬，也能有效維持將士們的士氣。

「來，使者閣下特地自遠方而來，不妨先潤潤喉如何。我還讓人準備了小點，不嫌棄的話請盡情享用。」

吉克尼夫搖響了手鈴，在外頭待命的女僕們靜靜地走進房間。將近二十名女僕，每個人都端著擦得亮晶晶的銀盤。

受過重複訓練的女僕，動作原本既俐落又優美。

然而這些令吉克尼夫暗暗自豪的女僕，平常整齊劃一的完美步伐，今天卻有點紊亂。

正因為原本完美，亂掉的腳步也就格外顯眼。

（怎麼了？她們至今服侍過各種使者，從來沒這樣過啊！是受到什麼魔法的影響嗎？）

吉克尼夫憑著意志力，阻止自己伸手去握藏在衣服底下，掛在脖子上的徽章。這個徽章要偷偷帶著才有效，要是被對方知道自己裝備著這種道具，只會造成反效果。

當女僕們的視線在兩名黑暗精靈的身上搖曳時，吉克尼夫知道她們為何如此失態了。

（啊，原來是這麼回事啊……是被這兩人的容貌震懾到了嗎。我很能體會妳們的心情，但是……蠢貨，別讓我丟臉啊。）

不過親眼看到那兩人的相貌，還能只有這點程度的動搖，或許反而值得嘉許。

女僕們在所有人面前放下飲料與甜點，行禮之後就離開了房間。

「來，請用。」

「喔。」

黑暗精靈男孩一臉無趣地拿起玻璃杯。

這是以澄澈玻璃加上細緻雕飾做成的精品。

吉克尼夫並不喜歡這種精雕細琢的玻璃杯，但不喜歡不代表沒有。款待使者時端出的餐具等用品可以顯示帝國國威，也證明了使者對帝國有多少程度的重要性。

黑暗精靈男孩喝了一口飲料。

（毫不猶豫就喝了啊……不怕飲料下毒，是因為有用魔法做預防嗎？還是他判斷我方沒有那種企圖？……或是有其他理由？嗯，那個女孩也是毫不猶豫就喝了呢。）

「不怎麼好喝呢，而且好像也沒什麼特殊效果。」

男孩所言讓吉克尼夫一瞬間有股新鮮的驚訝感。

沒有人敢對吉克尼夫這樣講話，從他小時候就是這樣。

驚訝之情消失後，他開始有點惱火，覺得這小孩子真是傲慢無禮。不過他不是笨蛋，不會把這種態度寫在臉上。

「真是抱歉。」吉克尼夫對男孩笑笑：「若你願意告訴我你喜歡哪種飲料，我下次會準備的。」

（——他說的特別效果，是指毒素嗎？他本來就認為飲料裡有毒，故意喝的？這句話到底有什麼含意？）

「你們不可能準備得了我喜歡的飲料吧。」

「姊……姊姊，這……這樣太沒禮貌了啦。」

「嗯，是喔，會嗎？」

（姊姊？原來不是男生，是女生啊。她們不是兄妹，是姊妹嗎？）

經她這麼一說，看起來的確像是女孩。

（為什麼……要穿男裝……不，也許是為了方便活動，才故意選這種衣服。這個年紀的小孩總是比較中性。這樣說來，那邊那個小孩該不會是男……不，都穿那種衣服了，再怎麼說也不可能是那樣吧。不過……妹妹好像比較乖呢。）

吉克尼夫思索著能否把手持法杖的女孩拉進自己的陣營；或是讓她居中調解，讓局勢變得對帝國有利；然而目前對方的情報不足，想不到什麼良策。

更何況，可別忘了這個看似乖巧的女孩，才引發了那場恐怖的殺戮行動。隨便招惹這種人，等於是把手伸進沉睡的龍嘴裡。

（還是需要情報。我得趕緊想出辦法，看穿對方的企圖才行。）

「那麼使者閣下，首先，我剛才已經報上過名號，容我重複一遍吧。我是巴哈斯帝國的吉克尼夫．倫．法洛德．艾爾．尼克斯。我已經知道了菲歐拉閣下的大名，那麼可以請教妳的尊姓大名嗎？」

「那……那個，呃，我叫馬雷．貝羅．菲歐雷。」

「謝謝妳，菲歐雷閣下。那麼，剛才菲歐拉閣下說過：『安茲大人很不高興。所以如果你們不來道歉，我們就要毀滅這個國家』，妳的意思是要我親自前往納薩力克地下大墳墓謝罪嗎？」

「這還用說嗎？」

講得很簡短，其中卻暗藏著冰冷的情感。

亞烏菈這個黑暗精靈眼中本來就不帶一點溫情。從中只能感受到人類看蟲子時的感情。

問題的重點就在這裡。

實際上，對方所說的是事實沒錯，那麼己方應該承認多少事實？而對方又是從哪裡得知這件事實的？若是平常，吉克尼夫會先花言巧語一番將使者送走，然後採取行動收集情報，但不知道對方吃不吃這一套。結果還是得試探對方的底線，否則情況於己不利。

「對了，是安茲．烏爾．恭閣下親自命令兩位前來我國的，沒錯吧？」

亞烏菈與馬雷都露出不解的表情。

「是啊……那又怎樣？」

「不，我只是想確認一下。」

吉克尼夫開始思考。

安茲．烏爾．恭究竟是何方神聖？黑暗精靈、墳墓、龍，沒有個統一感。這些要素之間有什麼共通點？

會不會是生活在都武大森林的黑暗精靈，遷徙到草原上的墳墓了？而龍則是黑暗精靈的族長安茲．烏爾．恭役使的魔物。

吉克尼夫將這些妄想趕出腦海。

（……故事讓那些吟遊詩人（Bard）去創作就行了。從收集到的情報中導出正確解答，才是我的職責。）

他只知道對方用了某種手段收集帝國內部的情報。這表示對方擁有相當驚人的情報網絡？還是說——

（——安茲．烏爾．恭是個擅長分析情報的人物嗎？如果是這樣，我必須確認一下。）

「也是恭閣下命令兩位騎著龍踏進我們皇城的？」

「是……是的，是安茲大人命令我們的。」

「原來如此……是這樣啊。」

「幹嘛從剛才就一堆怪問題？你到底要不要來道歉？不來就講清楚，我會回去稟報安茲大人，然後再回來毀滅這個國家，就這麼簡單。」

有句話說「不入龍巢，焉得龍蛋」，意思是不冒險，就別想得到巨大的成就或功名。

吉克尼夫聽從這句教誨，下定決心踏出一步。

「當然，我會誠心誠意去謝罪的。我不記得自己有派任何人前往稱為納薩力克的地方，但有可能是我的屬下擅作主張。下級犯錯，上級必須負責。」
吉克尼夫的眼角餘光看到三名文官睜大了眼睛，夫路達則是點頭，表示回答得很對。
「喔，知道啦，那你跟我們來吧。」
「等等，去是可以，但我好歹也是統治帝國的君主，不能突然離開國內。這樣吧，給我個兩三天——」吉克尼夫觀察對方的表情，確認這個數字還不至於觸怒對方。「——用來處理緊急事項，然後再加上諸多準備，還有送給恭閣下的禮物等等，加起來大約十天——」
「——十天？有點太久了吧。」
「只要有十天，就能準備還算像樣的禮物。總不好贈送一些無聊禮品，失了禮數吧。況且我也得調查這事本來該誰負責。帝國很大，調查起來會花不少時間。」
「禮物啊……」亞烏菈邊說邊陷入沉思，身旁的馬雷開始不安起來。
（原來如此……聽到要準備禮物送給恭就感到猶豫，可見她對主人抱持著相當大的敬意。從這一點下手，或許還能再爭取到一點時間。）
吉克尼夫正要開口，但亞烏菈比他快了一步。
亞烏菈帶著滿面笑容，用開玩笑的口氣說：
「逗你的啦。安茲大人本來就要我叫你立刻過來，不過沒有指定正確時間，所以『立刻』指的是幾天後，就看你怎麼想嘍。」

吉克尼夫巴不得能向早已看穿自己想法的安茲．烏爾．恭啐一口口水，同時確定他在鬥智方面也是個強敵。

（他是用「立刻」這個字眼，想看看我會多趕嗎？真是服了你了，安茲．烏爾．恭，連談判都有一套啊。想不到他已經預料到這段對話了，可見一定相當有智慧。）

「我說啊，你幹嘛都不說話？」

聽到亞烏菈冷冰冰的聲音，吉克尼夫才發現自己不小心陷入了思考迷宮。

「呃，沒有，失禮了。我只是在想時間有限，可以準備什麼樣的伴手禮……」

「是喔。好吧，沒差。那你可以回答我的問題了嗎？你什麼時候才要到納薩力克地下大墳墓──來拜謁安茲大人？」

「這個嘛。」吉克尼夫無視於亞烏菈顯而易見的挑釁：「考慮到各種準備，我就在五天後登門叨擾吧。」

「知道了，那我就這樣轉告安茲大人。啊，對了，要不要我幫你們把活埋的人挖出來？不過嘛──」

亞烏菈雙手一拍，露出不像小孩子的邪惡嘲笑。

「──我看他們都變成煎餅……不對，是絞肉了，恐怕很難撿喔。」

吉克尼夫面露微笑，因為從剛才到現在，對方的目的實在太明顯了。

人類在激動時會暴露出本性，所以她一定是想激怒自己，看看有什麼反應，這種談判手段吉克尼夫有時候也會用。遇到這種情況，最好的辦法就是不要稱了對方的意。

「那真是太感謝了，可以拜託妳嗎？」

看到亞烏菈失望的表情，吉克尼夫第一次露出由衷的笑容。

OVERLORD 9 The magic caster of Destroy

第一章 唇槍舌戰

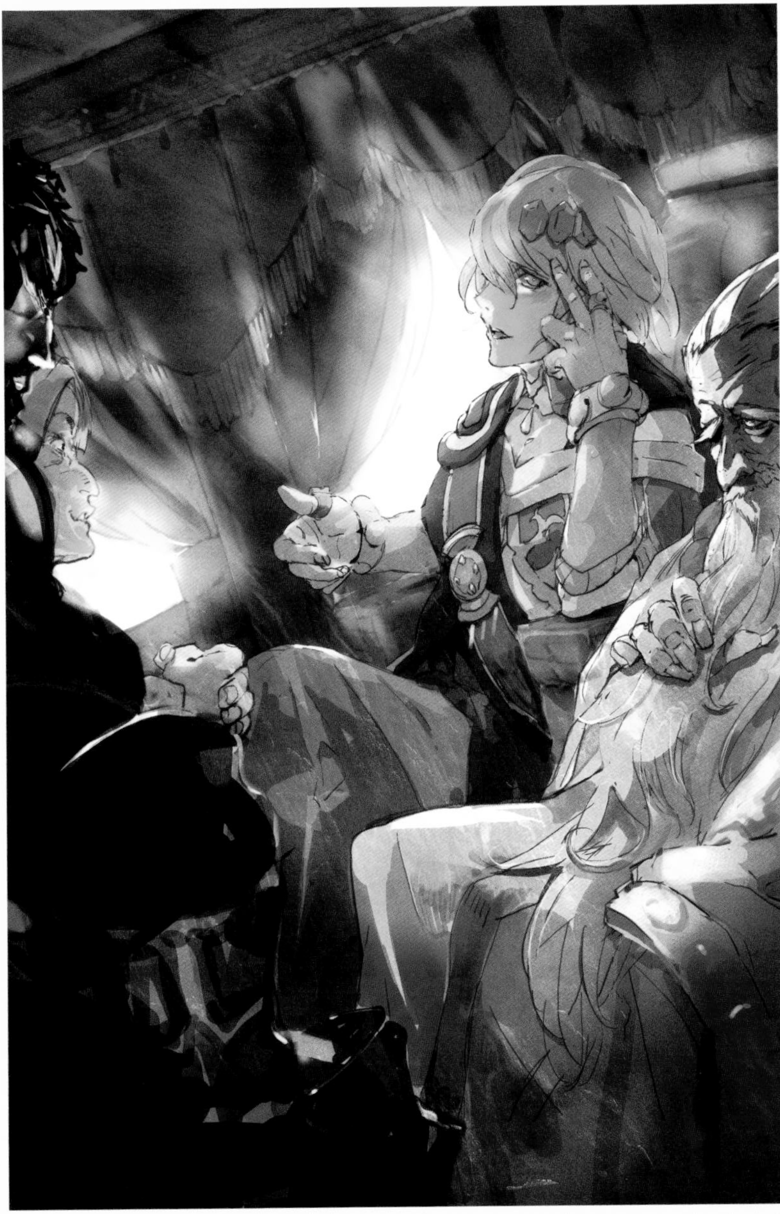

Chapter 1 | Verbal Warfare

1

六輛豪華馬車在草原上疾馳。

即使是在草原上，馬車行駛的穩定度依然驚人。

首先是車輪部分，使用的是稱為舒適車輪（Comfortable Wheels）的魔法道具。不只如此，車身部分也做了稱為輕量載貨（Lightweight Cargo）的魔法道具處理。

而拉動這輛耗費驚人鉅資製成的超高級馬車的生物，也是符合此等奢華水準的特別動物——類似馬匹的魔獸，八腳馬（Sleipnir）。

六輛此等水準的馬車，所需費用已經多到讓人算都懶得算了。

這種一般富豪還坐不起的馬車周圍，由一群騎著壯碩馬匹的人負責戒備。

總計超過二十名的警衛人員全都是相同打扮——身穿鍊甲衫（Chain Shirt），腰佩長劍，背上揹著箭筒與長弓。

一群男人當中，只有領隊前進的人物是一名女性。

只有她跟其他人員不同，身上穿的是重裝備，鎧甲是全身鎧（Full Plate），槍矛不同於騎士槍（Lance），像是步兵會拿的那種。面罩掀了起來，但右半邊的臉用金色布幔遮起，看起來十分怪異。

這個集團似乎像是傭兵，但紀律嚴明的動作與一言一行，都帶有不同於傭兵的氛圍。他們目光銳利，毫不鬆懈地戒備周圍狀況。

即使在開闊平原仍然持續警戒的模樣，或許會被人認為過於膽怯。然而在這個魔法實際存在，魔物四處跋扈的世界裡，再怎麼排除萬難也無法保障一定安全。

幾個月不吃不喝藏身於地底，專注等待獵物經過的大蜘蛛；呈現不定形的霧狀姿態，從空中滑翔襲擊生物的不淨怪物；視線具有石化效果，就算遠在地平線另一頭，看到其身影也得全速逃命的毒蜥蜴。

為了戒備這些擁有致命能力的魔物，他們隨時保持著緊張的氣氛。不過，一般傭兵是不會做到這個地步的。

還有最重要的一點證明他們絕非普通傭兵，那就是存在於上空，但肉眼不可視的一群人。這些人發揮了與隱形魔法同樣的效果，飛在空中跟地面集團並行前進。

有種魔獸稱為駿鷹（Hippogriff），是獅鷲和母馬雜交的後代。這種魔獸上半身是鷲鷹，下半身是馬，可能是因為具有馬的血統，比獅鷲容易馴服，是很受歡迎的飛行騎獸。此時空中就有一群騎著這種魔獸的人。

會飛的坐騎動物——雖然這幾隻是魔獸——市價非常昂貴，區區傭兵是不可能湊齊這麼多隻的。

沒錯，他們有如傭兵的外表，只是為了掩人耳目的打扮。

在地面上前進的集團，其真實身分是帝國近衛隊。飛在空中的則是裝備了超珍貴魔法道具，以隱形薄紗同時包裹穿著者與騎獸的皇室空衛兵團(Royal Air Guard)精銳。

當然，馬車的主人正是巴哈斯帝國皇帝吉克尼夫．倫．法洛德．艾爾．尼克斯本人。

他們之所以做這種打扮有幾個理由，其中最大的主因，是皇帝不可能光明正大地領著騎士們通過王國境內——也就是入侵國境。所以馬車的外裝部分比起內部也樸素許多——雖然還是比一般馬車來得豪華。

這支馬車車隊從前面數來第三輛是吉克尼夫的馬車，因此戒備比其他馬車更森嚴。

馬車車頂——置物架部分還做過改良，讓兩名弓兵躲在行李當中待命。

至於馬車內部則是窮奢極侈。內部裝潢與其說是馬車，倒不如說成移動式高級旅店比較貼切，牆壁與地板都貼有柔軟的絨毯。相對而坐的座位也很蓬鬆柔軟，設計成長時間乘坐也不會腰酸背痛。

獲准與吉克尼夫共乘的有三個人。包括吉克尼夫在內，總共四人同乘馬車，聽起來似乎很擁擠，但那是沒坐過真正奢華馬車的人才會有的想像。實際上這四個大男人，都各自保有足夠的寬敞空間。

「——陛下。陛下，您差不多該醒醒了。」

這個聲音將吉克尼夫從小寐中喚醒。

他用拇指與食指揉揉眼角，打個大呵欠，接著發出「嗯！」一聲，挺直了背脊。僵硬的身體得到放鬆，感覺很舒服。他再度打了個大呵欠。

「陛下，您剛才睡得很熟，但好像還沒睡飽呢。」

聽到出聲將吉克尼夫從舒適睡眠中喚醒的人——獲准同乘這輛馬車的祕書官，羅內·梵米利恩這樣問，吉克尼夫搖搖頭。

「喔，不，不會。我只是還有點迷糊，但已經睡飽了。不過好久沒睡午覺了呢，好像長大以後就沒睡過了。在皇城裡總有堆積如山的公務得處理，所以不能浪費時間，但是在這段旅途裡，我反而沒事可做了……這還是我第一次想感謝恭呢。」

「啊，陛下的確整天都不知道在忙什麼呢。怎麼會有那麼多事可以忙？」

用不把皇帝當皇帝的口氣搭話的，是帝國四騎士之首巴傑德。這種講話方式本來應該會讓人聽了想皺眉頭，但共乘馬車的人都沒說什麼。

吉克尼夫苦笑著對態度過度親暱但能力優秀的部下回答：

「全都是某個叫鮮血皇帝的傢伙不好。都是他的急進改革，讓很多人事物都跟不上狀況。這男的實在太笨了，應該有更輕鬆的手段才是，像是先召集一些優秀人才再行動等等，下次拜託你們也唸他兩句。啊，不過在唸他的時候，必須要準備替代方案喔。」

車內所有人都露出跟吉克尼夫類似的笑容。

帝國的行政事務，本來都是由貴族們——尤其是宮廷貴族——負責。這是因為基於金錢等理由，只有貴族出身者才能從小就接受教育。當然既得利益問題也是原因之一。

然而由於吉克尼夫肅清了貴族們，文官人數也隨之減少。相對地，事務量卻因為改革而增加了。結果理所當然地，每個人負責的工作量一口氣暴增，吉克尼夫本人也不例外。

他不負鮮血皇帝之名，處理掉許多無能的貴族，不過這些人一消失，他才發現原來無能也有無能的用處。

即使如此，吉克尼夫並不後悔。

肅清只能在那個時機進行。要是繼續守株待兔，恐怕騎士們的指揮權也會被大貴族們拆得四分五裂，父皇的死就沒有意義了。

正因為進行了肅清，帝國才有未來。

女人在生育時總要經歷一段分娩之痛。這麼想來，每天的龐大工作量，就是帝國重生的分娩之痛。那麼當跨越這種痛苦時，必定能獲得珍寶。

這讓吉克尼夫聯想到自己的孩子。

吉克尼夫並未成婚，但已經有孩子了。他沒有立皇妃，有幾個並非側室而是稱為愛妾的女人已經生下了嬰兒。

很遺憾地，吉克尼夫並不愛這些孩子，但他希望其中至少有一個是優秀人才。

因為如果將來成為皇妃的女人生的孩子不夠優秀，他打算從愛妾生的孩子當中找個優秀的代替。

「不過，我這樣一直忙著處理國務，不是一個國家該有的樣子。真希望能早日培育出一群文官，讓我恢復成歷代皇帝那樣只需要做簡單命令的職責。況且我也不想讓我的孩子，也就是下任皇帝跟我吃一樣的苦。我可不希望他因為太過忙碌而怨恨我。」

目前的帝國是奠基於一代的優秀人才上。不，應該說是歷代的優秀人才打穩了根基，再由吉克尼夫建造出雄偉的建築。然而，下任或下下任皇帝不見得一樣優秀。

吉克尼夫雖沒說出口，但他想建立出只要有某種程度的能力，就能順暢無礙地經營帝國的體制。

「這恐怕很難。現任陛下擁有絕對權威，臣認為不可能跟歷代陛下採取相同的方式經營帝國。」

「梵米利恩，這方面就要靠你們努力了。我握有絕對性的決定權是理所當然的。因為這是過去的皇帝們為此盡力執政所得到的好結果。但不能因為我有絕對權威，就大事小事都得插嘴。應該說如果弄到這樣，那還要文官何用？他們都把腦子忘在哪裡了？」

「總之絕對不是忘在帝國魔法學院裡，陛下。」

魔法學院的上級機關魔法省的最高負責人夫路達，插嘴表示自己可沒培育出那種笨蛋。

「哈哈，是啊，老爺子說得對。」吉克尼夫輕咳一聲，讓眾人繃緊神經。「在我這一代，帝國返老還童，變回了嬰兒，除舊布新。正如梵米利恩所說，直到帝國成長茁壯之前，我必須繼續盡力，但如果永遠是個孩子而不成長，那就傷腦筋了。將來我應該只需要指示大方向，而由文武百官制訂執行指示的計畫才是。」

只有一位絕對君主的國家不會強盛，吉克尼夫很清楚這點。

羅內低下年紀輕輕就毛髮稀薄的頭表示了解。

「下任皇帝啊……對了，陛下不打算跟那位大人生小孩嗎？」

巴傑德所說的「那位大人」是誰，吉克尼夫立刻就明白了。因為吉克尼夫知道自己的愛妾當中，只有一人受到巴傑德的高度讚賞。

愛妾都是看相貌或雙親地位選拔的，不過只有一個女人完全無視於這些條件。這個女人是唯一一個不是看長相或家世，而是以頭腦獲選的。也是吉克尼夫唯一允許干預政治——只不過不是在公共場合，而是床上——的女人。

吉克尼夫本來無意納她為愛妾，會演變成目前的關係，是因為她本人如此要求。

以吉克尼夫來說，就算要立她為正妃也無所謂。

「不，那傢伙不希望如此。她還說：『容貌是與生俱來的寶物，尤其對於領導群眾的人物而言，容貌更是非常重要的資質。缺乏智慧可以靠努力或優秀下屬彌補，容貌就沒辦法挽救了』呢。」

「只要繼承陛下的血統，還怕生不出漂亮的孩子嗎？不過也是啦，我承認以屬下的立場來說，還是被長得帥的皇帝命令比較高興。」

「結果長相還是很重要嗎？」

沒有人身分比吉克尼夫崇高，因此他不太能體會這點。他自己不管此人長得多醜，只要能力優秀就會起用，也會安排擔任要職。

「比起活像肚皮朝天的蟾蜍的，當然還是帥哥比較好嘍。陛下您想想，在自己身上扭擺腰肢的女人，還是美女比較好吧？」

「──算是吧，我好像有點明白了，但這兩件事一樣嗎？」

吉克尼夫總覺得哪裡不太對，歪著脖子。

「陛下打算從哪邊迎娶正妃呢？」

聽到夫路達的詢問，吉克尼夫皺起眉頭。

「若要論國內外，當然是國外了。現在從國內迎娶正妃沒有好處，必然要從國外迎娶……不過那傢伙推薦我娶那個莫名其妙的女人當正妃。」

夫路達捋著鬍鬚。

「您是說拉娜公主嗎？」

吉克尼夫神情苦澀地點頭。

里．耶斯提傑王國第三公主——拉娜．提耶兒．夏爾敦．萊兒．凡瑟芙。

這個公主又被稱為「黃金」，貌美如花且名聲響亮，但幾年來都在吉克尼夫的腦中最討厭女人排行榜中名列第一。相反地，喜歡的則是城邦都市之一「比柏」的市長卡韋利亞。

「我完全搞不懂那女人在想什麼。每次聽到她的所作所為，我都會覺得她好像是故意失敗，讓我有種不協調的感覺。」

不可能有這種人。吉克尼夫很想這樣想，但他很清楚人類是多麼千奇百怪的生物。那麼如果那女人是故意失敗，她又有什麼企圖？每次只要想解讀拉娜這個女人的思維，他就覺得自己彷彿不斷陷進蜘蛛網，感覺很不舒服。

「……有沒有人能把那個詭異的女人暗殺掉啊。」

「如果這是陛下的命令，即刻請伊傑尼亞過來如何？」

伊傑尼亞是出沒於帝國東北部與城邦等地的暗殺集團，名稱來自過去十三英雄之一的名字。據說他們會使用相當奇怪的招數，帝國很希望能將他們祕密收入麾下，也探詢過對方意向，但沒得到正面回答。

「免了免了，還得讓那女人傳授我們一些劃時代的知識呢。與其殺掉，還是讓她活著比較方便……我看那女人，搞不好連這一點都心知肚明喔。」

「有這麼厲害嗎？」

「不知道。」吉克尼夫雖如此回答，心裡卻覺得有可能。

王國的間諜會把拉娜的發言轉達給吉克尼夫，她提出的創新政策常常連吉克尼夫都不禁瞠目結舌；他在帝國採用了這些聽來的政策，做出的實績證明拉娜的政策確實令人佩服。

她若是有個萬一，對帝國來說也是個損失。

拉娜在王國做出提議的時機，有時會讓吉克尼夫覺得她好像預測了帝國的動向。倘若如此，就表示拉娜這女人是在沒有耳目的狀況下，感應到帝國的動靜，並巧妙加以操弄。

這種莫名其妙的感覺，就是曾經想把王國戰士長葛傑夫收為部下的吉克尼夫，不怎麼想要這個女人的理由。

「不過，拉娜公主死了不一定會對王國造成損失，但陛下死了，我國可就要潰散了。暗殺有我們(四騎士)擋，不過其他原因就沒辦法了，所以還請陛下工作別太勞累嘍。」

「當然了。在為帝國建立穩固的行政體系之前，我絕對不能死。」

現在失去絕對性的組織領導人，表示國家的步伐很可能一口氣瓦解。

帝國將來很可能成為一大強國。只要是明白這一點的人，一定會不計代價要趁現在除掉皇帝，尤其是王國或教國等鄰近諸國更是如此。

想將伊傑尼亞納入管理下，也是因為想用來反擊暗殺。

「說得是，陛下若是現在駕崩就麻煩了。雖然平時都有安排信仰系魔法吟唱者在陛下身邊，以備中毒或受傷等狀況，但問題在於他們本領不夠。若是我能教他們就好了，只可惜我會用的信仰系魔法也沒什麼大不了。」

「你是一流的魔法師，其他方面不能要求太多。對了，我有請教國提供協助，但沒得到什麼正面回應。讓四大神或小神的信徒互相競爭如何？譬如做出某些成果的神殿，可以獲得帝國的獎賞之類。」

競爭可以促進技術發展。然而聽到這項提議，羅內卻拚命搖頭，搖到披頭散髮，瀏海幾乎要黏在額頭上了。

「太危險了。帝國內的各神殿，都是以捐款或是販賣獨門技術製造的產品等等，自己努力撐起組織的。如果帝國無故施加壓力或是試圖拉攏，必然會引起他們的反感。」

「我想也是……要是能將各神殿置入管理之下，帝國將會更加強盛，真可惜。就這方面來說，教國就處理得很好。他們想必是在幾百年前就建立了體系，真想知道他們當時用的是什麼手段。」

「畢竟信仰系魔法關係到人們的健康嘛。不過我國現在正逐步錄用能使用信仰系等魔法的人成為騎士，或是施行這方面的教育，我覺得是很好的政策喔。因為要是只會用劍打打殺殺，在與魔物的戰鬥中是會不斷出現死傷的。」

曾經前去撲滅魔物而差點喪命的巴傑德，一邊低聲沉吟，一邊接著說：

「以我個人來說，還是希望能有復活魔法呢。只要能使用那個，就可以減少優秀人才死亡的遺憾了……不過我聽說復活魔法會奪走對象的生命力，所以一般人會化為塵土，這是真的嗎？」

夫路達一聽，馬上探出上半身。

這個老人不知是因為長年擔任皇帝的老師，還是因為講到自己熱愛的魔法，遇到這種時候就會雙眼變得炯炯有神，開始高談闊論。問題是他一打開話匣子就停不下來了，吉克尼夫露出只有巴傑德與羅內才看得出來的疲憊表情。

「這是事實，復活魔法『死者復活(Raise Dead)』屬於第五位階的信仰系魔法，會奪走大量生命力。據說比這更高階的復活魔法，喪失的生命力會比較少……但一般認為沒有人能使用那樣高階的魔法。除此之外，我也聽說龍王們的古代魔法能夠不喪失生命力就使死者復活——」

「——那也就是說龍王國的女王有可能辦得到嘍？」

「問得好，梵米利恩。據聞那個國家的女王能夠使用這種古代魔法——又被稱為原始魔法或靈魂魔法等等，官方宣稱這是因為女王繼承了七彩龍王（Brightness Dragon Lord）的血統。不過她能不能使用復活魔法還是個謎，因為原始魔法與現代魔法是完全不同的體系，只能使用現代魔法的我們無從得知其奧祕。」

夫路達閉口後，瞄了一眼吉克尼夫。吉克尼夫以為自己厭煩的表情被看到了，一時焦急起來，不過夫路達接下來說的話讓他放了心。

「古代魔法……真想調查一下。繼承了七彩龍王血統的人能使用這種魔法，就表示血統至關重要。如果陛下要迎娶正妃，我認為那個女王的近親是不錯的選擇……」

「饒了我吧，老爺子……我可不想娶那個裝嫩的老太婆。」

他才不要跟長年蟬聯最討厭女人排行榜第二名的人結為夫妻。況且雖然他不愛自己的孩子，但拿來當實驗材料也太可憐了。

話雖如此，若是跟國家利益一比，天秤會往哪邊倒就說不準了。

這時，有人敲了敲馬車車門。

這輛馬車為了防備情報系統魔法的探測，並考慮到防禦效果，幾乎全以金屬板包住，因此沒有設置可以看外面的車窗。巴傑德伸手稍微打開車門，看看外面的狀況——更正確來說是看敲門的人。

既然周圍有騎士團團簇擁著，敲門的人必定是自己人，但還是小心為上。

「陛下，我是蕾娜絲。」

「開門。」

打開車門，草原的新鮮清風隨即流進來，輕輕撥動車內乘客的頭髮。在這個季節，外頭的風應該相當刺骨，但吹進馬車的空氣卻溫暖宜人。不用說，這是施加在馬車上的魔法力量帶來的效果。

與馬車並行前進的，是剛才走在一行人最前面的女性。

「失禮了，陛下。有點事——」

吹來的風聲讓人聽不清楚她的聲音。

「這樣講話不方便，妳進來，不用客氣。」

「是，那麼我就叨擾了。」

她說完後，從馬背上縱身一躍，優雅地降落在並排行駛的馬車門口。看她做起來好像很簡單，但她穿的是全以金屬製成的全身鎧，再看到馬匹也是加速奔跑，可見其運動能力相當優異。但這也是理所當然的，因為她正是帝國引以為傲的四騎士之一，擁有最強攻擊力的「重轟」蕾娜絲．洛克布爾斯。

進了馬車後，蕾娜絲靜靜關上車門，在巴傑德身旁坐下。關上門前，他們從開了一個小縫的車門門縫，看到並行奔馳的一個近衛兵拉走了蕾娜絲坐騎的韁繩。

馬車施加的魔法只能讓空氣維持宜人的溫度，直接碰到冰冷物體還是會覺得很冰。蕾娜絲穿著的是長時間接觸外面空氣的金屬鎧。身旁坐了一個大冰塊，讓巴傑德打了個冷顫。

「先行前往的那些人用『訊息』送來聯絡了。」

這輛馬車施加的其中一項防禦魔法，可以阻隔外來的情報系魔法。這是為了避免被敵人發現，但只有一個問題，那就是也會妨礙到「訊息」等類型的魔法。因此他們安排讓「訊息」都傳送給在馬車外擔任警衛的她。

「先遣隊目前已抵達納薩力克地下大墳墓。隊伍在該地的木屋將陛下預定抵達的時間告訴女僕們後，現在正在接受款待。」

「女僕？我明明聽說那裡是地下墳墓……女僕？女僕啊……是指那個嗎？……聽說以前有個國家在君王駕崩時會用女僕陪葬，好讓她們死後可繼續侍奉君主，是那個意思嗎？還是說跟我原本想的一樣，是離開森林的黑暗精靈們以大墳墓作為新的根據地？」

「很可惜，『訊息』沒提到那麼多，陛下。」

「……真搞不懂，森林不是人類的世界，所以歷史也沒記載……好吧，我寧可相信那些人沒有闖入皇城的那個怪物那麼駭人，但還是跟他們講一聲，不要大意了。」

「陛下所言甚是。考慮到那位使者的力量，接下來要前往的地點將是個未知的世界。請他們務必小心，如果有什麼狀況，請讓他們立即趕到我身邊。」

「意思是說情況緊急時，要用空間傳送逃走嗎？」
夫路達露出微笑，似乎在表示肯定。
「那麼我們就為逃跑的各位爭取時間吧。不管對手來多少人，我們都會爭取到至少能讓陛下逃走的時間啦。」
巴傑德咧嘴一笑，但他的同袍蕾娜絲什麼都沒說。那態度並非默認，而是不表示贊成的沉默，但其他人都沒說什麼。
追根究柢，蕾娜絲雖然身為帝國四騎士，但並未向吉克尼夫發誓效忠。她只不過是因為對自己有好處才追隨吉克尼夫，如果出現另一個能實現她心願的人，她肯定會馬上捨棄現在的地位。
換句話說，她是忠誠度最低的騎士。
四騎士是純粹以實力挑選的，並不講究性格與忠誠度，但的確也沒人的忠誠度像她這麼低。
話雖如此，因為四騎士之一「激風」寧布爾・亞克・蒂爾・安努克必須留在帝都，出於無奈才會讓這樣的人物擔任警衛。如果「不動」還在，就是由他代替蕾娜絲出現在這裡了。
「抱歉。」
蕾娜絲從懷中取出手帕，拿到臉的右半邊。覆蓋著蕾娜絲右半張臉，看起來像金布的物體其實是她的頭髮，她將手帕放進頭髮底下，開始擦臉。

擦完後的手帕整個變黃了，因為吸飽了膿液。

「我先聲明，我要以我的安全為第一優先，請多包涵。」

「嗯，無所謂。因為我請妳擔任四騎士時就是這樣約定——不，應該說是交換條件才對吧。」

「原來如此，各位都各有想法呢。那麼我就在角落縮成一團，免得妨礙到各位吧。」

羅內為了改變氣氛而一臉認真地說，引起大家一陣似笑非笑的笑聲。

「話說回來，照目前的移動速度，大約幾小時後會到納薩力克？」

聽到吉克尼夫這樣問，羅內從懷中取出錶確認時間，接著把臉轉向蕾娜絲，看到她點頭才開口說：

「一切都照計畫進行，因此約莫一小時後就會抵達。」

「是嗎，那真令人期待。就讓我看看安茲．烏爾．恭能耍什麼手段吧。」

2

載著吉克尼夫的馬車漸漸放慢速度，最後完全停了下來。不過他不能馬上下車，雖然麻煩，但為了保持體面，得做些排場才行。

本來皇帝的這些排場，應該由下人——一般都是女僕——來做。也許他們應該等乘坐其他馬車的女僕們到來，但沒那麼多時間。他們畢竟是以道歉的名義而來，拖拖拉拉讓對方的使者等候不是好主意。

吉克尼夫拉拉衣服整理儀容後，披上了披風。這是以施加了魔法防禦的魔獸皮所製成，極為珍貴。只要穿上它，不管外面風雪多大，都不會感到寒冷。

再來只要將權杖插進腰際，最基本的準備就完成了。

吉克尼夫迅速打量了一下，確定自己的裝扮不會丟臉。

接下來自己可是要跟安茲．烏爾．恭進行一場唇槍舌戰，這身衣物等於是戰鬥服，要是有一點皺褶，那可不是一句丟臉了事的。如果是對方缺乏洞察力而看輕自己，那正合己意；但可不能因為自己的服裝邋遢而被看輕。

吉克尼夫滿意地點頭。彷彿就等這一刻，有人敲了敲車門。

「那麼，陛下，我先下車了。」

「麻煩你了。」

結束了簡短的對答，巴傑德打開了馬車車門。

開門的方式威風凜凜，正符合帝國最高統治者乘坐的馬車。為了有個萬一時可以當肉盾，羅內移動到吉克尼夫與車門之間。

隔著巴傑德，可以看見外面的風景。

首先映入眼簾的是草原，然後是面對面排排站的近衛。後面的大地如丘陵般隆起，一扇巨大的格子門好似埋在那丘陵裡。

（那扇門後面就是納薩力克地下大墳墓嗎？跟我聽說的有點不同……算是在誤差範圍內吧。）

巴傑德走到車門外與近衛隊一樣排好後，吉克尼夫也隨著下了馬車。

吉克尼夫大口地深呼吸。流入吉克尼夫肺部的新鮮空氣，原本應該相當冰冷，但受到魔法衣服的力量保護，他只覺得溫度恰到好處，十分舒服。

深深吐出一口氣的同時，他稍微轉動一下頭部，確認部下們的身影。

身穿長袍，手持法杖的夫路達的高徒們。

胸前掛著聖印，隸屬於騎士團的信仰系魔法吟唱者們。

姿勢維持不動的近衛隊。其中也包括了剛才先行派出，以訊息通報的幾人。

吉克尼夫很想問問他們遇見了什麼人，但實在不便在這裡問話。

女僕與乘坐某輛馬車的那些人，似乎還沒獲准下車。

（畢竟那些是禮物，這也是當然。話說回來，木屋在格子門後……不對，是那個嗎？）

他往左邊一看，只見一棟一樓的木屋孤伶伶地蓋在大地上。那屋子與草原或墓地等周圍地形實在太不搭調，讓他忍不住苦笑。最重要的是，這些木頭是從哪裡運來的？遠方可以看到安傑利西亞山脈，他想起山脈周圍廣闊的都武大森林。

（從那裡搬來的嗎？不知道有幾公里遠，真是大費周章啊。）

吉克尼夫知識沒有淵博到對木屋了解甚詳，但他不覺得那棟建築有多氣派。話雖如此，考慮到周圍的狀況，能蓋出這樣一棟木屋，或許已經值得稱讚了。

（……玄關的門扉好大啊，是雙開式的嗎。而且屋頂為什麼要蓋這麼高？簡直像三層樓建築似的，會不會本來是當作倉庫之類使用？）

吉克尼夫正在盯著木屋瞧時，巴傑德與蕾娜絲從右邊走來，另一邊則是夫路達，後面站著羅內。

「陛下，要讓馬車運來的那些人也下車嗎？」

羅內湊過來對吉克尼夫耳語，他沒移動視線，直接回答：

「不用，還沒那個必要。比起這個——」

吉克尼夫話講到一半中斷，並不是因為木屋的門打開，而是因為他看到了從屋裡走出來的兩名美女。

她們穿著正統的女僕裝，做工似乎不錯，但也就僅此而已。只是兩名女僕的——異常端正的容貌，就連見過各種美女的吉克尼夫都難掩驚訝，一顆心完全被抓住了。

（這真是……太美了。可是……）

她們的確美豔動人，如果是帝國哪個貴族的女兒，吉克尼夫一定會大加讚賞，說不定還會考慮納入後宮。然而這裡是位於草原正中央的墳墓，兩者之間實在太不協調，給人強烈的突兀感。

從吉克尼夫的右邊傳來小小的「嘖」一聲，但他現在沒精神去管那個。

「我說老爺子，那該不會是幻術吧？」

「這我不清楚，但我想並非如此。」

「那就是人類了？我只知道絕對不是黑暗精靈……」

「這我也不清楚……但我想應該不是人類。」

這個回答讓吉克尼夫稍微放心了點。既然不是人類，出現在這裡就不奇怪。

他的回答吉克尼夫完全可以理解，而且能夠接受。

兩名女僕同時行了一禮後，盤起頭髮的女子開口道：

「恭候多時了，吉克尼夫．倫．法洛德．艾爾．尼克斯皇帝陛下。我的名字是由莉．阿爾法，負責接待各位。後面這人是我的幫手，名字是露普絲雷其娜．貝塔。雖然時間短暫，還是請各位多多指教。」

得到時間恢復鎮定，吉克尼夫取回了能夠對答的餘力。

「真是太客氣了，容我由衷感謝安茲．烏爾．恭閣下指派兩位這樣的美女接待我們。兩位也不用拿皇帝這種拘謹的稱呼叫我，請把我當成一個普通人，親暱地叫我吉爾就行了。不，應該說我希望兩位能這樣叫我。」

吉克尼夫對由莉露出爽朗的笑容。

然而看到他這只要是女人都會動心的笑容，由莉的表情仍然一本正經。而吉克尼夫窺視了一下由莉的眼睛，觀察她的反應後，也發現由莉內心沒有一絲盪漾。

不知道是自己不合她的口味，還是她個性公私分明。也可能是因為她正在處理盡忠侍奉的主人所命令的工作。

（猜不透。原本想盡量給對方留下好印象，看來似乎很難。我本來對女人還滿有自信的……啊，對了，如果老爺子所言屬實，也許她們不是人類。遇上人類以外種族的女性，就實在沒轍了……不過，她們究竟是什麼種族？外觀看起來，似乎像是人類的近親種族……）

實在無法判斷她們的真面目。

不過那兩個黑暗精靈也好，這兩人也好，看來安茲‧烏爾‧恭相當重視外貌。

（這樣的話……相貌不如這兩個女人，就沒價值了吧……）

吉克尼夫想到乘坐馬車的那些女人。

乘坐那輛馬車的是貴族的千金小姐們。這些女人都擁有令吉克尼夫自豪的美貌，帶她們來是打算看情況當成禮物送給安茲。她們知道不聽從吉克尼夫的命令，悲劇將會降臨自己的家族，於是含淚與雙親告別，做好覺悟來到此地，不過——

（沒意義了。不過，如果她們知道對方擁有更美的女人，會覺得高興嗎？還是會出於女人的天性而五味雜陳？要送禮的話，是不是應該找些森林精靈（Elf）帶過來比較好？）

他沒有從帝國內找出森林精靈奴隸帶過來，是因為沒時間，也是因為想用做之後的交涉籌碼。不是要給安茲‧烏爾‧恭，而是要與馬雷祕密交涉。

他認為只要能對那個叫馬雷的女孩仔細調查一番，揪出她的所有祕密，或許可以利用她達成自己的目的。

（先以解放近親種族的奴隸作為誘餌，請她瞞著恭答應我方的簡單請求。接著再以瞞著恭偷偷行動作為要脅，要求她幫我方做一點簡單小事。我本來是計劃按照這種方式，讓她越陷越深……）

吉克尼夫正打著如意算盤時，由莉對他說：

「您說笑了。主人──安茲．烏爾．恭大人命令我們對皇帝陛下竭盡禮數，恕我們必須辜負您方才的美意。」

「這樣啊？那真是太遺憾了。」吉克尼夫開玩笑似的聳聳肩。「不過，兩位還是隨時可以那樣輕鬆地叫我喔。那麼恭閣下人在何方？」

「是，主人現在正在準備，請各位在這裡稍待片刻。」

「原來如此，那麼我們可以在哪裡等呢？在那木屋裡嗎？」

「不，請就在這裡稍等。」

吉克尼夫抬頭看看天空。雖然不像是會下雨，但天上覆蓋著烏雲，實在稱不上好天氣。而且雖然吉克尼夫感覺不到，但應該有冬天的寒意。

叫他們在這裡等，究竟有什麼打算？恐怕是想藉此讓他們認清誰才是老大吧。

打從為了賠罪而被叫到對方的居處時，吉克尼夫就已經占了下風，這時還要再來一記追擊，看來安茲．烏爾．恭恐怕是個相當陰險的人物。

「這樣啊。」吉克尼夫瞇細了視線，像是要窺探什麼。「明白了，那麼我們就回馬車去，在車上等吧。」

聽到這句話，吉克尼夫感覺到有幾名近衛兵的眼中湧起近似憤慨的情感。

他們大概是覺得，就算是在鄰國的——視情況有可能為敵的人物的住處，叫一國之君站在原地等候，也未免太無禮了。

然而，沒有人開口說出這種想法。因為自己的主子都同意了，身為人臣的自己又怎能抱怨呢？但也可能是——

（也許是因為他們見識過那個黑暗精靈的殘暴行徑吧。如果是這樣，恭，你可真是工於心計啊，僅僅一擊就在我們的心中打下了巨大楔子。就算那是一輩子只能用一次的異能，又有誰能去確認呢？尤其是下手的還是個小孩子，讓我們覺得連小孩子都能做出那麼恐怖的事來，產生了強烈的印象。）

「請等一下。」

吉克尼夫正要邁步，由莉平靜的聲音留住了他。

「既然要請各位在這裡稍候，安茲大人要我們招待各位，不得失禮。」

些許驚訝襲向吉克尼夫。

（她叫他安茲……他讓女僕直呼自己的名字？難道她並非女僕……不，我懂了，兩人之間的關係就是有這麼親密吧。這麼說來，她是恭的人了？不，身為男人，我能體會。看到這樣美若天仙的女子，忍著不出手太痛苦了。）

吉克尼夫產生了少許親近感，並以誇張的態度道謝：

「喔！那真是太感謝恭閣下了。那麼我們要在哪裡受到何種招待呢？」

「我們正在準備。首先因為天氣不好，就先從這點著手吧。」

「什麼意思……？唔喔！」

發出驚呼的不只是吉克尼夫。魔法吟唱者們、近衛隊、巴傑德與蕾娜絲，甚至連夫路達也不例外，在場所有人全都不禁驚叫出聲。

烏雲緩緩飄動。

恍如一個看不見的巨人用手將它揮開，頭頂上的烏雲不見了。從地面都能清楚感覺到飛在空中的駿鷹騎兵們陷入混亂般慌張失措。

「怎麼回事……天氣變暖了……」

「你也這麼覺得嗎？會不會是心理作用？」

聽到近衛隊小聲交談，吉克尼夫脫掉了披風，解除冷熱不侵的魔法力量。然後——

「陛……陛下！」

看到吉克尼夫突然脫掉披風，大吃一驚的羅內疑惑地叫道，但他沒心情回答。

「呵，呵哈，呵哈哈哈。這是什麼……是在做什麼？老爺子！他們這是在做什麼？」

吉克尼夫捨棄了冷靜，表情歪扭地瞪著夫路達。

圍繞周圍的舒適空氣是屬於春天的氣候，天寒地凍的冬季氛圍消失無蹤。他受過夫路達的魔法教育，但可沒聽過這種招式。那麼，這到底是什麼招式？

「應該不是魔力系魔法，不過……森林祭司(Druid)的信仰系魔法當中有天候操控魔法……」講到這裡，夫路達似乎再也忍耐不住，笑了起來。「天候操控是第六位階。看陛下的反應，改變的恐怕不只是天氣吧。那麼這應該是更高階的魔法，真是太厲害了。」

「這是那個黑暗精──使者閣下的魔法嗎？」

如果是還比較能接受。引發地裂一口氣吞沒近衛隊的魔法吟唱者或許有這個本事。不，應該說他希望如此。他不願相信有一大票人擁有那樣強大的法力，那簡直是場惡夢。

「或許如此……但沒有確切證據。」

夫路達彷彿樂在其中的口氣，讓吉克尼夫火冒三丈。

自己的老師是非常優秀而值得尊敬的人物，但一扯到魔法，有時腦袋會變得有點廢。這種時候的他真的很令吉克尼夫生氣。

「我想這樣氣候就舒適多了，接著進行下一步。」

女僕絲毫不理會吉克尼夫的煩躁，繼續火上加油。

吉克尼夫拚命壓抑住想叫她住手的衝動。他很希望對方別再刺激自己了，但巴哈斯帝國皇帝的矜持壓下了這種情緒。

「好了，來吧。」

聽從由莉的命令，木屋的門打開，走出一個巨大的物體。

「咕耶！」

有個人發出了叫聲。那種怪叫很像是雞隻被掐死時的叫聲。

當眾人明白到是誰發出那個叫聲時，不只吉克尼夫，所有人都大為動搖。不，他們根本以為是在做夢。

發出這聲鬼叫的人物，正是帝國首席宮廷魔法師「三重魔法吟唱者(Triad)」夫路達．帕拉戴恩，那個被認為能與十三英雄並列，或是在他們之上的男人。這樣一位偉大的人士，竟然驚愕得瞪大雙眼，凝視著走出木屋的東西。

接著傳來許多陣慘叫，全都是夫路達的眾門生發出來的。

「怎麼可能！那是！」

「不……不敢相信！不可能！」

「危險！會被攻擊的！防禦魔法！請准許發動防禦魔法！」

夫路達大聲喝斥準備迎戰的門徒們：

「休得吵鬧！安靜下來！」

走出木屋的一群登場者實在太過驚人，讓所有人的視線都凝視著同一個點。

那是如假包換的異形，是身穿黑鎧的怪物。
那體格過於龐大，那輪廓又過於邪惡。就像是神祇從人類身上抽取出暴力性格，諷刺地創造出的存在。腐朽的臉龐明明沒有表情，卻只有雙眸閃爍著對活人的憎惡凶光。
這種存在一共有五個。
最前面的一個用他那龐大身軀扛起了大理石桌。跟在後頭的其他四個，各自有技巧地拿著好幾把椅子。
這些人完全沒有敵意，彷彿在嘲笑提高警覺，準備迎戰的門徒們。
只聽見「咚沙」一聲。
夫路達附近的一名門徒臉色發青，雙膝一軟跪了下去。不，夫路達帶來的四個得意門生幾乎都是一個樣子。他們臉色鐵青，驚愕之情凍結在臉上，重複著喘氣似的短促呼吸。
「不可能。這怎麼可能……不，不可能。那是死亡騎士（Death Knight）？她能役使死亡騎士？而且那麼多隻？」
吉克尼夫忽然靈光一閃，忘我地怒吼。
已經沒有多餘精神故作鎮定了。
「死亡騎士？什麼是死亡騎士！老爺子！回答我！我曾經聽過這個名字，他們跟據說被囚禁在魔法省深處的不死者是同一種存在嗎！」

沒錯。吉克尼夫聽過這種魔物的名字，他聽說死亡騎士是僅僅一隻就能讓帝國陷入危機的不死者。

沒人回答他詢問真相的聲音。

夫路達睜大雙眼，以狂喜的表情注視著死亡騎士。

吉克尼夫確定自己得不到回答，覺得再跟他扯下去也是白搭，就氣沖沖地走到門徒們身邊，抓住一個人的前襟。

「死亡騎士究竟是什麼東西！回答我！」

「噫！陛……陛下，死亡騎士正如您所說，是被封印於魔法省深處的傳說級不死者，就連老師都無法支配他。」

吉克尼夫只能發笑。至今勉強維持的巴哈斯帝國皇帝的矜持已蕩然無存，支離破碎。

「……呵，呵呵，呵呵呵呵。什麼傳說級的不死者，眼前可是足足有五隻啊。還是說死亡騎士是指一個集團，一組五隻嗎？你是在耍我吧！」

「不……不是，絕無此事！」

有個人站到他們旁邊。一看，是帝國最強戰士之一巴傑德。他臉色鐵青，表情抽搐。

「呃，那個，陛下，陛下，請您冷靜聽我說。那個很不妙啊，就算我們所有人一起上，也不見得能擋得下其中一隻啊，我在想我們最好快溜。很不妙，真的很不妙，您看我的手。」

一看，巴傑德的手在發抖。他抽搐的表情告訴吉克尼夫，這並非上戰場時興奮的顫抖。

「或許該說深不可測吧，那個……好像比史托羅諾夫先生還強？」

四騎士中的另一人從原本站著的位置徐徐後退。她沒有一溜煙地跑掉，大概是不想引起對方注意，而且對方也沒顯示出敵意吧。

彷彿誤入惡夢的世界。

那就是眼前的景象。

死亡騎士在草原放下家具的模樣，就像是個男僕，怎麼看都不像是傳說級的不死者。

然而，看看這麼多人的反應，就知道他們的確是連夫路達這個吉克尼夫所知最偉大的魔法吟唱者，都無法支配的不死者。

換句話說，現場有著五隻戰鬥力或許凌駕於夫路達之上的魔物。

作為比較對象的夫路達．帕拉戴恩，其戰鬥能力恐怕能與帝國全軍匹敵。當然，夫路達並非擁有無限魔力，只要正面衝突，或許最後還是能擊敗他。然而一旦他用上傳送魔法或飛行魔法等等，沒命的就是帝國全軍了。夫路達就是這麼一號人物。

這也就是說，光是在場的死亡騎士——就有帝國全軍的五倍力量。

不可能。

不該發生這種事。

這不是區區個人可以擁有的力量。不，就算是國家也很難保有這樣強大的力量。只有歷史悠久的大國或是評議國等一部分國家，才能擁有此種力量。而現在一個小小墳墓的主人，居然能坐擁這種武力。

自從那兩個黑暗精靈現身以來，自己一直不願思考的事實，如今擺在眼前。

「安茲．烏爾．恭……竟然是如此打不贏的……不對，是惹不起的怪物……」

如同小船受到暴風雨玩弄，吉克尼夫的精神也被強烈刺激所翻弄。

然而他以鋼鐵般的意志恢復冷靜。

很重要的一點是近衛隊全軍覆沒的光景以及巨龍的身影，讓他稍微有了點心理準備。要不是先看過那些光景，衝擊性想必會更大，使他暴露出更丟人現眼的態度。

（這座墳墓……安茲．烏爾．恭到底擁有多大力量……五隻死亡騎士與那兩人，還有龍，難道還不只這些嗎？他為什麼會潛藏在此地？從什麼時候就在了？還是說他現在才做好準備？聽說不死者聚集一處，會產生出更強大的不死者。死亡騎士誕生──不，等等。難道是比死亡騎士更強大的存在……？不妙。雖然時間不夠，但還是得想想如何應對──）

吉克尼夫正在迅速動腦時，好像想讓他更加混亂似的，由莉對他說：

「請放心，那些都是安茲大人創造的死亡騎士。他們徹底服從安茲大人，會依照授權指揮的我的命令行事，不會傷害各位一分一毫。」

由莉的一番話，把吉克尼夫拚命架構的思考全吹到了九霄雲外。

「妳說創造……」

安茲．烏爾．恭能以自己的意志創造出那樣強大的不死者，這項事實太教人絕望了。創造死亡騎士想必所費不貲，但這點安茲．烏爾．恭一樣有辦法解決，實在可怕。

（不，他只是在虛張聲勢，不可能這麼神通廣大。這一定是在造假，好誇大自己的戰力，不然的話——）

吉克尼夫露出笑容。

他懶得管那麼多了。

（——嗯，我受夠了，不管了。這……這次只要能看看對手的底細就夠了啦，嗯。）

「呵，呵哈哈哈哈哈！」

當吉克尼夫對一切都死了心時，從他的身旁傳來洋溢著由衷歡喜的笑聲。

是夫路達發出來的。

無論是近衛隊、眾門徒還是神官們——除了吉克尼夫之外，其他人臉上都寫滿了驚愕。

夫路達．帕拉戴恩是最高階的英雄級魔法吟唱者，在教養與知識方面無人能出其右。翻開帝國史冊，會發現這位偉人好幾次單槍匹馬對付威脅帝國安全的魔物，並且獲得勝利。而且他的面容有如聖人，令許多人肅然起敬。

實際上，在場所有人都是如此。

然而此時，夫路達卻發出了不符合他們對傳說中英雄的印象，而是比那更為現實的笑聲。

不只如此，笑聲中還暗藏了強悍的力量。

那是英雄的氣度。

夫路達對眾人發出的強勢氣魄，正是英雄的氣度，沒有一點夫路達平時散發的，有如慈父的溫暖包容力。

他蘊藏的魔法力量排山倒海，足以同時對付帝國最強的四位騎士。這種英雄人物特有的瘋狂，此時好似與聲音一同狂暴翻騰。

也難怪近衛隊會起一身雞皮疙瘩了。

在這情況當中，只有納薩力克陣營以及吉克尼夫還能平心靜氣。

「……支配死亡騎士，而且還是那麼多隻！太偉大了！太偉大了！太偉大了！呵哈哈哈哈哈！」

夫路達眼角泛淚，臉上掛著發瘋般的笑意。

——不，不對。

那是一個拋開帝國首席宮廷魔法師的地位，一心只想窺探魔法深淵的男人原本的面貌。不過是藏在夫路達英雄般表情下的一切，被強大魔法吟唱者的存在給逼了出來罷了。

「陛下，那麼，您打算怎麼做呢？使用傳送魔法逃跑嗎？趁現在逃跑應該還來得及喔。不過前提是此處的各位人士必須心胸寬大。」

看到夫路達嘲笑般的表情，吉克尼夫對他笑著說：

「我比較喜歡你這副表情喔，老爺子。我倒要問你：你覺得我會逃嗎？」

夫路達的臉龐因笑容擠出的皺紋而裂開。那狂人般的笑容，嚇壞了看到這幕的人。

「真不愧是陛下，不，我可愛的吉爾。我的弟子們啊，睜大眼睛看清楚，為接下來能晉見這個大陸的至上存在，最高階級的魔法吟唱者一事感謝吧。見識極限巔峰，努力精進吧。」

夫路達的弟子們無不臉色慘白，近衛隊似乎也明白到自己身處何種存在所擁有的庭院，全都面無人色。

他們早就知道同袍是被對方殺害的。然而首度在帝國史上留名的傳說級英雄夫路達竟直接斷定對手是「魔法吟唱者當中的最高階存在」，這令沉重壓力似乎化為巨石壓在胃底。

「陛下，這不是鬧著玩的吧？」

「……我可以逃走嗎？」

巴傑德似乎相當困惑，蕾娜絲則是哀求般的問道。

吉克尼夫環顧眾人。

姑且不論夫路達與弟子們，近衛隊的精神越來越緊繃了，隨時都可能崩潰。

原因出自於英雄夫路達的異常反應，以及現在聽到死亡騎士有多強悍，而又完全想不到能如何應對所造成的不安。

「還能怎麼辦？還有，想逃的人儘管逃無妨。不過選擇逃跑的人，我得跟你們撇清關係喔。但願你們不會落得跟之前來此的工作者一樣的下場。」

蕾娜絲咬牙切齒，表情扭曲。

「這樣好嗎？」

「巴傑德……對魔法了解最深的老爺子——夫路達都那副德性了，如今只能將一切交給對方吧。」

「先求神保佑我們福星高照再逃走，如何？」

「你真的以為能跑得掉嗎？」

巴傑德看了一眼女僕，她明明聽到他們在盤算如何逃跑，卻神色自若地繼續做準備。

「抓個人質如何？」

「我不喜歡知道行不通還明知故問。『雷光』，你再說一次看看。」

「……陛下恕罪。老實說，比起那些死亡騎士，那些女僕各自的實力更深不可測。就算有人跟我說那女僕比較厲害，我恐怕也會相信……我都講了這麼多沒禮貌的話，她仍然一點都不在意，真是可怕。」

那個女僕也強得跟怪物一樣。

想到這裡，吉克尼夫疲憊不堪地搖搖頭。他很希望不是這座墳墓的所有人都強到誇張，並刻意忽視在腦海一隅露出冷血笑容的兩個黑暗精靈。

「差不多可以了嗎？……一切都備妥了，請各位到這邊來歇息歇息。」

草原上擺設了幾張桌椅，桌上鋪著純白桌巾，有遮陽傘遮擋太陽。搬運家具的死亡騎士似乎不想妨礙到大家，在木屋旁乖乖地排排站。

「我們也準備了飲料。」

放在桌上的玻璃水瓶上，布滿了冰涼的水滴，瓶裡的橙色液體盪漾著。水瓶旁放著透明的輕薄玻璃杯，每件杯具都經過精雕細琢。

就連身為皇帝，食衣住行無一不講究的吉克尼夫，看到這些精品都驚訝地睜大雙眼。

「有什麼需要，請儘管吩咐我們。大家都過來——」

木屋再度開門，又有一群女僕走了出來。那沉魚落雁的美貌，甚至讓眾人一時之間忘了剛才發生過什麼事。

三人的髮型分別是髮髻、直髮與縱捲髮，各自擁有不同的美貌。

「簡直是美女大拍賣。」

一名近衛兵這樣說，吉克尼夫也同意。他不懂這座墳墓怎麼會聚集這麼多的美女。

（難道這座墳墓會冒出美女嗎？一個接一個長出來？）

他再度聽到嘖的一聲，總之先當作沒聽見。

「那麼我為各位倒飲料——」

「——不，飲料就免了，請問何時可以讓我們面見安茲．烏爾．恭大人？我希望能盡快……就我一個人也行，在與吉爾面談之前，能否先為我撥出一點時間——」

「夫路達，你冷靜點好嗎！」不能再讓他繼續失禮下去了。「夫路達，你別搞錯了。我等這次是代表帝國而來，不是來尋求你想要的魔法知識。」

夫路達的眼瞳稍微恢復了一點冷靜光彩。雖然還沒完全鎮定下來，但已足以壓抑自己的欲望。

「……陛下，臣失禮了，我似乎有點太興奮了，也請各位原諒。」

「就是啊，老爺子。喝點飲料，稍微冷靜點吧。那麼，我們就不客氣了。」

「好的。」

吉克尼夫在座位坐下，他面前放了一只玻璃杯，由莉將橙色液體倒進杯中，柑橘類甜香四溢。

吉克尼夫喝了一口果汁水，然後因為太好喝而不禁露出笑容。那笑容的意思是：自己以往到底都在喝些什麼？周圍的近衛隊也面露驚訝表情。連貴為皇帝，生活窮極奢侈的吉克尼夫都感到驚訝了，近衛隊的驚訝更非吉克尼夫所能相比。事實上有很多人都忘了禮節，大口暢飲。

然後大家各自發出驚呼：

「太好喝了。」

「這是什麼飲料啊，酸味與甜味恰到好處。」

「爽口又順喉，嘴裡不會留下甜味耶。」

聽著這些驚呼，吉克尼夫再度以飲料潤喉。忽然間，他感到體內湧生一股力量。

（是飲料太好喝，讓身體也興奮起來了嗎？也就是說納薩力克就連飲料都是最高級的了？那我對那兩個黑暗精靈真是失禮了。她們如果平常都喝這麼好喝的東西，我們端出來的飲料一定令她們難以下嚥吧。）

吉克尼夫苦笑起來。

沒想到光是一個飲料，就能讓自己產生如此強烈的敗北感——

（啊……心情好輕鬆。自從來到這裡，我好像還是第一次放鬆心情。也許……可以就這樣回去算了。）

吉克尼夫坐在蔭涼處，聽著吹拂春天草原的風聲，不知道過了多久的時間。最後，由莉說出了吉克尼夫不太想聽到的話。

「讓各位久等了，安茲大人已準備妥當，請跟我來。」

3

吉克尼夫抵達半球狀圓頂形的房間，只見一扇巨大門扉矗立於前。門扉右側有著女神雕塑，左側則是惡魔雕塑，兩邊都雕刻得異常精細。舉目四望，只見周圍擺滿了無數不祥可怖的雕像。

如果要取個橫批，大概就是「審判之門」吧。

吉克尼夫眺望著大門，不禁產生這些想像。

沉默支配著寬敞室內，寂靜彷彿化為聲音傳進耳裡。

沒錯，自從被帶到這裡來，沒有人敢說一句話。只有偶爾有人挪動身體，發出鎧甲摩擦的金屬聲。

他們可不是遵守禮儀而保持肅靜，是因為來到這裡的一路上，整片超乎想像的美景，勾走了所有人的魂。

面對宛如神話世界的光景，又怎能要求他們不受震懾？

實際上，就連吉克尼夫在行走時，都無法壓抑四處張望的衝動。因為眼前鋪展開來的世界實在太華美了。

吉克尼夫轉頭向後——看看一路跟來的屬下們。

巴傑德、精挑細選的十名近衛兵、夫路達與他的門徒、祕書官羅內，還有隸屬騎士團的神官們。蕾娜絲與其餘近衛留在馬車旁守衛。

跟在後頭的所有人——夫路達除外——全都顯得臉上無光。

這是走過一條窮盡帝國藝術文化精粹也無法打造出來的通道後，讓眾人強烈感受到自己的渺小所導致的結果。

納薩力克地下大墳墓只是虛有墳墓之名，實際上卻是諸神居住的美麗世界。統治此地的魔法吟唱者，安茲．烏爾．恭這號人物給他們的印象太過巨大，已經變得難以形容。

吉克尼夫露出有些自嘲的笑容。人類遇到優越的人事物，會出於本能想低頭臣服。目睹如此華美極致的建築物與日常用品，如果有人能不五體投地，此人一定是心如木石，不具備一點感性。

（……真是讓人煩惱。）

在門扉後方等候的安茲．烏爾．恭是凌駕於夫路達之上的強大魔法吟唱者，恐怕是史無前例的唯一存在。他的城堡之華美超越了人類想像，僕從們也都擁有強大力量。要形容的話，就是無所不能的存在。

這樣強大的存在，怎麼會一直蟄居到現在才現身？吉克尼夫不能明白，不過再過不久謎底就會揭曉。

藉由在這廳堂裡進行的會談，應該能略為揣測出對方的目的。

（都顯示了這麼大的力量，不可能真的只是要我謝罪就結束了。）

他本來想看穿並刺激安茲．烏爾．恭的欲望，讓狀況變得對帝國有利。前來謝罪不過是藉口罷了。

然而——

（——擁有如此力量的人，要怎麼刺激他的欲望？用上我擁有的任何財寶，都不可能辦得到。）

如同一克拉的小顆寶石刺激不了吉克尼夫的欲望，吉克尼夫拿得出來的財寶，可能也很難勾起安茲．烏爾．恭的物欲。

首先金錢是絕對沒用的。

提供軍事力量或魔法技術——這些他們都遠不及對方，安茲．烏爾．恭不可能想要。

論異性——他想到由莉等女僕——恐怕也沒用。

坐擁如此奢華居處的人物，也不可能會需要地位或權力。

那麼他到底會想要什麼？

吉克尼夫完全想像不到。人類所能描繪出的欲望，或許根本不能打動安茲．烏爾．恭的心。

「……也許很難呢。」

吉克尼夫在腦中思考無數能對付安茲．烏爾．恭這號人物的手段。

結論是一籌莫展。

得到的答案是：最聰明的辦法就是不要弄到與他為敵。

（我方的勝利，就是在不讓帝國受傷害的情況下活著回去吧。）

隱含著這種想法的聲音，比吉克尼夫預期得還大聲，但沒人做出反應，因為大家都深受周圍世界所吸引。

「這扇門後方就是王座之廳，安茲大人在那裡等候著各位。」

由莉對吉克尼夫一行人一鞠躬，好像在說自己的職責到此結束。

彷彿等著她這句話，厚重的門扉在無人推動的狀態下，自動慢慢開啟。

倒抽一口氣的聲音傳入吉克尼夫耳裡，而且不是一兩個人，恐怕少說也有十幾個人，也就是來到此處之人的一半以上。這代表了他們沒有做好覺悟而產生的動搖，也顯示出他們想逃命的心情。換句話說，很多人都希望這扇門不要打開。

正因為如此，他應該感謝門扉自動打開。如果要等他們做好覺悟才開，那恐怕永遠都不會打開了。

闖入視野的是一間寬敞，天花板高聳的廳堂。牆壁以白色為基調，再加上以金色為主的精細裝飾。

吊在天花板上的幾盞豪華水晶吊燈以七色寶石製作而成，散放出夢幻般的光輝。牆上掛著好幾面巨大旗幟，從天花板垂到地板上。

這間廳堂正適合「王座之廳」這個名稱，沒有更好的形容詞了。

而從廳堂內撲向眾人的氣息，讓吉克尼夫一行人的臉色瞬間變得慘白。

中央鋪著深紅地毯，左右兩邊成排站著力量強到難以形容的一群存在。

惡魔、龍、奇妙的人形生物、鎧甲騎士、雙足步行的昆蟲、元素精靈。他們有著形形色色的大小與外觀，只是其中隱藏的力量卻是超乎常理。這種存在於左右兩邊一字排開，讓人數都不想數。

這些人沉默無言地注視著吉克尼夫等人。一般認為身分地位高到某種程度的人眼神具有力量，但吉克尼夫還是第一次彷彿感受到物理性的壓力。

吉克尼夫背後傳來沙啞的哀叫，以及微微顫抖的金屬聲。

那是部下們感到恐懼的證據。

然而，吉克尼夫可以老實說。

他無意斥責自己的部下表現出害怕反應，反而還想稱讚他們能克制自己，而沒有一個人逃走。

面對這樣的存在——使人類產生潛在恐懼的高階存在，他們沒有逃走，實在值得嘉許。

吉克尼夫將自己對安茲．烏爾．恭的警戒評估提高了十幾級。至今他一直保持警戒，也提高過評估等級，但現在他知道自己還是太天真了。

他判斷安茲．烏爾．恭已不再只是可能危害帝國命脈，而是會威脅到物種——不只人類，亞人類種族也一樣——存續的危險存在。

吉克尼夫的視線移動到地毯前方。

遙遠的那一頭有一段台階，周圍有看似左右親信的一群人並排站著。銀髮美少女、像是昆蟲直立的蒼白怪物、既像青蛙又像人的西裝男子，還有兩名黑暗精靈——看到她們，吉克尼夫稍稍放了心。如果瞬殺近衛隊的兩人只是一般兵卒的話，他一定無法繼續保持鎮定。

眼睛往台階上一看，那裡有一位生了羽翼的美女，在她後面——

「那就是……」

坐在水晶王座上，手持怪異法杖，恐怖的死亡化身。

暴露出骷髏頭顱的怪物。

宛如黑暗集中於一個點，凝結成形的存在。

——那就是，那就是安茲．烏爾．恭。

他頭上戴著華貴王冠，身穿豪華的漆黑長袍，手指上好幾枚戒指光亮耀眼。離了這麼遠的距離，吉克尼夫仍然明白到，帝國的任何工匠都做不出那一身奢華精巧的裝飾品。

安茲．烏爾．恭空虛的骷髏眼窩當中，點亮著紅似鮮血的火光。吉克尼夫能夠感覺得到，那血紅色的燈火正舔舐般地環顧著一行人。

他絲毫不因為對方不是人類而感到驚訝，反而很高興對方不是人類。

因為對方是怪物而非人類，才能讓他接受此人是異乎尋常的超人存在。

「呼。」

吉克尼夫輕吐一口氣。

那是代表覺悟的嘆息。

從門扉敞開到現在，並沒經過多少時間，不至於因為站著不講話而引人起疑。但也不能一直站在門口不動，所以——他邁開腳步。

「走了。」

他用只有身後的人能聽見的音量說道。如果有人看到，一定會很驚訝吉克尼夫嘴巴沒動，卻能正常說話吧。這不是魔法，純粹是他的特技，而且在這種場合非常有用。

只是，似乎沒有人對吉克尼夫所言做出反應並開始移動。

要走到安茲．烏爾．恭面前，就等於要通過左右排開的異形面前。他們雖然知道應該不會遭到攻擊，但是要從那些怪物面前走過，仍然需要勇氣。

不會遭到攻擊絕非樂觀的判斷。

誰都知道像這次這樣使用王座之廳作為會面場所，大多具有儀式的意義，並兼具顯示國威的目的。

換句話說選擇這個地方，本身就具有展現納薩力克力量的意圖，證明了對方不會在這裡大開殺戒。如果對方想殺了他們，早就把他們帶去屠宰場了。

部下們應該也明白這一點，但還是不敢踏出腳步。最主要的原因，大概是本能拒絕靠近那些怪物吧。

走過異形生物的面前，前方就是——納薩力克地下大墳墓的左右親信們。這些人隱藏的力量，已經達到無可計量的領域。

然後是坐在王座上的——安茲．烏爾．恭。

吉克尼夫總算是打從心底明白了。

那大概就是被稱為「神」的存在。

已經裝備了精神防禦道具，仍然能感受到超乎尋常的壓力。一個不小心，恐怕連這個人稱鮮血皇帝的男人都要屈膝下跪。

然而正因為如此，他不去不行。

如同吉克尼夫觀察過安茲．烏爾．恭，對方也在觀察吉克尼夫。一旦自己的名聲在這裡一落千丈，帝國今後將會面臨何種命運？吉克尼夫至少得讓對方認同自己的價值，以延續帝國的命脈。

吉克尼夫嘲笑自己。

什麼唇槍舌戰。

（這就叫做後悔莫及。做什麼都已經沒意義了，只能盡量將受害壓抑到最小限度。）

「——走了！」

吉克尼夫加重語氣說。這話是對部下說的，但更大的用意是激勵自己的身心。他感覺到部下都跟了上來。

地毯十分柔軟，以吉克尼夫目前的心情來說，實在太輕柔了。

無視於撲向自己的無數陰氣，吉克尼夫只緊盯前方——只注視著安茲．烏爾．恭往前走。他有種直覺，一旦目光離開那個目標，自己的腳步將會停下來。

吉克尼夫並非優秀的戰士。當近衛隊都感到恐懼時，他之所以能帶頭前進，是因為一輩子當皇帝培養出的精神力。

不久，他來到了台階下，左右親信們的面前。

「安茲大人，巴哈斯帝國皇帝，吉克尼夫．倫．法洛德．艾爾．尼克斯希望能謁見您。」

台階上隨侍於王座旁，生了羽翼的美女發出的聲音也十分婉轉動聽，正適合她的花容月貌。吉克尼夫不禁這樣想。

聽到她的聲音，彷彿諸神以死為主題創造出的人物開口了。

「歡迎你來，巴哈斯帝國皇帝。我就是納薩力克地下大墳墓之主，安茲．烏爾．恭。」

那聲音比原本想像的還要正常——接近人類，吉克尼夫稍微安心了點。

這樣的話，或許可以聽出話中的感情。

「我由衷感謝你的歡迎，安茲．烏爾．恭閣下。」

由於對方生了一張骷髏臉，完全看不出一點表情。吉克尼夫陷入沉思，思考該如何開啟話題，才符合目前的場合。

斬斷這段空白時間的，既非吉克尼夫也非安茲。

「安茲大人，竊以為人類這種下等種族想與安茲大人對等談話，實屬大不敬。」男人繼續說：「『叩拜』。」

吉克尼夫的背後傳來好幾陣金屬鏗鏘聲。不用確認他也想像得出來，臣子們一定都照著男人的命令叩拜了吧。他聽見有人似乎拚命想維持站姿，發出呻吟。

很可能是強力精神攻擊造成的強制效果。

吉克尼夫要不是有隨時配戴著的首飾，早就匍匐在地了。

無數視線集中在唯一一個沒有叩拜的吉克尼夫身上。那就像在觀察實驗動物一樣，目光冰冷至極。

「——好了，迪米烏哥斯。」

「是！」一名叫迪米烏哥斯，有點像青蛙的怪物對主人恭敬行禮。「『平身』。」

看不見的沉重壓力消失，背後傳來鬆口氣的嘆息。

「……吉克尼夫．倫．法洛德．艾爾．尼克斯閣下，你遠道而來，我的部下卻冒犯了你。沒能管好部下是我領導無方，請你原諒。如果你希望，我願意低頭致歉。」

在座的怪物們之間產生了一陣動搖。

複數情感在吉克尼夫心中同時颳起風暴。

警戒出自得知安茲．烏爾．恭不是只以暴力行動的存在。

安心出自得知安茲．烏爾．恭不是只以暴力行動的存在。

而最大的情感是恐懼，因為他知道安茲．烏爾．恭緊緊抓住了這裡所有怪物的心。

同時，吉克尼夫也有了一種不祥預感，覺得事情似乎都照安茲的計畫進行。好像一切都是安排好的，給了他一種不協調感。

「無須道歉，恭閣下。部下誤解主人的意向而擅自行動，是常有的事。帝國的人似乎也做出了一樣的事來，真教我難堪。」

從壓制力獲得解放的一名近衛兵，趕緊將拿著的甕放在吉克尼夫身旁。本來吉克尼夫應該立即做出下一個動作，但他有點猶豫。

（恭的部下的行動，會不會是讓我採取這個行動的布局？如果是這樣，我不應該順著對方的意……也由不得我吧。這就跟用真劍對打一樣，硬是反抗趨勢反而會身受重傷……這下不妙。）

「擅自派人入侵閣下的墳墓——我不知道稱墳墓恰不恰當，總之這是派人入侵此地的愚蠢貴族的首級，請笑納。」

甕裡裝的是弗梅爾伯爵的首級，也就是吉克尼夫間接誘導，讓他將工作者送進此地的那個貴族。

白養這可有可無的貴族，就是為了用在這一時。

死無對證。他不知道安茲．烏爾．恭獲得了多少情報，總之壞事盡量掩蓋才是聰明之舉。

會派遣使者去找吉克尼夫，也可能是因為工作者踏進自己的城堡，為了讓主子負起責任，才會那樣恫嚇他們。所以現在最好的辦法，就是裝傻裝到底，死不承認。

站在安茲身旁的美女下巴輕輕一揚，迪米烏哥斯就捧著甕走上台階。

然後他跪在安茲跟前，從甕中取出貴族被砍下的頭顱。

安茲拿起那顆頭顱。

「我就收下了——怎麼處理呢？廢棄太可惜了。」

（……嗯？喔，大概是諷刺吧。原來如此，那傢伙很確定弗梅爾只是被操縱了……問題在於他的情報來源……）

突然間，拿在白骨手掌裡的伯爵頭顱動了起來。

起初他以為是安茲在動，但很快他就知道並非如此。頭顱被濃稠液體覆蓋，從安茲手中滾落。

吉克尼夫目不轉睛地盯著令人驚駭的現象——只見濃稠的黑色液體，一口氣從地板噴了出來。

黑色液體流掉之後，一件巨大黑鎧站在那裡。

是死亡騎士。

吉克尼夫背後一齊發出喘氣似的呼吸。

「怎麼……可能……」

之前說的「創造」，原來真的就是字面上的意思。吉克尼夫以意志力阻止自己咬住下唇，他不能做出那樣難看的動作。

「去吧，入列站好。」

隨著彷彿自地底傳來的沉重話語，死亡騎士走下台階，消失在吉克尼夫的視野角落。

（安茲．烏爾．恭究竟還能創造出多少隻死亡騎士？該不會只要有人類死屍，就能無限創造吧？不，再怎麼說也沒那麼誇張——他創造不出比死亡騎士更強的不死者嗎？難不成……他創造得出來……）

「那麼，吉克尼夫．倫．法洛德．艾爾．尼克斯閣下。」

平靜的語氣讓吉克尼夫回過神來，對安茲露出爽朗的笑容。

「喔，恭閣下，叫我吉克尼夫就可以了，畢竟我的名字很長。」

「是嗎？那就恭敬不如從命了，吉克尼夫閣下。首先容我為了在你面前獻醜道歉。再來是剛才我的部下，對你以及你的各位屬下有所冒犯，因此你底下的貴族給納薩力克造成的麻煩就此一筆勾銷。這事就到此為止，有勞閣下特地跑一趟，現在閣下可以回去了。」

「——嗄？」吉克尼夫沒聽懂他在說什麼。「抱……抱歉，我沒聽清楚，可以請你再說一遍嗎？」

「我說你不用謝罪，可以回去了。我們接下來也有些事要忙。」

安茲開玩笑似的聳聳肩。

吉克尼夫完全搞不懂這是怎麼回事。

對方難道不是想要自己賠罪，並且達成某種目的，才會把自己叫來嗎？現在卻這麼簡單就原諒自己，太奇怪了。

前後行動完全不一致。

（——等等！那傢伙剛才說什麼？）

「抱歉，你說你接下來有事要忙，是什麼意思？」

「多虧了閣下，讓我知道低調過日子一樣會被牽扯進麻煩事。既然如此，我打算前往地表，把麻煩事解決乾淨。」

「這……這話的意思是……」

「首先我要那些暗算我們的人為他們的愚蠢付出代價，再來是煩人的傢伙。我會逐步斬除麻煩根源，直到取回我深愛的寂靜。」

簡直是瘋子在胡說。

不——不對，他不是瘋子。只要想想安茲．烏爾．恭的能力、兵力與財力，就知道這並非戲言。只不過是吉克尼夫的常識太狹小，無法面對事實罷了。

安茲．烏爾．恭是能辦到這一切的存在。

一種毛骨悚然的感覺自吉克尼夫腳底昇起。

因為將自己關在納薩力克地下大墳墓這個僻靜之地的怪物，有意打開大門，在地表專橫跋扈。

（難道把我叫來這裡，就是為了這個目的？所以整件事其實是宣戰布告嗎！什麼才是最好的辦法？安茲．烏爾．恭等於是在說自己將來會與帝國為敵，我應該現在就先俯首稱臣才對嗎？）

老實說，他覺得這樣做似乎比較聰明。

但是——他不認為一個國家受到怪物統治，人民能獲得幸福。搞不好所有帝國子民都會被變成死亡騎士，那豈不是比死更痛苦？

這是吉克尼夫人生當中最拚命動腦的一刻。其實他很想把這個問題帶回國內，與數十名智者一同討論，決定方針，但那樣就太遲了。

吉克尼夫臉上帶著清澈的笑容，說道：

「我有個提議，我們結盟如何？」

「應該是臣服才對吧——嗚嘰！」

先是聽見銀鈴般的婉轉嗓音，然後傳來一陣擠扁的聲音。銀髮少女表情微微歪扭，站在她身旁的亞烏菈一副受不了她的樣子。

以吉克尼夫的動態視力看不清楚究竟發生了什麼事，只知道大概是黑暗精靈踹了銀髮少女一腳。

「……我說妳啊……」

「——不許吵鬧，肅靜。」

安茲拿出魔王應有的態度，威風凜凜地一揮手。

感覺就像一生之中長久統治眾人，而自然具備了這種舉止。

吉克尼夫的戒心突破了極限。

（應該是因為作為統治者治理此地，活了悠久的時光，才能有這種舉止吧。想不到竟如此威儀不凡……）

兩名少女齊聲向主人懺悔自己的愚昧。

亞烏菈身上絲毫看不到來皇城時的傲慢態度。先是剛才那一幕，現在吉克尼夫又一次目睹安茲．烏爾．恭完全掌握部下的場面，他下定了決心，接著說下去。

現在開始才是重頭戲。

他舔溼乾燥的嘴唇。
吉克尼夫從至今的短暫時間內想出的無數計畫中，準備好他認為最理想的一個。
「在此地建立閣下的國家，由閣下登基統治。我認為這是件很棒的事，也認為這地位正適合恭閣下。而我們帝國希望能對閣下提供最大後援，幫助閣下建國，你覺得呢？」
安茲無皮無肉的臉文風不動。不過，吉克尼夫覺得那雙眼睛裡蘊藏的紅光似乎更亮了一些。
「……吉克尼夫閣下，我不認為這樣做對閣下有好處啊。」
這個問題十分合理，因此吉克尼夫早就料到了。他裝出一副真心誠意的態度回答：
「為了將來著想，我希望閣下統治的國家與我的帝國之間能結成友好同盟。」
「原來如此，那就麻煩你了。」
安茲答應得乾脆，讓吉克尼夫愣了一下，好像撲了個空似的。他沒想到事情會談得這麼順利。
首先──
（為什麼不要求我們臣服？絕對強者──站在壓倒性有利立場的人，為什麼會接受我的提議？）
當安茲要求自己臣服時，吉克尼夫早已想好無數種手段應對，然而安茲的回答卻不在吉克尼夫的預測範圍內。

他的目的是什麼？

吉克尼夫無法揣測安茲的思維。

與強者交戰時，弱者的戰鬥方式就是思考如何讓對方栽跟斗，也可以說是利用強者的驕矜自滿應戰。然而，如果強者是個不驕矜自滿的存在，這招就行不通了，弱者唯一的戰鬥方式就此失去意義。

安茲就是這樣的一個人，絕不做出讓人感覺出強者驕傲的行動。

不對——

（該不會跟我想的一樣，這一切也都是照對方的計畫走？有可能，他回答得實在太快了。難道我做的選擇，都在他的預料之中？）

吉克尼夫強烈認識到，安茲這個存在的可怕之處不只是其隱藏的力量，還有他的聰明睿智。

「這……這樣啊，那真是太好了。那……那麼如果你有什麼希望我們做的，可以現在就告訴我們嗎？」

「一時想不到呢，不過，我希望確立一個方法，能隨時與閣下取得聯絡，例如替我的使者安排個置身之處。」

如果到目前的一切都是照安茲的想法在走，他不可能什麼都沒想到。那麼，這段對話只是偶然了？

（不，這句話本身也有可能是幌子。大概是覺得回答得太快會被我看穿企圖吧，這個怪物還真有頭腦。不，正因為是怪物，所以才有著超乎常人的智慧嗎？）

「嗯，你說得是。我真笨，沒立刻想到這方面的問題，真不愧是恭閣下。」

「……嗯。」

討厭聽客套話嗎？

聽到安茲興致缺缺的回答，吉克尼夫悄悄將這點寫進心裡的記事本。

「那麼我就回去了，不過我會把祕書官留下來。這方面的問題，可以請你與他協商嗎？……羅內．梵米利恩！」

「——是！我將為帝國鞠躬盡瘁，使命必達！」

他看不到背後羅內的表情，不過從他的聲音當中，可以強烈感受到他的決心。實際上，在這裡進行的磋商很有可能決定帝國今後的命運。要不是吉克尼夫必須立即回到帝國，組成以對抗安茲．烏爾．恭為前提的團隊，他巴不得能自己留下來。

「回答得很好，感覺得到你對皇帝的赤膽忠心。那麼我方就派出迪米烏哥斯吧，雖然他剛才有些冒犯之舉，不過既然你已經不予計較，就交給他處理好了。」

視野角落看到青蛙臉怪物靜靜地行禮，吉克尼夫有種預感，知道自己將會失去一名優秀部下。因此吉克尼夫必須拚命壓抑自己，不讓注視安茲的視線中帶有憎惡之火。

（這麼快就出招了嗎！）

青蛙怪物（迪米烏哥斯）的話語具有強制效果，對方擺明了是要利用這個效果，讓羅內成為他們的傀儡，可能是想藉此問出帝國內部的詳細情報吧。

（這不是對同盟國應有的行為，而且還直言不諱地告訴我，好個奸險小人。迪米烏哥斯……指派看起來不怎麼聰明的怪物負責協商這種用腦的工作，是為了日後找藉口說是部下擅自進行諜報工作嗎？安茲．烏爾．恭真是讓我驚愕不斷！混帳傢伙！）

他在心中破口大罵的同時，卻也感到佩服。

剛才做出那種失敗，是為了讓自己（吉克尼夫）到時不能說不知道對方會犯那種錯吧。有任何不滿必須現在就說出來，一旦錯過這個機會，以後對方可能會說是自己默認的。

吉克尼夫正要開口，但安茲比他快了一點。

「迪米烏哥斯是我深深信賴的親信，兩方好好洽談，協商過程想必會很順利。」

「那真是太好了。」

吉克尼夫勉強裝笑。

他第一次看到有人這麼善於見機行事。對方都已經事先講成這樣了，他也不便再說什麼。

然而聽到安茲接下來這句話，讓吉克尼夫痛切感受到自己的天真。

「那麼如今雙方立場有變，吉克尼夫閣下已經是我的盟友了，就這樣讓你回去未免不近人情。難得有這機會，不妨留宿一晚再走如何？我會用各種方式款待各位。」

（不只是羅內，你對所有人都想動手腳嗎！）

或者是想進行某些更可怕的手段也說不定。無論如何，他不認為安茲會沒有任何打算就留他們過夜。迪米烏哥斯歪扭著醜臉發笑，好像在說「屬下心裡有數」，讓吉克尼夫打從心底感到可恨。

「不，不，不，不用費心了，我得早點回去做各種準備才行。」

「這樣啊？那真是遺憾。那麼不嫌棄的話，由我——不，由我差人送各位一程如何？」

想像到自己騎乘龍的樣子，吉克尼夫對安茲的提議起了少許好奇心。不過，他揮去了這個念頭。安茲不可能真的只是想送他們一程，他也想避免欠對方人情。

「感謝你的好意，但我們畢竟是坐馬車來的，就坐馬車回去吧。」

「不死魔物的無頭馬可以不眠不休……」

「……抱歉，你的好意我心領了。」

「這樣啊。」

安茲顯得有點遺憾，不知道是演技還是真心話。吉克尼夫也無法判斷，不過演技的可能性比較高。

總之目前情勢尚未明瞭，他不想大肆宣傳，讓外人知道安茲這個不死者與帝國結盟了。更何況要是騎著憎恨生命的不死馬妖回國，姑且不論自己帶來的騎士團神官，神殿勢力的神官們不知道會說些什麼。

「那麼我們就此告辭。」

「這樣的話，迪米烏哥斯……你送客人到外面吧。」

「不……不用費心了……難得有這機會，可以麻煩各位女僕送我們嗎？我從沒見過那樣美麗的女士們。」

安茲偏了偏頭，好像覺得很不可思議。

——假惺惺。

吉克尼夫面露微笑，心裡卻在拚命壓抑憤恨。

安茲一定是知道自己對迪米烏哥斯有戒心，才會這樣故意酸自己。

他根本無意與自己建立友好關係。大概還有個目的，就是要讓自己明白誰才是老大。

（竟然如此邪惡……這可是全人類的危機啊……）

「喔，謝謝你的讚美，那麼你就跟在外面待命的女僕說一聲吧。今天是喜獲盟友的好日子，我還想把這一天制定為節日呢。」

（你是想說奴隸紀念日嗎！）

吉克尼夫完全不讓心中的吶喊溢於言表，對安茲露出微笑。

「說得沒錯，真的——說得沒錯。」

4

會談結束，安茲的個人房間裡有著守護者——雅兒貝德、迪米烏哥斯、亞烏菈、馬雷、科塞特斯、夏提雅——等人，還有塞巴斯的身影。

安茲要跪拜的部下們起身。

安茲將手肘立在桌上，雙手交疊，將半張臉藏在雙手後方。

不存在的胃陣陣絞痛。想著接下來就要遭受大家圍攻，安茲偷偷觀察迪米烏哥斯與雅兒貝德的臉色。

他們臉上看不出怒氣，好像也沒有傻眼的感覺。

但誰能證明那不是裝撲克臉？不，這樣一想之後仔細瞧瞧，會覺得兩人的臉色似乎因為生氣而僵硬。

（好想逃走，我為什麼會坐在這裡呢……不，已經太遲了，所謂覆水難收。做好覺悟吧，安茲・烏爾・恭！）

類似胃痛的感覺稍微緩解了些，但還是有點反胃想吐。

當聽到帝國皇帝按照預定來到納薩力克時，必須跟對方王見王的安茲委婉地問迪米烏哥斯：「接下來該怎麼做？」，然而他只是回答：「一切都照預定進行，請大人依原定計畫行動即可」。

（我就是不知道那個原定計畫啊！）

安茲不可能這樣說。

作為至高領導者君臨納薩力克地下大墳墓的安茲，必須擺出ＮＰＣ（孩子們）想看到的態度。因此他只能勉強裝出堅毅的態度，以有如王者的笑容回答：「這樣啊」。

聽從迪米烏哥斯的提案，安茲在沒搞清楚狀況的情況下四處奔波。

然後與吉克尼夫・倫・法洛德・艾爾・尼克斯的整場會談，他都只能將計就計，見招拆招。他可以斷定——自己並沒做出漂亮的交涉，絕對沒有。

安茲再度等著考試成績出爐，偷看兩人的臉色。

（簡直跟面試一樣。）

在他踏入社會時接受過好幾次面試，此時的心情就跟那時候一樣。

「說到皇帝已照我們的預定行動了。」

安茲講到這裡吸了口氣，正要接下去說時，有人從旁插嘴。

「安茲大人，請容妾身斗膽問個問題。為何要賜與人類的皇帝協助者的地位呀？小小帝國只要用武力迅速征服不就好了嗎？」

聽到夏提雅這樣問，本應沒有的心臟不禁跳了一下。

為了朝征服世界這個目標邁進，首先要對帝國施加壓力。為此，他們要故意容許帝國首腦陣容對納薩力克發動攻擊，然後以此作為要脅，與皇帝直接對話，並且於對話之際展現納薩力克壓倒性的戰力；這就是這次整件事情的流程。

安茲只知道這些，至於為什麼要向皇帝展現武力等細節部分，他一概沒搞懂。

所以，他不可能想得到如何回答夏提雅。

亞烏菈接著說：

「夏提雅說得沒錯，我們闖進了那些傢伙的首都，根本沒什麼了不起的啊！」

安茲偷看守護者們的神色，大家似乎都有一樣的疑問。

他們絲毫無意反對主人安茲的決定，也認為這是最正確的，但還是不免抱持疑問。

而且他們認為知道安茲為何做此選擇，明白他的心意，才能幫上安茲更多的忙。

懵懵懂懂地做事，也可能會做出違反安茲心意的行動。已經犯過錯的夏提雅與塞巴斯，對這方面尤其感到不安。兩人表情都極其認真，表現出不願聽漏安茲一言半字以及任何一點心意的態度。

安茲被所有人聚集的視線形成的壓力壓得喘不過氣來，但還是努力設法脫困。

（首先得決定是要肯定還是否定夏提雅與亞烏菈的意見。如果肯定，這就是支配帝國的一部分計畫。如果否定，就是現在不打算支配帝國……選哪一個才會跟迪米烏哥斯還有雅兒貝德意見相同？喔，糟糕，我拖太久了。）

安茲發出自己認為聽起來大膽無畏的輕微笑聲。

然後他大大吐出一口氣。

機率是二分之一。

就算弄錯了，只要設法修正回來就好。再說——

（夏提雅老是失敗，所以應該選擇反對！）

「——我認為那樣做是很愚蠢的，夏提雅。」

聽到安茲所言，所有守護者的眼睛都變得更加明亮起來，恐怕並非安茲眼睛的錯覺。他們大概是想聆聽偉大主人的發言，接住聰穎頭腦滴落的智慧水滴吧。

（只可惜都瞎了眼了！）

安茲把臉轉向迪米烏哥斯，萬分謹慎，不讓他感覺自己是在求助，語氣沉重地問道：

「——迪米烏哥斯。」

安茲這樣叫，是希望聰明的他能一聽就懂。

「是！請原諒這些無能之輩沒能理解安茲大人的想法。」

「呃，不，無能講得太重了。」

「失禮了，請大人恕罪！」

「……呃，嗯。」

（我不是這個意思啦，你為什麼不肯說點別的呢？不妙，總不能再叫一次迪米烏哥斯……你為什麼不肯說出答案啊……）

「——雅兒貝德。」

「安茲大人的慈悲心腸讓我幾乎要感動落淚。不愧是我等統治者，至高的君王！」

「…………唔嗯。」

比起讚美，他比較想要答案。

然而，已經沒有人可以求助了。

安茲做好覺悟，說出自己認為的答案。

「我需要大義名分。」

「此等藉口，真有必要嗎？」

「當然。沒錯，靠武力支配很容易，但是那樣會樹敵太多。這次的對手不像蜥蜴人(Lizard Man)只具有原始文明，如果有人要我解釋這次的事情，我會這樣告訴他：『帝國派出工作者侵入我們平靜度日的住處，搶奪我們的財寶。我們憤怒地殺了這些工作者，並要求委託工作者的帝國謝罪，結果帝國表示願意讓我們建國，希望我們原諒他們。』之所以讓皇帝成為協助者，也是計畫的一部分。」

「原來如此～可是安茲大人，這樣解釋對方就會接受了嗎？」

「接不接受無所謂，因為事實就是如此。」

所謂的大義名分就是這麼一回事，況且安茲說的這些，應該都是真話。

「啊，該……該不會是因為這樣，所以才……？那個，呃，安茲大人會叫皇帝過來，就是因為……」

「嗯？什麼意思，馬雷？」

「是……是的。呃，我是在想，那個，會不會是因為在帝國進行交涉可能留下各種證據，所以才選在這裡交涉，以免談話外洩。」

「——哈哈哈，正是如此。反應真快，馬雷。」

馬雷害羞地笑了。

看著他可愛的笑容，安茲心裡大為佩服。的確，如果在帝國進行交涉，或許會留下很多證據。然而約在這裡，帝國的人來得不多，交涉也沒有留下白紙黑字。在調查事情真相時，這點應該會非常有利。

安茲對迪米烏哥斯安排對方前來此地的睿智感到驚嘆，同時環顧守護者們。

「再說建國就等於保護對象增加。化做廢墟的國度，會有害安茲．烏爾．恭的名聲。那麼，還有沒有其他人注意到什麼？」

他這樣說的意思，是有沒有人像馬雷一樣注意到什麼。

守護者們的眼睛都朝向迪米烏哥斯。他們應該是想，迪米烏哥斯是納薩力克最有智慧的人，又是守護者的整合者，應該會想到什麼吧。安茲也十分贊同他們的想法。

「──呵呵呵呵。」迪米烏哥斯發出笑聲。「……你們真的以為安茲大人的計畫不過如此嗎？」

「咕呼呼。」

「咦？」

「咦？」

「什麼意思呀？」

「什麼？」

「哦。」

「……咦？」

「你們大家應該稍微動動腦，安茲大人是我們的主人，又是諸位無上至尊的整合者，怎麼可能只想到這點程度呢？」

安茲覺得自己好像被猛揍了一拳，咕嘟一聲嚥下根本沒有的口水時，守護者們都在點頭表示「有道理」。

（幹嘛給我增加難度啊！）

沒有人會察覺安茲內心的吶喊，或許算是幸運吧。

「就是啊，光是聽到簡單易懂的答案，就以為自己體察了大人的真實心意，未免太操之過急了。所以安茲大人才不願馬上告訴你們更深一層的答案喲。」

除了雅兒貝德與迪米烏哥斯之外，其他守護者都不明白安茲的真實心意，臉上浮現出些微的懊悔。他們大概是擔心這樣愚笨的腦袋，幫不上安茲的忙吧。

安茲由衷感謝自己變成了現在這副身軀，維持撲克臉實在太容易了。

「傷腦筋……安茲大人，您是否應該將您真正的目的告訴我的同伴們了？這也會影響到今後方針的。」

所有人的視線都集中到安茲身上。視線中隱含著哀求，希望主人能教教愚笨的自己。

環顧眾人的臉後，安茲做了個……不，是重複了幾次呼吸。

然後安茲慢慢從椅子上站起來，轉身背對所有守護者，隔著肩膀稱讚迪米烏哥斯。

「……不愧是迪米烏哥斯，以及守護者總管雅兒貝德，竟能看穿我的所有目的……」

「不敢，安茲大人的深謀遠慮絕非我所能及。我想我能夠理解的，也不過是其中一部分罷了。」

對於安茲的讚美，迪米烏哥斯滿懷敬意地行禮回答。

「我聽到女僕們提到智謀之王這個稱呼，認為再沒有比它更適合安茲大人的稱號了。想不到從您塑造了飛飛這個冒險者時起，就已經擬定了如此深遠的計謀，這一切都是為了避免統治空有廢墟的國度吧。」

安茲自傲地點頭，疑問卻在心中打轉。

（……這傢伙在說什麼啊？飛飛？為什麼這時候要提到耶・蘭提爾的冒險者？）

「到底什麼意思呀？」

夏提雅的語氣中充滿了嫉妒，大概是不高興只有他們倆能與崇拜的主人踏入同一領域吧。看到迪米烏哥斯面露微笑，雅兒貝德面露勝利者的笑容，亞烏菈也不滿地嘟起臉頰。

「安茲大人，請大人也教教我們，我們一定會幫上大人更多忙的！」

「那……那個，我……我也想知道！請大人不吝賜教！」

「本來應該是無需勞煩大人說明，就得自己領悟……請饒恕我這愚昧的存在。」

「我也務必想請大人賜教。」

眾人的語氣都顯得相當急迫。

安茲背對他們，一隻手遮住了眼睛附近。因為他壓力太大，產生了頭暈的錯覺。

——侍奉大人，為大人效力，才是我等的喜悅。

好幾名守護者同時對安茲的背影說出意思相同的話語。

守護者們的苦苦哀求讓安茲很有罪惡感，再加上自己又答不上來，讓他心痛不已。強烈的情感應該會受到壓抑，但這份痛楚卻壓不下來。

是否應該坦率告訴大家，自己是個蠢蛋呢？

然而各種理由不允許安茲親口如此告訴大家。

他掃除迷惘，一回首，將證明公會長身分的法杖猛然指向迪米烏哥斯。

「迪米烏哥斯，准你將你理解的範圍解釋給其他人聽。」

「遵命。」

迪米烏哥斯點頭後，開始對同伴們做說明。

5

構造明明與來時沒有任何變化，卻覺得馬車跑起來震動得很大，或許是因為馬車內的氣氛凝重，或是因為乘車的成員改變了。

如果說來時只有一軍乘車，回程就包括了二軍。

一名門徒代替夫路達坐在車裡，羅內部下之中的祕書官代替了羅內。剩下兩人不變，就是馬車車主吉克尼夫與巴傑德。

夫路達之所以不在，是因為他要跟門徒們討論剛才看到的一切。因此才會叫實力僅次於夫路達——但仍然有著壓倒性差距——的高徒同乘。

此刻夫路達乘坐的馬車裡，想必正在如火如荼的進行熱烈討論吧。

跟這輛馬車正好相反，吉克尼夫乘坐的馬車只是一片死寂。

只有凝重的氣氛始終支配著馬車。

之所以會陷入這種狀態，原因出在吉克尼夫身上。因為他的表情僵硬，彷彿有苦難言。

人稱鮮血皇帝，備受畏懼的吉克尼夫，臉上總是掛著冷笑，這是大家的共同認知。實際上，他自己也有刻意裝出這種表情，因為在眾人的眼裡，自己必須是個強勢的皇帝。帶領群眾的人必須威儀非凡，否則會讓跟隨者感到不安。

在這三個人當中，與吉克尼夫來往應該最久的巴傑德，恐怕都沒看過他這種表情。正因為如此，同乘馬車的三人才會一語不發，僵硬地坐在座位上。

吉克尼夫雖然感覺到他們的視線，卻什麼也不想說。

大家都知道是為什麼。

不，如果有人以為還有別的原因，吉克尼夫可要劈開此人的腦袋，看看裡面的腦子，因為很少有機會能看到只有小指指甲大小的腦子。

納薩力克地下大墳墓——老實說，說那是墳墓不太正確。

（那是——魔王的城堡。）

那一群可怖的人物，以及他們前方的存在。

——坐在王座上的「死亡」。

除此之外，感受到的不只是恐懼。

窮極奢侈，富麗堂皇的建築物以及各種日常用品，這些都引起人的敬畏之意。

面對隱藏了相差懸殊的軍事力與經濟力的存在，政治手腕高超的吉克尼夫很容易就能明白帝國今後將會迎接何種苦難歲月。

本國的領袖是強者，就能給予國民安心的感受。國力再怎麼強大，領袖是隻小綿羊，國民就會不安。幸運的是，帝國無論身體還是頭腦都是獅子。然而如今出現了身體與頭腦都是巨龍的國家，帝國國民將會產生何種觀感？

吉克尼夫低頭看看長時間緊握而發白的手。

（不，還沒完呢，還沒確定是我們輸。）

吉克尼夫笑了，是符合鮮血皇帝之名的笑容。

彷彿期盼這個諷刺冷笑許久似的，部下們的表情都變成了安心。看到他們的反應，吉克尼夫也稍微露出並非虛假的笑意。

「別這樣一直偷瞄我，會害我分心不是？」

「陛下！」

三人的聲音重疊在一起。聽到他們的聲音，充滿對自己的皇帝終於回歸的喜悅，吉克尼夫再次體認到自己該做的事，用力點點頭。

「首先我們來比對一下，在場所有人在那地下產生的觀感有沒有任何差異。如果有人有不同意見，儘管提出來，就算大錯特錯也不用擔心受罰——好，那麼首先針對最重要的部分，納薩力克地下大墳墓的統治者，安茲．烏爾．恭思考一下吧。」

吉克尼夫頓了頓之後，才講出自己親眼目睹那個超級怪物後，產生的坦率感想。

「安茲．烏爾．恭能夠輕易創造出死亡騎士，是怪物中的怪物，若與此人為敵，帝國恐怕會毀於一旦。再說就算不與他為敵，他因為是不死者，也有可能殺害活人當好玩。有人有異議嗎？」

「沒有。」

「竊以為正如陛下所言。」

「嗯，我也這麼認為。如果要再補充一點，就是我不認為憑人類的力量，能戰勝那個怪物。應該說連要逼近到能與那傢伙交手的距離都有困難，就算用上帝國全軍也一樣。」

聽完了三人的贊同意見，吉克尼夫接著說：

「除此之外，他還是君臨地下大墳墓的絕對君王，我認為他擁有王者應有的魅力。」

「對啊，他真的很厲害，我看他比我們的皇帝還要有領袖魅力喔。」

「巴傑德閣下！」

「無妨，這是事實。整場會談中恐怕只有一句話是他的真情流露，但從那句話當中就足以感受到霸主應有的魄力了。」

「您是說『不許吵鬧，肅靜』對吧。」

聽到祕書官提問做確認，吉克尼夫輕輕點頭。

那種態度足以讓人體會到，安茲．烏爾．恭的確是納薩力克地下大墳墓的君王。

「然後……最可怕的是那個怪物不只有力量，還有智慧。他的每個行動都有意義，可謂稀世的謀略奇才……你們別一副一頭霧水的樣子，想想看就知道了。自從我造訪地下以來，從頭到尾應該都是照著此人的計畫在走，不然不可能這麼簡單就放我們走。擁有那樣力量的怪物，竟然不用暴力，而是用計策喔！絕不會是個有勇無謀的對手。」

這種人才真正難纏。

「接著該來想想他的部下了，說吧。」

這次他想聽聽自己部下的看法，催促他們發言。

「我想聚集在恭前面的那些人，應該是他的親信吧。站在恭身旁的羽翼女子……那應該就是王妃吧？態度看起來也像是如此。」

身穿潔白禮服的絕世美女。

冷淡的笑容雖然絕非善意，但仍然具有撼動心靈的魅力。那樣一位佳麗，必定有很多男人無法抵抗想博得她嫣然一笑的欲望吧。

腰際的黑色羽翼，感覺不像是魔法道具或衣服裝飾，因為看起來實在太自然了。雖然有些種族具有翅膀，例如翼人；但那女子應該不是那些種族，吉克尼夫認為她很可能是人稱惡魔的異界居民。

「或許是呢，我認為她有可能是安茲．烏爾．恭的妻子。他有娶妻就表示，那個，怎麼說呢……只有臉部是骷髏嗎？還是說他戴著面具？」

「誰知道呢？」吉克尼夫雖然如此回答，但他覺得那張臉並非面具，而且也不是幻影。

「還有，能以聲音支配對手的迪米烏哥斯……會是吟遊詩人嗎？也許因為是青蛙，所以擅長唱歌。」

吟遊詩人能配合樂器演奏或歌聲發揮特殊效果，與能用言語支配對手的迪米烏哥斯有些相似。

除此之外，聽說羅蕾萊等精靈當中也有人擁有這類力量。但那個男的絕不可能是精靈之類的可愛存在。

「喔，原來如此，吟遊詩人啊，這個可能性很高。其他還有像是巨大昆蟲的人物……那個到底是什麼呢？」

「我想也有可能是蟲系種族的人，不過……我對蟻人以外的蟲族知道不多，打算晚點再請教老師。」

世界很大，想必還有一些種族並不廣為人知，也可能產生突變。除此之外，也聽說魔物的王族是從普通種變化而成的，如同女王蟻與工蟻的差異；吉克尼夫認為也有這些可能性。

「這樣一來，就只剩銀髮少女與兩名黑暗精靈啦。先不論後者，前者是什麼人？看那個超豐滿的胸部——一定是愛妾！」

巴傑德所言讓馬車內充滿苦笑。

「不，一個普通愛妾不可能站在那裡吧。」

「我想一定是能與那黑暗精靈匹敵的強者。」

「喂喂喂，這你可能就估計錯嘍。」巴傑德語氣認真起來。「在那裡列隊的，應該是那個怪物的親信不會錯，但沒人規定所有親信都得很強。你想想嘛，如果因為我武藝過人，就在陛下身邊只準備一百個我這種親信，你不覺得帝國會因為政治無法運轉而崩潰嗎？講得明白點，就是她也有可能是以力量以外的理由選上的親信，比方說聰明的愛妾，對吧？例如負責那座墳墓型城堡的所有內部管理之類。」

有人回答「原來如此」。

吉克尼夫也覺得有道理。

他的注意力都放在安茲．烏爾．恭的強大力量上，只看到那個銀髮少女跟黑暗精靈站在一起，就自動認定她也是個強者。當然，她也有可能擁有與那黑暗精靈同等的恐怖力量，但還是得避免抱持錯誤的刻板觀念而吃到苦果。

「大概就這樣了吧。」吉克尼夫環顧眾人。「你們的看法都跟我一樣，不過話說回來，如果此人的親信都是不死者還好……但看起來似乎湊齊了各種怪物啊。」

「哎，與其說是怪物展示會，倒有種人才濟濟的感覺呢～」

巴傑德心直口快的講話方式，讓吉克尼夫不禁露出微笑。

「說得對，最好從獲得的情報針對他們做進一步調查。其他需要討論的……就是那座城堡的莊嚴程度吧。那樣宏偉的建築物，應該會留下一些傳說吧。」

「屬下才疏學淺，請陛下恕罪。等回到帝都，我立刻以神話相關文獻為主，詳細調查各方資料。」

吉克尼夫大方地接受高徒的道歉。

「嗯，麻煩你了。那麼，還有沒有注意到什麼部分？我實在不認為那樣莊嚴神聖的城堡，會是那個邪惡怪物建造的。有沒有看到什麼能成為線索的物品？是說那裡真的是基於此地歷史建造的墳墓嗎？」

沒有回答。

這證明了所有人都抱持著相同疑問。

也不能捨棄那座城堡是以傳送方式，從完全不同的地方——說不定是稱為魔界的另一個世界——移動到墳墓底下的可能性，應該說這樣還比較容易接受。

「沒有結論啊，情報果然還是太少了。我們必須從留在那裡的梵米利恩與那人預定派來帝國的屬下身上盡量獲得情報，明白吧？」

「當然了，我會盡量巧妙處理，不會讓對方產生敵意或引起疑心。」

「不能說盡量，對方的戰力遠在帝國之上。你得謹慎處理，不要讓虛偽的友好關係出現破綻。」

祕書官低頭致意，吉克尼夫這才覺得稍微放下肩膀的重擔。

「……對帶來的那些人真是過意不去。」

可能是因為如此，他提起了一直擠在馬車裡，沒踏出車外一步的那些人。

就是本來打算送給安茲．烏爾．恭，帶來的帝國千金小姐們。

不管在哪個世界，「美色」都能成為武器。也許應該由帝國情報局培育一群箇中好手，但考慮到如果對方使用魔法檢查就麻煩了，所以才刻意召集了純潔無垢的一群女子。

「哎，雖然是辜負了她們與親朋好友永別的決心，但她們心裡應該滿高興的吧。」

「很難說吧？若是能得到那個怪物的寵愛，那也很了不起喔。」

「要是跟那種怪物上床還會開心，那女的簡直是天不怕地不怕了。」

巴傑德話中之意，是認為天底下沒有這種人，但他想得太天真了。如同自己的母親毒死了丈夫，吉克尼夫見識過無數女人的明爭暗鬥，可以滿懷自信地這樣說。

「女人比男人想像得更勇敢，也會為感情或利益而行動，一定也有女人能跟骷髏王上床而面不改色吧。就這層意義而言，也許逃過一劫的是我們呢。因為說不定有哪個女人能給安茲．烏爾．恭灌迷魂湯，要他殺了我。」

雖然其他人都在苦笑，不過吉克尼夫認為難保沒有這種可能性。

他知道自己倚仗強權斷然執行了多項改革，受到貴族們的多少怨恨。當然，自己也有不少同志，但真正能信賴的只有一部分親信，以及自己的老師夫路達——

無意間，一個疑問如羽毛般輕柔飄落。

就是關於老師夫路達。

夫路達是自己的恩師，又是帝國的重臣與王牌。他是帝國最偉大的英雄人物，就連吉克尼夫也對他抱持敬意。而吉克尼夫也知道只要剝掉他一層賢人的薄皮，內心則是翻騰著對接觸魔法奧祕的瘋狂渴望。正因為如此，才會留下疑問。

——剛才那樣很不像夫路達的作風。

安茲．烏爾．恭確定是凌駕於夫路達之上的大魔法吟唱者，因為他能那樣輕易創造出夫路達無法支配的死亡騎士。那麼夫路達為什麼沒說什麼，就跟吉克尼夫一起離開墳墓？

（照老爺子的個性，應該會向那個恐怖怪物尋求魔法知識才對。就算要他匍匐在地，趴在對方的腳邊也行……）

想像起來非常有真實感。

（然而，老爺子什麼都沒做，甚至問都沒問一句。感覺老爺子好像變了一個人……難不成……對方對他做了什麼？）

迪米烏哥斯一句話，就讓眾人都跪拜在地。然而，那會不會只是在用異常狀況引開己方注意，真正的目的其實是對夫路達施加某些精神控制？

吉克尼夫很難想像安茲．烏爾．恭會想要夫路達做自己的部下。夫路達對帝國而言是王牌，然而在那種妖魔雲集的地方，夫路達的力量也微不足道。

但是腦中累積的知識應該有它的價值。除此之外——只要能控制夫路達，不但可以一口氣降低帝國的軍事力量，同時還能奪走帝國抵抗安茲．烏爾．恭的最後武器。

這樣等於是被戴上了奴隸的項圈。

（會是這樣嗎？老爺子什麼都沒說，還有其他原因嗎？……因為早就知道了？是因為他事前就知道安茲．烏爾．恭的力量？）

——霎時間，彷彿晴天霹靂。

他冒出一身冷汗。

「陛下？陛下？您怎麼了？臉色好像很糟？我叫神官——」

「——了。」

「咦？」

「我說免了。對……免了。」

吉克尼夫瞥了慌張的部下一眼，想再度沉入思考的漩渦，然而——

（難道我在害怕？我吉克尼夫會害怕？）

腦中亂成一團，無法整理思考。好像不敢繼續想下去，故意別開目光似的。

（不行！為了今後的情形，若是逃避，很可能會招致最糟的事態！冷靜，我得冷靜，冷靜下來好好想想。）

吉克尼夫承受著其他人訝異的眼光，冥思苦索。

（首先是老爺子，老爺子假如知道安茲．烏爾．恭的實力……不，是知道他的能力，那就可以理解老爺子為何會有那種反常的行為了。也許老爺子跟那個怪物私底下有所聯繫——不可能！）

部下們看到吉克尼夫表情瞬息萬變，都十分驚訝，但他現在沒心情理他們。

（對，不可能，吉克尼夫。看到那個死亡騎士，老爺子是由衷吃了一驚。也就是說他不知道安茲．烏爾．恭的底細——不見得。對，老……夫路達不知道的，是那人役使死亡騎士的能力，如果他早就知道安茲．烏爾．恭——是個神通廣大的魔法吟唱者呢？）

就像分散開來的拼圖一片一片拼起來，形成美麗的——不，是醜惡的繪畫。

（夫路達早就認識那個怪物了，那麼是多久以前就認識了？……打從一開始？沒錯，發現有人出入這座墳墓的人，以及提案派遣工作者的人，都是夫路達。）

各個點彷彿連成了一條線。

這樣一想，大半謎團都有了解答。

「你背叛我，原來是這樣啊。你背叛了我，出賣了帝國是吧。」

那是自地獄底層響起的怨恨之聲，抑或是孩童的哭泣聲？

部下們看到皇帝這樣，不敢提問，只是保持沉默觀察皇帝的臉色。吉克尼夫慢慢將目光轉向他們。

「夫路達．帕拉戴恩倒戈了，在這種情況下，帝國會受到多少損失？有可能將他調任閒職，就這樣讓他終老至死嗎？」

聽到無法置信的一番話，所有人都睜圓了雙眼。

「怎……怎麼可能，陛下，您玩笑開得太過火了。」

聽到門徒這樣說，吉克尼夫的體內深處噴出了怒火。他很想怒罵門徒自己不想聽到這種蠢話，但他強忍住了。之所以沒有爆發，是因為連他自己的頭腦深處，都有個幼小的吉克尼夫不願意相信這件事。

見識過貴族社會背後的各種權謀術數，長大成人——被迫如此的吉克尼夫深吸口氣吐出，同時驅散累積在臟腑深處的怒火。

「我再說一遍，夫路達．帕拉戴恩倒戈了。在這種情況下，帝國會受到多少損失？」

部下們面面相覷，交換了幾秒鐘的眼神後，由門徒作為代表開口。

「損失超乎想像，讓人不忍卒睹。過去光是暗示老師的存在，就足以威嚇其他國家，因此帝國向來不受外國的謀略影響。」

吉克尼夫看向祕書官，確認門徒說得對不對，他臉色蒼白地點點頭。

「若是調任閒職一事傳了出去，鄰近諸國肯定不會安分。」

「不是有帝國情報局嗎？噢，原來如此。哼，託夫路達的福，讓他們沒機會累積經驗是吧。」

「陛下明鑑。陛下，老師真的——」

「——可能性相當高。」吉克尼夫不等祕書官說完就如此斷言。「……不過該做的事堆積如山啊，首先得火速決定由誰來接夫路達的空缺，你們有適合的人選嗎？」

門徒被這樣一問，眼瞳中燃起欲望的火苗，吉克尼夫見狀，心中暗笑。

夫路達的空缺，帝國首席宮廷魔法師這個地位，應該具有讓人覬覦的魅力，因為這是有組織地將魔法吟唱者營運管理的，帝國最位高權重的席位。

這個位子以往被可稱為大英雄的人物占據，其他人只能看而摸不到。遇到這種對手，野心再強也沒用。過去只能死心放棄的席位，如今就擺在眼前。

（欲望是驅動人心的動力來源，我認可這份欲望。不過為了以防萬一，有個問題還是得先問清楚。）

「新任的首席宮廷魔法師，有可能必須與那個怪物展開一場魔法戰喔。」

欲望之火瞬間就熄滅了，連一絲興趣都感覺不到。這個席位在門徒心中，似乎轉瞬間成了世界上最不想坐的位子。

要與安茲．烏爾．恭用魔法較勁，還不如從高達五百公尺的懸崖跳進巨浪翻騰的怒海，比較有存活的可能性。

不，說不定還不如死了比較痛快。

門徒的表情寫滿這種感情，眼眸散發老鼠被逼進死路時的光芒。

吉克尼夫打消了期待，因為他知道這個男人沒有勇氣與安茲．烏爾．恭交手。不，是自己不好，不該做這種期待。

「這！這……這樣的話，我知道幾個人能夠使用到第四位階的魔法，不妨從那幾人當中決定如何？我嘛，呃，也是會用啦，但也不是那麼熟練。」

「但我聽說你是所有門徒當中最優秀的。」

「怎！怎麼可能！有得是比我優秀的人，稍後我就列出候補名單！」

被叫去跟那種超級怪物交手，的確會想繳械投降，這他能體會。但他要的是即使如此也不失去戰鬥勇氣之人。

（……不行，把這傢伙當作例外或許才叫做天真。或許我可以認定認識安茲．烏爾．

恭的人，都會拿不出勇氣戰鬥。只能交給還沒與那個存在對峙過的人了，不認識那個存在的人，應該會跟這傢伙剛才一樣被欲望沖昏頭，拚命為我效力吧。）

雖然不是上策，但也只能如此了。

「……原來如此，那麼等你蒐集了那些人的詳細資料，再舉行面試吧。再來我們應該一邊收集情報，一邊為了對抗那傢伙做準備。目前先向安茲．烏爾．恭提供協助，為了建立友好關係，就暫且像條狗般聽話吧。」

「遵命。」

「像條狗般」這句話並未引起抗議，親眼看過納薩力克地下大墳墓的人，不可能會有異議。

「那麼陛下，我們要當那個怪物的尾巴搖多久才行？搖到我們的孫子輩？還是曾孫輩？」

吉克尼夫環顧周圍，檢查有沒有間諜入侵，或是車門是否有縫隙。確定沒問題後，吉克尼夫說出自從與安茲．烏爾．恭會面以來，就一直思考著的戰略。

「我們的目的是——帝國、王國、教國、評議國、聖王國等國家的大聯盟。也就是成立對抗安茲．烏爾．恭的大聯盟。」

六隻睜圓的眼睛朝向吉克尼夫。

「為何要驚訝？光靠帝國贏不了那個怪物，既然如此，就只能將鄰近諸國拉入戰局，建立聯盟，將其擊潰了吧。」
「要……要與之一戰嗎？」
「要戰。」
吉克尼夫簡短回答。
「應該說除了戰鬥，我們沒有其他活路了。」
「既然這樣，為何要幫助那個怪物建國？」
「這正是組成大聯盟的第一步棋。」吉克尼夫環視所有人。「聽好嘍，這附近一帶——耶．蘭提爾近郊是帝國、王國、教國這三個國家的利益折衝之地。恭這個怪物一旦在此地建國，必然成為三國的潛在敵人。」
吉克尼夫呼出一口氣後，繼續說明：
「另外還有一點，就是此人是不死者，我不認為他會善待人類——活人。人民應該也不想讓不死者統治，必定會發生叛亂，於是那個怪物就會進行鎮壓。如此一來，轉讓領土的王國不情願也得採取行動，鄰近諸國中最強的斯連教國也一定會有動靜。」
「可……可是！陛下！帝國協助那個怪物建國，會讓其他國家認為我們與怪物是一夥的。鄰近諸國必定會因此對帝國提高警戒！大聯盟當中會沒有帝國的名字！就算能戰勝那個怪物，下一個就輪到帝國了。不，搞不好帝國會成為頭號目標。」

「哼。」吉克尼夫自嘲地笑了。

「要在背地裡行動，讓外國知道帝國在對恭的國家做諜報活動。我知道這很不容易，但也只能做了。」

「外國會相信我們嗎？如果是我，鐵定會覺得是陷阱耶。」

「這就要看安茲．烏爾．恭的實力了。要是能讓各國知道那是力量強大的存在，那就再好不過了……但還是需要設法製造出那種狀況，例如讓他在戰場上發揮力量等等。」

「帝國不一定要協助他建國，把這事含混帶過，不是也行嗎？」

吉克尼夫一副看到笨蛋的眼神，看向發言的祕書官。

「為了確保最低限度的安全，本來就該當蝙蝠兩面行動啊。如果恭不用代價就得到周邊國土，站到王國那一邊去怎麼辦？」

也就是說，吉克尼夫選擇了比最糟好一點點的狀況。

「基於以上理由，帝國將要一邊假扮怪物的同夥，一邊協助聯盟。換句話說，一旦穿幫，我們很可能頭一個被那個怪物擊潰。應該說，如果是我，我一定會先毀了這個國家以儆效尤。」

「啊……陛下的話的確會幹呢。」

「……就當你在稱讚我吧，所以我們不能成為大聯盟的發起人，必須讓其他國家自願組成聯盟。我們該做的是收集納薩力克的內部情報，同時也得收集能夠打倒他的存在的情報。」

「會有那種人嗎？」

門徒問歸問，語氣聽起來卻像是否定，他並不認為有人能打倒那種超乎尋常的存在。安茲．烏爾．恭的確讓人不禁覺得，就算是世界最強的龍族也不是對手。

相較之下，吉克尼夫的回答充滿自信。

「有。」

「真有那種人？」

「你們不是看到了？就在那王座之廳。」

光講這樣大家就明白了。

明白他指的是與安茲並列的怪物們，亞烏菈、馬雷、銀髮美少女、昆蟲以及迪米烏哥斯。

「……要讓他們倒戈嗎？」

「我不認為能做到那個地步，但就算白費工夫，辦法還是得想。我們要準備好金錢、地位與異性，盡可能吸引他們。」

「不會很困難嗎？」

「很難，這是一定的。安茲．烏爾．恭具有霸王風範。有那樣的主人，一定不會輕易背叛。即使如此，我們還是必須行動，這不是國與國之間的糾紛。」

吉克尼夫神情堅決地環視三人。

「接下來即將進入賭上人類存續的戰事，這是捍衛未來之戰，你們要全力以赴。」

6

「——就像這樣，我想那個皇帝很可能會這樣想，並且付諸實行。如果他再笨一點，也有可能做出預料之外的行動，但我認為機率很低。有點小聰明的人，思維模式反而比愚人更好解讀，真是幫了個大忙。」

迪米烏哥斯豎起一根手指這樣說。

「簡而言之，那個皇帝為了消滅我們——消滅安茲大人，打算建立聯盟嗎？」

「嗯～想不到那個人還蠻笨的呢。」

「呃，那個，是不是應該搶先把那個國家毀滅掉比較好？」

夏提雅一副拿那些人沒轍的語氣，亞烏菈與馬雷接在她後面說，語氣中都沒有怒氣，那態度就像是把掉在地上的石頭撿起來而已。

「這不是重點，問題是——」

塞巴斯一開口，眾人似乎就猜到了他要說什麼。

「——對方竟然以為我們會做出背叛安茲大人的行為，對吧。」

「說得對，塞巴斯，看來那個皇帝不知何謂忠義。」

滿場發出嘲笑聲。

笑的是對方竟以為安茲——四十一位無上至尊所創造的他們，會背叛主人。

當然這不過是迪米烏哥斯的推論，但就算真假不明，似乎也夠讓守護者們不愉快了，眾人的眼裡都暗藏了冰冷刀光。

「我不是要學馬雷講話，但感覺超火大的，乾脆殺掉算了吧？」

看到亞烏菈第一次散發出陰狠的氛圍，夏提雅對她笑笑。

「轉化成吸血鬼最好，如果優秀的話，可以為納薩力克效力。」

科塞特斯沒說什麼，但巨大的下顎開始發出喀嚓喀嚓的警告聲。

「各位，現在是在安茲大人跟前喔。」

塞巴斯冷靜的語氣，瞬間減弱了夏提雅、亞烏菈與科塞特斯的憤怒。

「嘻嘻——嗯……就是啊，大家冷靜下來，回想一下迪米烏哥斯說過的話吧。這一切都在預料之中，不享受一下小丑的滑稽戲，那多沒樂趣啊！我們該做的反應是欽佩——因為這全都只是照著安茲大人的計畫在走。您說是不是，安茲大人？」

（哦……安茲的計畫啊……我懂了，似乎有個跟我同名的人，訂立了某種特別的計畫呢。巴哈斯帝國的皇帝組成聯盟與納薩力克為敵，好像也是計畫的一部分……有聽沒懂，真想直接向那個叫安茲的人請教一下。）

……這樣逃避現實也沒用。

安茲很想統統講出來，然後問問他們到底是什麼計畫，迪米烏哥斯與雅兒貝德又誤會了些什麼。

但他絕不能這樣做。

安茲移動視線，看看雅兒貝德。

他看見的是一個甜美得像在滴蜜的女子，她雙眸如痴如醉，臉頰微微染上薔薇色。

因為她相信一切都在計畫之中，為主人的睿智深深著迷，才有這種反應。

那麼安茲已經不能做任何否定了，誰能在這種狀況下問：「你們在說什麼啊？」

對於雅兒貝德的詢問，安茲只能回答一句話：

「——正……是如此。」

他真想稱讚自己聲音沒發抖。

「喔喔！」守護者們都欽佩地叫出聲來。

「……嘻嘻嘻嘻。」雅兒貝德張開雙臂，腰際的羽翼也隨之張開。「安茲大人要以和平手段占領人類都市，用慈愛統治這附近地區。對於這地表的樂園，皇帝即將成立邪惡聯盟。那麼在不久的將來，安茲大人必會讓那樣的國家知道何謂良善，大義名分是屬於我們的！」

「真是令人期待呢，當那個愚人知道一切都在安茲大人的掌握之中時，不知道他會做出什麼樣的反應……安茲大人總是能洞察機先，未卜先知。」

迪米烏哥斯說出滿懷敬意的一番話後，雅兒貝德也以尊敬的神情說道：

「安茲大人的睿智，實在不是我等所能企及。若不是有安茲大人創造出的英雄飛飛，想用和平手段統治國家將是痴人說夢，只能以恐怖與暴力統治耶・蘭提爾了。」

「……雖然或許能用黃金公主代替，但這樣就浪費一張底牌了。她的確跟分析塞巴斯查到的情報後得到的結果一樣——不，是個比分析結果更有趣的人類，非常有利用價值。」

「是啊，聽你這樣說，我也很想會會她呢。」

「那麼建國後派使者前往王國如何？畢竟還得實現約定呢。」

「……你們倆離題了吧？這樣豈非浪費了安茲大人的寶貴時間？」

兩人趕緊謝罪，安茲回答「無妨」。

實際上，因為可以從他們的閒聊中收集情報，或是趁這時候想藉口，因此安茲巴不得他們多聊一點。

「話說回來，安茲大人真是厲害呀。」

「嗯，就是啊，夏提雅。安茲大人竟能預先想出連雅兒貝德與迪米烏哥斯都大吃一驚的策略……」

「真……真不愧是安茲大人，好……好帥喔。那……那個，我好崇拜喔。」

「反顧己身如此缺乏智慧，真令我羞愧至極……」

「自己無法跟上安茲大人的思考，只能令我為自己感到丟臉。」

守護者們的讚美像刀刃一樣刺進安茲身上。

安茲有點懷疑大家是不是在耍他，但守護者們眼中蘊藏的敬意、尊敬與崇拜都是如假包換。所以安茲也無法說什麼，只能像平常一樣演戲。

「沒這種事，只是湊巧罷了，況且全都被迪米烏哥斯與雅兒貝德看穿了啊。」

「不敢，若不是安茲大人做了那樣的應對，我也無法看出那麼多來。」

「迪米烏哥斯說得沒錯，在未知的狀況下竟能有如此先見之明，真不愧是整合無上至尊的領袖，我身心都為大人深深著迷了。」

「不愧是安茲大人，竟然比納薩力克第一智者迪米烏哥斯還要優秀呀。」

「真的！安茲大人好厲害喔！」

「嗯！好厲害！」

「雖然我早已知道安茲大人擁有優越才幹，但想不到竟賢明至此……真可謂納薩力克之至寶。」

「說得沒錯，慈悲為懷，又英明睿智，我想世上沒有比安茲大人更可敬的主人了。」

「……嗯。」

「對了，有件事大家得決定一下。我自然十分贊成安茲大人以王自稱，但單單稱王，與隨處可見的那些蟲子就沒有區別了，我認為應該想個更適合安茲大人的稱呼。」

聽了迪米烏哥斯的提案，守護者們異口同聲表示贊成。

「您意下如何，安茲大人？」

「我沒有異議，由你們決定吧。」

他覺得安茲．烏爾．恭王也沒什麼不好，或者該說一加上「王」就讓他對自己爬上了什麼位置產生實際感受，精神還得好幾次硬是安定下來。

「那麼有沒有人有好點子呢？」

「那我先。」夏提雅舉手。「我認為還是應該讚揚安茲大人的美貌，稱他為美貌王之類的。」

守護者們都發出「喔」的感佩呼聲。

（安茲．烏爾．恭美貌王？）

「換我～！」接著輪到亞烏菈舉手。「我認為應該強調安茲大人的強大！強大之王，所以就叫強王！」

眾人熱烈地說「的確」。

（安茲．烏爾．恭強王？）

「那……那個，我也可以說嗎？呃，安茲大人很溫柔，我認為應該讓大家知道這一點。那……那個，所……所以，稱為慈愛王，呃，不知道怎麼樣？」

守護者們都在點頭。

（安茲．烏爾．恭慈愛王？）

「我個人嘛——」迪米烏哥斯大概是為了增添戲劇效果，停了一拍。「——愚意以為不妨讚揚安茲大人崇高的賢能，尊稱為賢王。」

守護者們點頭稱是。

（安茲．烏爾．恭賢王？……抱歉，只有這個拜託不要。）

「塞巴斯覺得呢？」

對於雅兒貝德的詢問，「我本來是認為簡單稱王就可以了。」塞巴斯回答。

「那麼換我了，因為是位居諸位無上至尊之頂點的偉人，我認為應該稱為至高王。」

守護者們都佩服地嘆息。

（安茲．烏爾．恭至高王？該怎麼說呢，每個都……好驚人喔。）

所有人的視線集中到尚未提議的守護者身上。

「那麼科塞特斯覺得呢？在我提出了至高王之後，恐怕很難想出個更好的，但還是問一下，你有適合安茲大人的稱呼嗎？」

「……唔嗯，由於安茲大人今後將會統治群眾，因此，我認為可稱為領導群魔之王——魔導王。」

守護者們沒有立即做出反應。

但所有人的視線一齊朝向安茲，眼神表示出「沒有比這更好的名字」的沉默同意。只有雅兒貝德似乎顯得有點遺憾。

「也好，就採用科塞特斯的意見。」

安茲慢慢起身。

「當建國成功之時，我——就自稱為安茲．烏爾．恭魔導王吧！」

安茲承受著讚賞於一身，害臊地以手勢制止眾人尊敬的呼喊。事實上，他的確難為情到全身發癢。

「好！我想在王國與帝國交戰之際，就是展現納薩力克地下大墳墓之偉大的時刻了。」

「正如安茲大人所言，他們必定會試著調查安茲大人的力量，殊不知這才是我方的目的。」

迪米烏哥斯心情極其愉快地接著說：

「在進行交涉之前，最重要的就是先賞他們一拳，讓他們明白雙方的差距。因為不明白對方的實力，愚人這種生物就會做出無聊的舉動。就這層意義來說，那個皇帝的確是個愚人，竟然不明白低頭舔安茲大人的鞋子才是最聰明的做法。」

「我之前就有想過，讓人類舔安茲大人的鞋子，豈不是便宜了他們？」

「的確，真不愧是雅兒貝德呀。不過如果要舔，我比較想舔安茲大人的貴體。」

兩人竊竊私語的聲音就當作沒聽見吧。

「……那麼所有人聽令，開始為提昇納薩力克的名聲做準備吧！」

「是！」

謹依尊命的回應形成齊聲唱和，響徹整個房間。

第二章 備戰

Chapter 2 | Preparations for The Battle

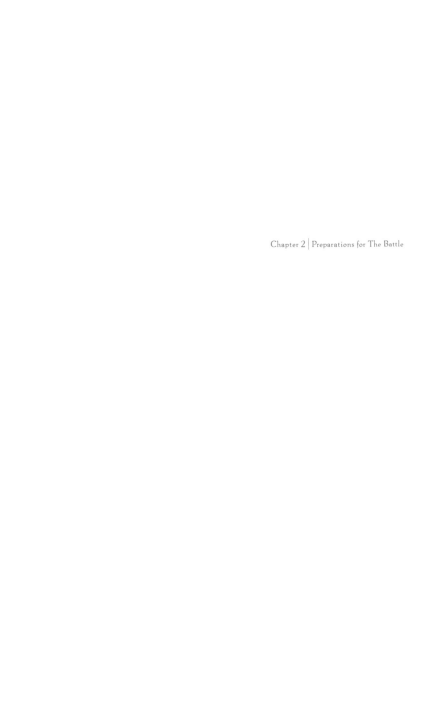

1

一個月後。

在里．耶斯提傑王國的弗藍西亞宮殿舉行的宮廷會議上，葛傑夫維持不動姿勢，站在坐在王座上的國王——蘭布沙三世的身旁。他在聚集的眾多貴族當中發現了六大貴族的身影，稍微睜大了眼睛。

所有人到齊是很難得的狀況。

領土僅次於國王的六大家族各當家，在軍事力量或財力等方面中，至少有一項力量在國王之上。因此，他們對於國王的召集常常藉故缺席。尤其是反王派——貴族派的盟主博羅邏普侯爵甚至毫不隱藏對國王的輕視，有一段時期還讓人懷疑王國可能從內部瓦解。

葛傑夫的視線，接著捕捉到在場的三位王子公主。

最引人注目的，是三女「黃金公主」拉娜．提耶兒．夏爾敦．萊兒．凡瑟芙。

接著是於惡魔騷亂之際，繼國王之後為了人民挺身行動而聲名大噪的次男，賽納克．瓦爾雷歐·伊格納·萊兒·凡瑟芙第二王子。

最後是長男，巴布羅·安德瑞恩·耶路德·萊兒·凡瑟芙第一王子。博羅邏普侯爵正在設法讓這個體格壯碩，鬍鬚修剪整齊的王子當上下任國王。這次大概也是在王子請求之下，才來參加宮廷會議的吧。

有身為貴族派的博羅邏普侯爵參加，本次宮廷會議必定會是一團糟。葛傑夫不想正視如烏雲罩頂般令人憂慮的現況，望向集合的六大貴族。

隸屬於擁王派的三人當中，最先映入眼簾的，是在這宮廷當中衣著最為豪華的勃魯姆拉修侯爵。

這位年紀將近四十，相貌頗為端正的貴族，領土內坐擁金礦山與祕銀礦山，藉由出產的貴金屬而擁有王國第一的財力。不過傳聞此人欲望深重，甚至有不好的風聲說一枚金幣就能讓他背叛家人。

實際上，葛傑夫也聽說此人窩裡反，把王國的情報賣給帝國。之所以放任這種人為所欲為，簡單一句話，是因為提不出足夠證據證明此人的罪行。若是沒有明確證據就將擁王派的勃魯姆拉修侯爵斬首，跟隨他的貴族都會變成反王派。如果此人是仗著這一點大搖大擺地出賣情報，那可說是最惡劣的小人。

接著葛傑夫移動視線，轉向大貴族當中最年輕的俊美青年，佩斯培亞侯爵。

此人娶了國王的長女，在結婚的同時繼承了家業。雖然能力與個性方面還有些不明之處，不過由於父親是位能力人格兼備的優秀人物，葛傑夫認為年輕的佩斯培亞侯爵應該也會如此。

相反地，六大貴族當中年事最高的是烏洛瓦納邊疆伯爵。此人已經頭髮花白，而且髮量稀少，看起來幾乎像光頭。手臂與身體如枯樹般細瘦，但具備了德劭年高之人特有的威嚴。烏洛瓦納邊疆伯爵，是大貴族當中最具有個人魅力的人物。

與他們面對面在對面排成一列的，是貴族派的三人。

首先是貴族派的中心人物，大貴族當中擁有最大領土的博羅邏普侯爵。此人臉上有著許多傷疤，是位有如戰士的盟主。

由於年紀已進入五十大關，從前鍛鍊到毫無破綻的強壯肉體，已成為過去的榮耀，不過洪亮的嗓門與讓人聯想到猛禽類的眼瞳，都還殘留著戰士的渣滓。

身為戰士的他已逐漸衰老，但作為指揮官的他恐怕比葛傑夫更優秀，在這王國當中也稱得上是無人能及的人物。

站在他身旁的是李頓伯爵。

這個給人狐狸般印象的男人，在六大貴族當中由於能力輸人一截，因此千方百計想提昇自己的價值。此人人品低劣，只要是為了擴大自己的力量，別人如何受苦都不關他的事，所以其他貴族對他都沒多少好感。大概是因為這樣，他才會攀附博羅邏普侯爵，以逃避其他人的敵意吧。

最後一位是目前置身於貴族派的人物，此人一頭金髮往後撫平，擁有一雙眼角細長的碧眼。

他的臉色呈現不曬太陽的人特有的病態蒼白，再加上高瘦體格，給人蛇一般的印象。年紀應該還不到四十，但因為白得病態，看起來蒼老許多。

葛傑夫素來對他——雷文侯爵抱持著複雜的觀感，於是轉移了目光。

繼承王位的問題，使得王宮的權力鬥爭更形複雜。

貴族派的博羅邏普侯爵、李頓伯爵以及擁王派的烏洛瓦納邊疆伯爵擁戴巴布羅第一王子成為下任國王；與派系無關，許多貴族都擁戴國王的大女婿佩斯培亞侯爵；雷文侯爵支持的是賽納克第二王子；勃魯姆拉修侯爵則不打算介入這個問題。

這種狀況，間接形成了國王至今無法退位的理由。因為一旦國王現在指名繼承人，恐怕會引發內亂。

不久之前葛傑夫還覺得誰當國王都沒差，不過現在他個人支持賽納克第二王子，或是拉娜第三公主這匹黑馬，不過王國史上沒有出現過女王，恐怕希望渺小。

「那麼會議現在開始。」

國王的語氣，跟平常給人的感覺有些不同。耳朵尖的人應該早已知道今天受到召集的理由，不知道的人也察覺到氣氛的微妙變化，神情嚴肅起來。

「帝國派來了布告官。把此人帶來的帝國宣言文念出來。」

一旁待命的侍從遵旨，宣讀寫在羊皮紙上的文章。

內容歸納如下：

巴哈斯帝國認可大魔法吟唱者安茲．烏爾．恭魔導王率領之納薩力克組織為國家，兩國之間已結成同盟。

追根究柢，耶．蘭提爾近郊本為安茲．烏爾．恭魔導王所占領之土地，里．耶斯提傑王國現在是不當占領。因此，王國應將該土地物歸原主。

若王國不聽善言，帝國將協助安茲．烏爾．恭魔導王，對王國展開侵略行動，奪回安茲．烏爾．恭魔導王的領土。

這是正義的行為，目的是讓該地脫離不當統治。

宣讀的內容簡直成篇歪理，還強迫王國從命，根本是瘋了。

「為了確認事實，我讓人翻閱王國歷史進行調查，但沒有任何歷史提到有號叫安茲．烏爾．恭的人物統治過耶．蘭提爾近郊領土，當然這項要求也毫無正當性。」

「也就是說這連強詞奪理都算不上，根本是瘋子在胡說吧！」

一陣吼叫般的英勇嗓音響起。

博羅邏普侯爵過去以勇武聞名，他的魄力似乎給了眾人勇氣，許多貴族都出聲表示贊同。

「雖然時期拖得很晚，不過這應該是帝國每年的侵略行動吧。他們每次都搬出一些牽強附會的理由，這次大概是沒藉口，才搬出魔法吟唱者的名字吧。還起個魔導王這種誇張的名號……真想看看那人的長相！」

「不過──」

李頓伯爵的一番話引起了輕笑聲，是他的跟班發出來的。

伯爵那雙只能用奸詐狡猾來形容，有如狐狸的細眼──其中帶著瞧不起人的眼色──朝向葛傑夫。

「這個自稱什麼魔導王的瘋子，名字好像在哪聽過啊。我說錯了嗎？史托羅諾夫戰士長閣下。」

「……應該就是我前往耶．蘭提爾近郊時，出手相助的魔法吟唱者閣下不會錯。」

李頓伯爵挖苦地輕聲一笑，冷冰冰地說：

「原來如此，他是把村民當成自己的臣民了，所以才出手相助啊。」

貴族之間傳來竊笑聲，沒有人出聲勸阻。因為貴族派的大多數貴族，都嫌棄平民出身的葛傑夫。

若是自己這一派的人這樣說，國王想必會出聲解圍，但因為李頓伯爵屬於敵對派系，國王也只能皺皺眉頭。

「……我看燒燬耶・蘭提爾近郊農村的，應該還是帝國幹的好事吧！雖然戰士長閣下認為是教國所為。至於前來搭救的……是叫雞嗎？那個魔法吟唱者會不會跟帝國是一夥的？之前似乎有哪位講過，那個魔法吟唱者可能是想潛入我方當間諜。戰士長閣下沒有看到讓您苦戰的那些人的屍體，對吧？」

六色聖典的強者們的身影閃過葛傑夫腦海，同時還有安茲・烏爾・恭的身影。

「……關於屍體一事，正如李頓伯爵所說，但我認為雙方並非同謀。在我前往卡恩村時，來襲的那些人之強悍，絕非帝國騎士所能比擬。他們役使天使戰鬥，所以一定是斯連教國的手下不會錯。」

「教國為什麼要這樣做？」

我哪知道。

要是能這樣一句結束，不知道有多痛快。

葛傑夫答不上來，正在苦思如何回答時，李頓伯爵身旁有人幫了他一把。

「別管那個瘋子魔法吟唱者了！我們該決定的，是如何回覆假皇帝的宣言，您說對吧，陛下？」

「博羅邏普侯爵所言正是，我們必須決定的，是王國的回答。」

「請准許我發言。」佩斯培亞侯爵稍微走出行列。「我認為那皇帝的宣言很難令人接受，因此只能開戰。」

在場貴族的氣氛熱烈起來。

「喔！這次輪到我們擊退對方，就這樣直接反攻帝國了吧。」

「完全沒錯，也差不多厭倦只是擊退帝國了。」

「是時候讓帝國那些愚蠢的傢伙見識我們的可怕之處了。」

「沒錯，侯爵大人所言甚是。」

貴族們笑著說，每次講的都是同一套，讓葛傑夫厭煩至極。

這幾年來，王國與帝國在卡茲平原的戰爭總是定期上演。

今年又要開始兩國對峙，或是王國這邊多少有點損失時就結束，一成不變的小規模戰爭了，貴族之間散發出這種司空見慣的輕鬆氣氛。

然而——葛傑夫順著戰士的直覺，開口說道：

「各位大人不可將這次的戰爭，當成與往年相同的小規模戰爭！」

貴族們彷彿被潑了桶冷水，對葛傑夫投以責備的視線。
「原來如此，我的戰士長是抱持這種看法，可以告訴我理由嗎？」
「是，陛下，這是因為——」一名人物的黑影在葛傑夫心中敲響警鐘。「——是的，就是那個大魔法吟唱者，安茲．烏爾．恭的存在。」
「原來如此，各位當中只有戰士長與此人見過面，那麼你的意見，應該具有一定程度的份量，不過你的根據是什麼？」
葛傑夫語塞，他答不上來。無法具體說明，就只是戰士的直覺告訴自己，這次的戰爭絕不能判斷錯誤，否則會非常危險。
「國王陛下……能否將耶．蘭提爾近郊讓給帝國……不，是讓給那個魔法吟唱者？」
一瞬間的沉默之後，辱罵聲飛了過來。
「孬種！你這傢伙！知不知恥啊！」
是擁王派貴族的怒罵。
「你受到陛下如此厚愛，竟然敢叫陛下把領土拱手讓人！你的君主什麼時候變成冒牌皇帝了！更何況你根本沒回答陛下的問題！」
對方罵得有理，葛傑夫無言以對。因為若是立場顛倒過來，自己也會是一樣的想法。
「好了。」

為自己解圍的，正是自己敬愛的國王。

「可是！」

「你是為了我著想而動怒，我感謝你的心意。既然如此，我希望你也能想起，我的戰士長絕不會背叛我。他好幾次為了我赴湯蹈火，不可能說話損害我的利益。」

怒罵葛傑夫的貴族向國王低下了頭。「正因為如此，」國王一邊看著這位貴族，一邊繼續對葛傑夫說：

「我寄予無比信賴，我的左右手戰士長啊。縱然是你的提案，我也無法答應。不動干戈就將領土拱手讓人，不是統治者該有的行為。況且想到當地的居民，這種破壞人民安寧的行為是不被允許的。」

讓渡領土時想把當地的居民全數帶走，不啻是痴人說夢。不，就算有辦法將居民全數帶走，也終究無法提供他們與以往相同的生活基礎，結果還是得讓他們過著水深火熱的生活。

「陛下所言甚是，請原諒我的愚蠢發言。」

聽到國王為當地居民著想的發言，葛傑夫低頭謝罪。換成愚蠢的貴族——只把領土人民視作生財道具的人，一定說不出剛才這番發言。正因為國王宅心仁厚，葛傑夫才會鞠躬盡瘁，死而後已。

半年前，前往卡恩村的途中，副長對自己說過的話重回腦海。

『你需要幫助時，不曾期待貴族，或是擁有實力的人相助嗎？』

『什麼叫明知有危險也願意捨身相救的勇者，什麼叫幫助弱者的強者。』

當年參加御前比武的葛傑夫，一定說不出這種話來。那時自己跟副長一樣，以為天底下沒有貴族會為了平民捨命。

抱持這種偏見的葛傑夫，自從隨侍國王左右之後，才知道也有這種貴族，只可惜他們沒有力量。

很遺憾，多得是來不及挽救的生命，貴族們的無聊矜持也有好幾次從中作梗。

即使如此，自己侍奉的主子並沒有腐敗，總是以君王的身分，試著建立人民能夠安居樂業的王國。

葛傑夫以自己的君王蘭布沙三世為傲，若不是這樣，過去在戰場上受到帝國皇帝（吉克尼夫）挖角時，他也許早就跳槽了。

他雖然做如此想，心中卻湧起了一片烏雲。

國王說的是事實也是正論，這點不會錯。國王向來慈悲為懷，即使是老百姓也一視同仁，同施仁愛。但只有一個問題，那就是葛傑夫知道國王講話為何如此強硬。

因為在那場惡魔騷亂之後，派系間的勢力大幅失衡了。

王國二分為擁王派與貴族派，進行勢力鬥爭。兩派之間長久保持均衡，但現在擁王派擴大了勢力，貴族派則是縮小了。

這是因為國王領軍擊退了亞達巴沃，讓一些貴族對國王產生了強悍之王的印象，於是很多人都跳槽到擁王派來。因此，國王不能在這裡示弱，原因在於——

「可是，戰士長閣下的發言或許也沒錯吧？只要交出一個都市，就能避免開戰了。事前設法避免人民悲嘆，也是國王的職責。只有寧可犧牲自己也不願人民悲痛的人物，才是真正的王者，不是嗎。」

講出這番話的是貴族派的人。講得好聽，目的不過是想減少國王的領土罷了，擁王派的人馬上嗆回去。

「那塊土地是國王的直轄領地！想送敵人領土，送你自己的不就好了！」

對方也不甘示弱。

「胡說什麼！帝國要的是耶．蘭提爾近郊，把我距離那裡十萬八千里遠的領地交出去能避免什麼！講話要用腦好嗎！」

擁王派增強了勢力，導致貴族派的弱化。他們為了取回勢力，比以前更加倍地扯國王的後腿。

葛傑夫不安的原因就在這裡，因為派系間力量失衡，貴族派試圖削弱國王力量的動作更大了。今後王國很可能一分為二，互相鬥爭。

正因為如此，國王才要表現自己強悍的一面，讓貴族派不能造反。這個想法本身並沒有錯，但是——

無法示弱，難道不是一件非常危險的事嗎？

漸漸陷入沉思的葛傑夫，承受到擁王派幾名貴族的強烈視線，這才回過神來。由於自己提案將國王的領土交給敵國，那些貴族在懷疑自己是不是背地裡倒向貴族派了。同時他們也在責備葛傑夫只是個平民，竟然忘了國王提拔的恩情。

「哼！那你可以請國王恩准，將自己的領土換成耶．蘭提爾近郊國土，不就得了！到時候愛送人領土隨你便！」

「哪有那麼容易就交換領土的啊，蠢蛋！」

「你才是蠢蛋！」

這種小孩吵架似的口角開啟了戰端，現場一口氣變得吵鬧起來。如果是以前的話，爭論應該會以平手收場。然而如今擁王派的聲音比較大，貴族派的聲音則越來越小。

以往國王總是會親自勸阻，現在卻不動聲色，這也是因為擁王派的聲音比較大的關係。

不管是什麼人，都很難在對自己有利的狀況下喊停，至今的不滿恐怕也有影響。

（好像被灌了甜蜜的毒藥一樣。）

葛傑夫感覺得出來，貴族派的人眼中漸漸帶有冰冷的陰險意志，一道冷汗沿著背脊流下。

一切都起因於大惡魔（亞達巴沃）的襲擊。

那時由國王帶頭作戰，是那個狀況下最好的做法。要不是有國王帶領大家，戰線早已崩潰，冒險者全滅。若是失去「蒼薔薇」，王國之後將會陷入最慘的狀況。

然而，看到目前的狀況，他也不禁有種想法，覺得那時或許該選擇別的手段。

如果在派系維持均衡的狀態下開始這場宮廷會議，情況會變成怎樣？

（我不知道，不過，對，如果與帝國開戰落敗了，會發生什麼事？會有人主張抗戰到底嗎？還是不會？擁王派必然會一口氣失去力量，貴族派抬頭，大幅傾斜的勢力均衡會再恢復平衡嗎？還是就這樣失去平衡而崩潰……開始將王國一分為二的戰爭？——這樣不會有問題嗎？）

他有種不祥的預感，覺得好像受到某種力量操縱，以為是自己在做選擇，實際上卻是受到巧妙的誘導。

（該不會……從與恭閣下第一次見面以來，一切就都安排好了？不，我希望不是如此。雖然與閣下之間只講了三言兩語，但我感覺他不是那種人。）

葛傑夫到現在還是忍不住加上敬稱，即使如今成了敵人，對於安茲．烏爾．恭這個魔法吟唱者，他就是無法抱持壞印象。

（……如果是那位人士，說不定能意外地和平統治……啊，這可不好，有這種想法等於是叛國。）

「差不多該停止這種小孩鬥嘴了吧。」

聽見男人陰沉的聲音——貴族們聽出是誰的聲音，漸漸安靜下來。

這本來應該是國王的職責，卻變成別人來勸戒大家，讓葛傑夫咬緊了嘴唇。

（那場勝利就像蜜糖。）

他認為不會有問題，但這蜜糖會不會讓國王忘了自己是誰？葛傑夫引以為傲的君王會不會就此消失？他無法完全抹除內心的不安。

「陛下，既然確定帝國即將入侵，我們也得備戰。」

「雷文侯爵，就由陛下自己——」

貴族派的人說到一半，被雷文侯爵打斷了。

「——且慢，若是萬一陛下的軍隊落敗，您認為帝國會入侵到哪裡？我為了保護自己的領土，打算全力對陛下提供協助。」

沉默降臨眾人之間。

王國士兵是受到徵兵的一般市民，實力與身為專業戰士的帝國騎士有著天差地別。為了戰勝兵強將盛的帝國，王國只能打人海戰術，這幾年都是這樣應付過來的，要是連人數都輸給對方，結果不言而喻。

聽了雷文侯爵的發言，貴族派的那些人，似乎也想像到帝國騎士攻進自己領土的光景。最先說定提供協助的，是在王都與耶・蘭提爾之間擁有領土的貴族們，接著是與這些貴族交往甚密的貴族們，最後所有貴族都同意了。

「好，那麼我這就對帝國送出回信，在宣戰布告送達之前，先將士兵——戰場應該是在往年的地點，所以就將士兵召集到該地吧。當然，我也會出戰。」

「我也要與您一同出征，父王！」

至今站在一旁的第一王子巴布羅大聲說道。

「……不，不。不需要勞煩擁有第一王位繼承權的兄長吧，這次我去就行了。」

在巴布羅第一王子的相反位置出聲說話的，是賽納克第二王子，巴布羅給他的答案極為簡單明瞭。

「免了！」

那語氣流露出強烈敵意。

賽納克這樣說並沒有錯，國王已經親赴戰場，連長子都去就太危險了。這點巴布羅應該也明白，但他仍然拒絕了，因為他把賽納克視為眼中釘。

這也是起因於那場惡魔騷亂。

賽納克在惡魔騷亂之際巡視王都，獲得了眾多國民的讚賞。相較之下，巴布羅並沒有離開王宮，這點造成推舉賽納克的貴族一口氣增加。

其貌不揚的賽納克勇敢的身影，形成的反差格外顯眼。相反地巴布羅因為看起來相貌堂堂，反而被人認為膽小。因此，他為了拂拭這種負面傳聞，才想站上戰場，讓國民看見自己英勇的模樣。

第一王子(巴布羅)正如他的外貌，作為戰士還算有點本領。話雖如此，他畢竟終究是受人保護的一方，還沒強到能贏過嘔心瀝血地一再鍛鍊的拉娜公主的隨身士兵克萊姆，但是在王族當中已經是最強戰士了。就他的立場，應該不甘心在英勇方面輸給光是揮劍身體都會重心不穩的賽納克吧。雖然雷文侯爵說：「王族劍術了得又有什麼意義」，但因為巴布羅知道自己的頭腦不比賽納克聰明，所以更不想輸在自己引以為傲的部分上。

不管如何，在王位繼承競爭上，他不能落於人後。

葛傑夫想到今後潛藏於王國內部的危機，整個胃就痛起來。

他本來想只要國王退位，自己也要引退，過著只保護國王的生活，這下恐怕很難了。

再說自己不作為戰士長效力，拯救能拯救的生命，或許不是國王的忠臣該有的態度。真要說起來，他也猜想國王可能不會准許。
如果有人能與自己匹敵，就能將戰士長的位子交給他了，但葛傑夫想不到這樣的人物。若只就力量而論，只有一名人物能與自己平分秋色，但他絕不會願意繼承戰士長的位子。
（布萊恩那傢伙今後不知有何打算，他在想些什麼？）
他成為拉娜公主的直屬部下，但葛傑夫有種預感，覺得他隨時可能不告而別。如果他消聲匿跡，一定是為了進一步提升自己的劍術。入宮侍候的葛傑夫有點嚮往他這種生活方式。
葛傑夫想起他那削鐵如泥的劍法。
惡魔騷亂結束後，葛傑夫與布萊恩較量了一次劍術。
那場真刀真槍的勝負，結果是以葛傑夫的勝利做結，然而每當自己被刀切傷，掀起的風削掉頭髮時，他都強烈感覺到布萊恩花費在鍛鍊上的時間。
那也讓他有種預感，將來大概再過幾年，布萊恩就會比自己更強。
（要是布萊恩願意做下任戰士長就好了，我可以培育後進。這麼一來，王國應該有機會獲得更優秀的戰士。）
「我同意！」
博羅邏普侯爵的聲音讓他回過神來，現在不是遙想未來的時候。
「只要國王准許，我將把我最強的士兵借一部分給王子兼做貼身護衛，不知國王尊意如何？」

「唔，戰士長啊，你認為呢？」

葛傑夫不方便說「我沒在聽」，裝出認真考慮的模樣。雷文侯爵一邊眉毛動了一下，他裝做沒看到。

推舉巴布羅成為下任國王的博羅邏普侯爵，似乎在提議讓巴布羅上戰場，但不能保證這是正確答案，所以葛傑夫的回答只有一個。

「但憑陛下尊意。」

國王深深點頭，葛傑夫產生了些許罪惡感。

「是嗎，原來如此……好吧……那麼你也隨我來吧。」

「是！我定會砍下那假皇帝的項上人頭，獻給父王！」

聽著巴布羅氣勢十足的回答，葛傑夫只希望接下來的忙碌日子，能趕走自己的不安。

●

六大貴族之一，政治手腕無人能出其右的雷文侯爵，其發揮才幹的公務室想必也相當氣派，然而實際上並非如此。要是知道左右王國將來的許多決定，都是在這麼狹小的房間裡做出的，一定會有很多人感到驚訝。

房間所有牆壁都安裝了書櫃，書籍與貼著便條的羊皮紙等等整理得乾乾淨淨，彷彿顯示出房間主人的性格。然而，並不是這些東西讓房間顯得窄小，即使它們的確是原因之一。

最大的原因，在於看不見的地方。

雷文侯爵的宅邸以磚瓦牆蓋成，再抹上灰泥，以貴族府邸來說是極為普通的構造。那麼公務室呢？與其他房間的結構並無不同。

只是在牆壁的內側，埋進包住整個房間的銅製板。

這是為了妨礙竊聽、監視與目標搜索等魔法。

連一扇窗戶都沒有的狹窄房間讓人感覺透不過氣來，但是考慮到性價比，只能屈就於禁得起實用的大小了。

雷文侯爵一從王宮回到宅邸，立刻一直線前往這個連魔法防禦都十分完善的房間，在厚重辦公桌後方唯一一把椅子上一屁股坐下。那是個疲憊不堪的人什麼都不想管了的坐法。

接著他用手遮住了臉，任誰來看都會覺得這不是在王國擁有首屈一指權力的大貴族該有的模樣，只是個累壞了的普通中年人。

他胡亂把散落垂下的金髮往上一撩，靠在椅背上，表情扭曲。

可能是精神有點鬆懈了，在宮廷會議累積的壓力化為怒火燃起。怒火一下子就突破了臨界點，變成咆哮砸向半空中。

所有人都不了解現況。不對，如果他們明明了解，還容許今天會議的這種狀況，那可真是老謀深算。

「盡是些蠢蛋！」

現在，王國被逼入了困境。

帝國一再進行示威行為，慢慢造成了糧食問題等各種潛在危機。之所以沒有出現明顯破綻，是因為貴族們認真地以為「只要忍耐到打垮敵對派系就行了」。

帝國擁有騎士這種專業戰士，但王國沒有。因此，要對抗帝國的侵略，必須召集平民組成軍隊，結果導致各地村莊出現一段缺乏勞力的時期。

帝國對王國的這種體制瞭若指掌，當然都選在收穫期下戰帖。

在農忙期一個月沒有男丁幹活，問題有多大不言自明。一定會有人覺得既然如此，不要徵集平民就好了。但是面對身為專業戰士，無論是訓練或武裝都十分精良的帝國騎士，不徵集多出幾倍的士兵，很容易就會被打敗。

事實上，的確有一次因為沒徵集太多士兵，而導致死傷慘重。那時以葛傑夫為中心的反攻作戰成功，擊斃了兩名「前」四騎士，而以兩敗俱傷的結果終止了戰爭。然而實際上應該是國力低下，失去許多人民的王國輸了。

明明處於這樣的狀況——

「人渣吃裡扒外！白痴搞權力鬥爭！蠢蛋唯恐天下不亂！」

六大貴族之一的勃魯姆拉修侯爵背叛王國，把情報賣給帝國。貴族們分成擁王派與貴族派大玩權力鬥爭，兩個王子則是虎視眈眈，互相爭奪國王的後繼寶座。

雷文侯爵用力拍打辦公桌，發洩滿腔怒氣。

「國王也真是的！我知道您不是笨蛋，也不是受到欲望驅使，但也太欠缺考量了！難道不知道不早點讓位，只會讓爭端越演越烈嗎！多虧了拉娜公主製造出對擁王派有利的狀況，就應該趁現在將權力轉讓給後繼人選啊！」

惡魔騷亂之際，提議恭請國王出戰的，正是黃金公主拉娜。

這樣做的結果，使得擁王派一口氣增強了力量。要是趁那時推舉賽納克第二王子成為國王，應該有辦法通過才對。然而——

「可憐自己的長子，結果搞成這樣。我明白您的心情，但難道沒有人有點腦袋，能想想什麼才是最重要的嗎！」

實際上是有這種人，只可惜他們大多屬於雷文侯爵的派系。

當初真不該讓他們加入自己的派系，而是應該讓他們進入其他派系，從內部加以操縱。

雷文侯爵不但對自己過去的選擇悔之莫及，也對其他貴族身邊沒有半個聰明人的離譜狀況氣惱得抓頭。

「盡是些乏善可陳的傢伙！」

雷文侯爵對這些只看得見眼前香餌，只有哥布林等級智商的貴族發出怒吼。

「可是——該怎麼辦？我得快點想啊。」

雷文侯爵一邊調整粗重的呼吸，一邊苦思。

苦思王國面臨即將到來的苦難歲月時，如何繼續維持國家運作。

「首先，這次與帝國的戰爭肯定相當危險。據說安茲．烏爾．恭擁有極為強大的力量，必須預估會造成一萬人以上的死傷，應該摸索下一個手段，同時要讓王子成為下任國王……這點恐怕很難？」

他發出聲音講出口，以整理思緒。其實他很想找人商量，所以才會推舉賽納克第二王子。

第二王子是王族當中唯一的——雖說最近又多了一位拉娜公主——自己人。王子跟自己一樣知道現況有多危險，是能放眼將來行動的同志。

只要能請他繼承王位，自己就能放下右肩的重擔了。

「……他說要給我宰相的地位，大概不是在開玩笑，所以左肩的重擔還是放不下就是了。但就算如此，還是能稍微改善王國的狀況吧。」

雷文侯爵眼下的目的，是讓賽納克王子繼承王位。一旦失敗，王國將會往分崩離析踏出一步。

「再加上還有拉娜公主協助，我以為會比以前輕鬆一點……」

雷文侯爵一邊碎碎唸著自己的想法與策略，一邊深思熟慮，深深嘆了口氣。

即使是雷文侯爵，有時也會想拋下一切，一了百了。

他也好幾次因為太過惱火，巴不得自己親手破壞一切。

這種狀況就像自己在蓋沙堡，旁邊卻有小孩在撒野。在這種狀況下，會產生破壞衝動也是無可厚非。即使如此他仍然能堅持下去，當然是有原因的。

叩叩敲門的聲音傳來。

發出聲音的位置很低，雷文侯爵一瞬間露出不像雷文侯爵的表情。就像原本的表情溶化，眼角下垂，嘴角不爭氣地鬆懈下來。

「哎呀，不好，不能擺出這種表情。」

由於憑著意志力沒辦法繃緊表情，他輕輕拍了拍臉，整理了一下亂髮，然後發出隔著加裝金屬的門也能聽見的大嗓門，並不忘注意讓聲音聽起來溫柔慈祥，以免讓對方以為自己在生氣。

「進來吧。」

打開沉重門扉的速度，讓雷文侯爵知道正在推門的人期待了多久。

出現了一名年幼的男孩。

天真可愛的男孩，臉頰由於肌膚白皙，染上了美麗的粉紅色。男孩差不多五歲吧，噠噠地跑過房間，來到雷文侯爵的膝前。

「在房間裡奔跑很粗魯喔。」

一名女性的聲音追著男孩而來。

這名女性雖然五官秀麗，卻隱約有種陰沉的氣質，很適合用「紅顏薄命」來形容。身上的禮服也是，品質很好，色彩卻偏暗。

女性對雷文侯爵輕輕點頭致意，露出一絲微笑。

雷文侯爵也稍微──帶著少許羞赧──笑了笑。

妻子是從什麼時候開始變得會笑了？

無意間，雷文侯爵想起了過去的事。

雷文侯爵在更年輕的時候，曾經抱有才華洋溢之人會有的野心，也就是對王座的野心。

他曾經懷抱過篡奪王位的不敬之夢。

年輕而恃才傲物的雷文侯爵，認為沒有比這個更適合自己的生涯目標了。於是他朝向這個目標默默邁進，擴大勢力、積攢財富、增加人脈、打垮政敵──

娶妻也不過是手段之一罷了，只要侯爵夫人的地位能賣個好價碼，什麼女人都無所謂。

結果他娶到一個長得漂亮但似乎天生命薄的女人，但雷文侯爵並不介意，因為重要的是與娘家之間的人脈。

夫妻生活平淡如水。

不，平淡只是雷文侯爵的個人想像。他在跟眼前的妻子結婚時，只把她當成一件工具用心對待，但沒有任何愛情。

這樣的雷文侯爵，因為一件小事而有了改變。

雷文侯爵的視線，轉為對著來到自己膝下的親生兒子。

起初當他知道自己的兒子誕生時，他只覺得多了一件工具。然而，當這個剛出生的孩子握住自己的手指時——雷文侯爵內心的某個部分就此崩潰。

小孩子軟綿綿的，不像人倒像猴子，雷文侯爵並不覺得他可愛。只是感受到手指傳來的微溫時，他覺得一切好像都變得無聊至極。

王座感覺變得像垃圾一樣。

燃燒野心的男人，不知不覺間死去了。

後來雷文侯爵對產後的妻子道謝時，她的表情在雷文侯爵的心中——雖然他絕不會說出口——到現在想起來都還覺得好笑，那種一副「這誰啊」的表情。

當然，妻子起初一定以為這只是生下子嗣，所帶來的一時性變化。然而自從孩子誕生以來，雷文侯爵異常的變化，似乎讓她真的以為丈夫發瘋了。

看來如果要妻子從以往的丈夫與變化後的丈夫中選一個，她比較喜歡後者，因此她給人的感覺也有點改變了。換個說法，兩人就此成了真正的普通夫妻。

雷文侯爵伸出雙手，抱起想爬上自己膝蓋的小孩。

小孩發出開心的笑聲，坐到雷文侯爵的膝蓋上。小孩特有的熱呼呼體溫隔著衣服傳來，適度的重量感覺很舒服，平穩的充足感填滿了他的胸口。

如今雷文侯爵只有一個目的。

「將自己的領地在完美的狀態下讓給兒子」。他的目的已經變成了這種貴族父親常有的想法。

雷文侯爵溫柔地注視著坐在膝蓋上的寶貝兒子，問他：

「怎麼了呢？利利？親親～」

在這世界上只有兩個人，能看到大貴族噘起嘴唇說親親的樣子。

屬於其中一個的小孩子發出咯咯笑聲。

「——老公，用幼兒語跟小孩子講話，會影響小孩子語言能力的。」

「哼！無稽之談，妳說的這些只是沒憑沒據的謠言。」

雷文侯爵雖然這樣說，心裡卻覺得不能對小孩的教育產生壞影響。

既然是自己的孩子，一定很有才華，不，沒有天分也不要緊，只是身為父母，當然要幫助孩子發展才華。要是反而給孩子壞影響，那就糟了。不過，只有充滿愛的稱呼方式，他絕對不肯讓步。

愛就是最好的教育。

「欸，利利？嗯？怎麼了嘛？是不是有事想跟爸比說啊～？」

雷文侯爵將顯得有點傷腦筋的妻子屏除到視野之外，重問了一遍。

「嘿嘿嘿，跟你說喔。」

小孩像要說悄悄話似的，用楓葉般的小手遮住嘴巴。看到他這副模樣，雷文侯爵整顆心都化了，眼角鬆弛，露出一副不像是人稱毒蛇的男人會有的表情。

「是什麼啊？你要告訴爸比啊？哇～什麼事啊？」

「今天的飯飯啊～」

「嗯嗯！」

「是爸爸喜歡的東西喔。」

「哇～！爸比好高興喔～！……晚餐是什麼？」

「是，是奶油香煎加貝拉魚。」

「這樣啊——怎麼啦，利利？」

雷文侯爵看到寶貝兒子氣鼓鼓的樣子，連忙問他。

「我想自己告訴爸爸嘛！」

雷文侯爵背後彷彿劈下一道雷光。

「這樣喔……嗯。就是嘛～是爸比不好，對不起喔，利利……妳幹嘛告訴我啊。」

被雷文侯爵皺著眉頭一瞪，妻子好像覺得沒藥醫了，用手遮起了臉。

「利利，那你願意告訴爸比嗎？」

心情變差的小孩氣嘟嘟地把臉轉向一邊，相較之下，雷文侯爵露出大受打擊的表情，一副絕望到要尋死的樣子。

「對不起嘛，利利。爸比太笨了，所以忘記了～所以你跟我說，好不好？」

看到寶貝兒子在偷瞄自己的表情，做爸爸的判斷只差一步了。

「你不肯告訴爸比喔？爸比要哭了～」

「是喔～跟爸爸說喔，是爸爸最喜歡的魚魚。」

「這樣啊！爸比好高興喔！」

雷文侯爵在自己兒子粉紅色的臉頰上親了好幾下，似乎弄得小孩很癢，發出天真無邪的笑聲。

「好～那就來吃飯飯吧！」

「——晚飯似乎還沒準備好。」

「……是嗎？」

正高興的時候被潑了桶冷水，讓雷文侯爵顯得有點不滿。要廚師加快動作很容易，但廚師都是按照正確的準備、程序與時間進行調理，如果因為自己任性而打亂廚師的步調，一定做不出最好的料理。

所以雷文侯爵雖然不滿，但沒有下命令，因為他想讓寶貝兒子總是吃到最美味的料理。

「來，爸爸在工作，我們走吧。」

「好～」

看到小孩精神飽滿地回答，雷文侯爵隱藏不住寂寞的心情。

「咳嗯！等等，工作已經結束了。」

「真的嗎？」

「嗯，放心吧，工作真的已經結束了。」

「……真的嗎？您不是想擺到明天再做吧？」

「…………」

即使遭受妻子的白眼，雷文侯爵仍然不肯放下膝蓋上的寶貝兒子。豈止如此，還越抱越緊。一緊緊抱住，就感覺到小孩子熱呼呼的體溫，雷文侯爵喃喃自語著好溫暖好溫暖。

「……事情正好遇到了瓶頸，反而也不是急著今天得處理。」

這不是藉口，目前的確沒有緊急的公務。

妻子似乎看出了這一點，點了幾次頭。

「我明白了，不過……真是苦了您了。」

「就是啊，我已經不需要手腳了，我想要的是頭腦。」

「我的弟弟呢？」

「他雖然也頗為優秀，但光是管理妳娘家的領土，就忙不過來了吧。不好把他叫過來塞工作給他。妳還有沒有認識什麼人能夠擔當大任的？」

他對妻子問了問過好幾遍的問題，得到的也是一樣的答案：沒有一位貴族能有您這樣的事務水準。

實際上要是有，他也用不著這麼辛苦了。再來就只能從平民裡找了，然而先不論由國家主導施行教育的帝國，照王國的現況，要發掘埋沒的人才可是件苦差事。只能蒐集賢才的傳聞，再跟當地領主交涉。

做起來不知道需要多少時間與勞力。雷文侯爵正感到厭煩時，坐在膝蓋上的寶貝兒子開口說自己有好主意。

「爸爸，我跟你一起努力工作。」

「哇～謝謝利利！最喜歡你了！」

雷文侯爵在嘴巴甜的寶貝兒子臉上親了好幾次，這對他來說是最幸福的時光。是能忘卻每天事務繁忙，放鬆心情的時光。

雷文侯爵內心堅定地想，即使要付出生命，也要保護這段時光。

2

從帝國做出宣言以來過了兩個月，到了口吐白霧的季節。

王國各領地的村莊等等，都從戶外工作轉為在家中做事，在外頭走動的人減少了。很少有人在這種季節仍然繁忙工作，即使是給人全年無休印象的冒險者也是如此。

飢餓的魔獸等等，有時會出現在村里當中，讓冒險者接到緊急委託，不過基本上都沒什麼工作。無論是要追求未知遺跡，還是探索祕境，在這個季節踏進未開拓地帶總是很危險的。因此這個季節對冒險者來說是休息季，可以好好做訓練、娛樂或副業。

然而，今天的要塞都市耶．蘭提爾不一樣，彷彿充斥著熱氣，雜亂不堪。

話雖如此，這份喧囂與王國內其他都市相比，性質多少有些不同。熱氣不是來自活力，而是別種不同的感情。

熱氣的來源，出自耶・蘭提爾三道城牆當中，最外圍的城牆內側。

那裡有著為數眾多的人，幾乎都穿得不太起眼，大多是平民吧。不過，人數卻多得驚人，差不多有二十五萬人。

這麼多的人數，不是隨時都待在耶・蘭提爾裡。

的確，耶・蘭提爾因為面對三國領土，交通量大，物資、人潮、金錢，各種人事物都在這裡來來往往，而這種都市也勢必會發展蓬勃。

然而即使如此，光這一個區域人口也不到二十五萬。

那麼，這裡現在怎麼會有這麼多人呢？

一部分年輕人很輕易就解釋了這一點。

有很多年輕人面對用木頭與稻草做出形體，套上滿是凹痕的鋼鐵鎧甲，手持盾牌的靶子，拿沒附刀刃的槍接受突刺訓練。

這是戰鬥訓練，沒錯——聚集於此的人們，王國的二十五萬人民，是為了與帝國開戰而徵召的士兵。

氣勢十足的吶喊此起彼落。當然，很少有人是抱持著積極進取的心態在喊的。幾乎都是受到對即將進行的互相殘殺產生的恐懼，以及不做訓練就無法活著回來的焦躁等等所驅使。

不過，也不是所有人都認真進行訓練。

與帝國的戰事每年都會發生一次，因此也有很多人已經心如死灰。像是缺乏幹勁地躲在石板地角落躺著的人；陰沉地跟身旁的人抱怨的人；或是抱著膝蓋坐在地上的人。

年紀越大，這種傾向就越明顯。

這些士兵幾乎毫無戰意，只想活著回來。

這就是王國軍的實際情形。這也是沒辦法的，他們被強行帶來，必須為了幾乎沒有獎賞的互相殘殺浪費時間。就算能活著回來，也跟纏在脖子上的繩索慢慢勒緊一樣，浪費時間造成的弊病一點一滴地動搖生活基礎。

這跟慢慢走向死亡沒兩樣。

運貨馬車駛過這些士兵的身邊，車廂塞得滿滿的，運載著大量糧食。

照常理來想，讓一座都市容納將近王國全國百分之三的人口，並且養活這些人是相當困難的事。然而耶．蘭提爾是與帝國交戰時的前線基地，也是容納王國兵力的場所。

與帝國重複了幾次戰爭後，這座都市的戰備能力已經不把二十五萬人當一回事。糧倉十分巨大，應該是這座都市最大的建物。

儲藏在糧倉的物資以往返方式不斷輸送過去。

原本有氣無力的一些人，都用恐懼的目光瞪著那些運貨馬車，就像凝視著靠近自己身邊的死神。

知道接下來要發生什麼事的人，幾乎都是這種反應。

糧食的大規模運輸。

這件事告訴大家，與帝國的戰爭即將開打。

●

耶・蘭提爾，三重城牆最內側的城牆內。

在位於中央的位置，有著耶・蘭提爾市長帕納索雷・葛爾傑・蒂爾・雷天麥亞的宅第。

雖然樓宇相當氣派，符合市長的地位，然而比起蓋在隔壁的建築，可就差了好幾截了。

這棟豪邸就是這座都市最氣派的建築——貴賓館，只有在國王或相等地位之人造訪時，才會開啟它的大門。

而現在，在這豪邸的一個房間當中，可以看到蘭布沙三世與大貴族等幾名男子。

葛傑夫維持沉默，佇立於坐在簡易王座上的國王身邊。

主要幾位貴族圍著房間正中央的大桌子，死瞪著桌上攤開的大張地圖。地圖上放了幾枚棋子，周圍散落著指揮官名簿、偵察部隊的報告、過去的戰鬥紀錄，以及周邊出沒的魔物情報等無數紙張。在背後待命的僕人們，拿著的水壺幾乎都空了。

這些狀況彷彿說明了房間裡展開過多麼激烈的議論。

實際上，大貴族們的——歷史形塑的高貴臉龐上，都帶有濃厚的疲勞之色。軍隊越是龐大，必須商議的內容就越繁雜。基本部分可以全扔給下屬們處理，但是要與其他貴族之間做細部調整時，這些細微討論就得由派系負責人進行。

由於賭上貴族的驕傲，不能在別人面前丟臉，他們的工作量才會暴增。

不過，這些也已經結束了。

聚集在此的所有人當中，最沒顯出疲勞之色的雷文侯爵開口了。

不，應該說總是由他第一個開口。別人說他是蝙蝠，但沒有人會侮辱他的智慧。這種不分派系的討論會由他擔任司儀，總是能最快決定事情。

「各位辛苦了，雖然只是一個大概，不過總算是在期限內做好準備了，接下來就要進行與帝國開戰的計畫。」

雷文侯爵環顧眾人，拿起羊皮紙讓在場所有人看得見。

「這是幾天前帝國送來的宣言書，上面寫著會戰地點。」

指定戰場是同種族之間偶爾會進行的協定，因為戰場遺跡有時會成為不死者出沒的受詛咒地區。只要兩軍達成共識，就會在兩國都不會有所困擾的指定戰場一決雌雄。

當然，也不是每場戰爭都是如此，反而可以說這種協定比較稀奇，不過王國與帝國從幾年前以來，每次開戰都會指定地點。

這是因為就算好不容易獲得領土，如果附近經常出現不死者就麻煩了，而且好不容易守住領土，要是大地受到詛咒也沒意義；雙方取得了共識，才有如此協定。

基於這種理由，不知道是誰聽了雷文侯爵的發言，安心地嘆了口氣。由於對方進行了跟到去年為止一樣的手續，讓他認為這次的戰爭也只是至今戰爭的延伸。

「至於戰場，就在——」

「別吊人胃口了，雷文侯爵。就是往常那個地點吧。應該說除了那裡之外，還能有其他地點嗎？」

「沒錯，正如博羅邏普侯爵所言，就是往年的地點，受詛咒的濃霧之地，卡茲平原，就在它的西北方不遠處。」

「……竟然指定同一個地點，是否表示帝國的侵犯也如同往年？」

他大概是覺得如此一來，證明了對方雖然搬出安茲·烏爾·恭這個魔法吟唱者的國家什麼，終究不過是為了製造大義名分而捏造的鬼話吧。

的確如果只是這樣，葛傑夫也會覺得是這樣，然而雷文侯爵搖搖頭。

「很遺憾，勃魯姆拉修侯爵，事情沒這麼簡單。我收到報告，指出帝國這次動員了相當大的兵力。我讓為我做事的前山銅級冒險者小隊做過調查，兵力總數雖然不明，但紋章總共有六個軍團的份。」

「六個？」

所有人一陣騷動。

帝國騎士團共有八個軍團，至今的戰爭當中，最多不過四個軍團參戰。然而，這次卻是以往的一．五倍。

「他們是……認真的嗎？」

一名貴族惶惶不安地說。

如果帝國六軍全部出動，總數大約六萬。王國是二十五萬，因此數量上壓倒性占優勢。然而以個人力量來說，王國遠遠不及帝國。

「不清楚，不過最好不要以為會像以往那樣，只是試探一下就結束了。」

至今的戰爭都是二十萬對四萬，帝國發動突擊，再由王國擋下，這樣就結束了。帝國的目的是花時間慢慢讓王國疲憊，只要能讓王國浪費糧食，就等於達成了目的之一。

如果這次也是一樣的目的，沒必要動員六萬兵馬。換句話說對方另有目的，不能以為跟往年一樣，這是雷文侯爵的見解。

「這次增加兵員真是做對了。」

但結果就是戰爭費用增多，成了令人頭痛的問題。

如果是往年的戰爭，帝國總是挑收穫期發動戰爭，但這次選在冬天，所以額外增加了取暖用的木柴等以往不需要的費用。

這場戰爭的費用由國王負擔，若不是擁王派擴大了勢力，國王根本就募不到捐款等所需物資，力量將會一口氣遭到削減。

「關於這點呢，雷文侯爵。對方動員了比以往更多的兵力，難道不是為了在自封君王的盟友魔法吟唱者面前撐面子，或是做表面工夫嗎？向王國宣戰的主要是帝國，不搬動大軍與我等交戰，在盟友面前有失面子吧。」

「這也是很有可能的，實際上，安茲．烏爾．恭並沒有送來任何書信。這次的事情也有可能是由帝國主導，安茲．烏爾．恭只是被波及，或是並非自願參戰。」

如果真是如此，對葛傑夫個人來說可是好事一樁。那個大魔法吟唱者無意拿出真本事與王國為敵，不知道有多令人慶幸。然而，這樣想未免太樂觀了。

葛傑夫張開了至今緊閉的嘴。

「可以准許我發言嗎？」

「准你發言。」

得到國王的許可，葛傑夫說出自己懷抱的不安。

「我不這麼認為，斯連教國也送來了書信，我實在不認為宣戰布告只是表面工夫。」

貴族們一齊露出厭惡的表情。

耶．蘭提爾周遭是關係到三國利害的地區，每當帝國與王國進行小規模戰爭時，斯連教國一定也會做出宣言，宣稱耶．蘭提爾近郊原本屬於斯連教國，現在受到王國不當占領，必須歸還給擁有正當權利的原主，同時也對兩國為了不當權利相爭感到遺憾。

兩國聽到這種宣言，只會很想叫他們不要插嘴，不過由於教國從未直接動兵，所以他們認為教國不過是嘴巴說說罷了。

然而這次卻大相逕庭。

教國這次發表的宗旨是「教國沒有此紀錄，因此無從判斷，不過假使安茲．烏爾．恭過去的確統治過此地，教國將承認其正當性」，並對王國送來了書信。

這份宣言氣壞了王國的貴族們，覺得他們簡直胡鬧，厚著臉皮從旁插嘴，信口開河。然而，當然也有人明白了其中的真意，像在場的這些人就十分清楚。

斯連教國的宣言是國家做出的判斷，意思是「我等無意與安茲．烏爾．恭為敵」。

事實就是，鄰近諸國之中擁有最強國力的斯連教國，不願意對付區區一個魔法吟唱者。

不，這點不難理解，葛傑夫繼續說出自己的看法。

「此人輕易殲滅了六色聖典的一支部隊……雖然他本人沒說殺光了那些人，不過斯連教國必定是認為，與擁有此等力量之人為敵後果不堪設想。如果是由帝國主導，安茲．烏爾．恭只是被波及，教國不太可能做出那樣讓步的聲明。」

「哼，一個魔法吟唱者加入戰局又能怎樣？我方可是二十五萬大軍喔！」

李頓伯爵露出侮蔑的微笑，嘲弄葛傑夫的戒心。

葛傑夫忍著不皺起眉頭，法力無邊的魔法吟唱者，在戰場上能發揮驚人功效。但相反地，他也能理解李頓伯爵想說什麼。

如果自己一無所知，可能也會有一樣的想法。

舉個例子，帝國有夫路達．帕拉戴恩這個大魔法吟唱者，名聲傳遍遙遠國度。據說此人能使用第五位階，甚至是第六位階的魔法，不過沒人確切知道他究竟有多少實力。

這是因為魔法吟唱者夫路達從沒實際參加過與王國的戰爭，王國的軍隊沒被他的魔法毀滅過。

再者聽到第六位階，只會覺得很厲害，但實際上到底有多厲害，總是沒個概念。

就連身為王國戰士長，歷經無數戰場的葛傑夫都是如此。

貴族不是魔法吟唱者，只是在受教育時學過魔法知識，想必更難理解。實際上，王國貴族當中有很多人認為夫路達根本沒什麼了不起，只是帝國為了給自己增加名聲而誇大其詞罷了。尤其是與冒險者等魔法職業不太來往的高階貴族，更是常有這種想法。

李頓伯爵大概也是其中之一吧，在他的知識裡，魔法吟唱者八成只是一種變魔術的。當然，幾次找來治療疾病或傷口的神官例外。

「……不能這樣說吧，要是對方使用飛行魔法進行範圍攻擊，將會相當棘手，從遠距離遭受攻擊魔法也會死傷慘重。不過說歸說，我想對方不會這樣浪費身為專家的魔法吟唱者。只是，帝國對安茲．烏爾．恭過度禮遇了。如果只是個普通的魔法吟唱者，他們應該不會做到這個地步，我認為應該提高警戒。」

烏洛瓦納邊疆伯爵沉重地低語，白髮蒼蒼而滿是皺紋的臉上，具有年高德劭之人特有的威嚴。再加上他在眾人之中最為年長，與李頓伯爵正好形成對比，所說的每一句話很有份量，就算是李頓伯爵，也得心不甘情不願地點頭。然而對於伯爵所言，有人提出了意見，那就是博羅邏普侯爵。

「哼，什麼安茲．烏爾．恭。李頓說得沒錯，才一個人能有什麼作為？他要是從天上飛來，用弓箭射死他就行了，從遠距離攻擊也是一樣。不過是一個魔法吟唱者，能有多大能耐！只有傳奇故事裡，才會有一個魔法吟唱者改變戰況的事情發生！」

「……恕我直言，吟遊詩人們所訴說的英雄傳記，有些不是真人真事嗎？」

「看來戰士長閣下不知道，精彩刺激的故事才能吸引群眾，加油添醋之後，常常會變得跟真相相差甚遠。如果吟遊詩人之間口耳相傳，內容又會大幅走樣了。」

「恕我打個比方，如果召集許多能發射『火球』的魔法吟唱者——」

「能召集得了那麼多會用『火球』魔法的人嗎，戰士長閣下？」

「這……我想很難。」

「火球」是第三位階魔法，想大量召集能使用這種魔法的魔法吟唱者，就算是擁有魔法吟唱者學院的帝國恐怕也辦不到。

「這不就結了？魔法是一種武器，不管擁有多大威力，都不可能光靠一個人左右戰況！戰士長你——失禮了，戰士長閣下不就是個好例子嗎？沒有人能單槍匹馬贏過戰士長閣下，但即使是你，也不可能短時間內殺死數萬將士吧。」

博羅邏普侯爵說得很對，葛傑夫沒有論據能說服他。

實際上，葛傑夫也只有在真實性可疑的故事裡，聽過一擊魔法就殺死上萬士兵之事。即使是那位老婦，十三英雄之一的莉古李特．別爾斯．卡勞也沒這麼神通廣大。

然而，葛傑夫仍然滿心不安。

會不會是因為不認識真正厲害的魔法吟唱者，愚昧無知，才能說出這種話來？

「……那如果是龍呢？」

「勃魯姆拉修侯爵……那個魔法吟唱者是人類，怎麼會扯到龍身上去了？」

「呃，不，只是覺得只有龍能單獨與軍隊匹敵……」

「現在是在講人類的事，講龍有什麼意義？前提條件就是錯的！實在不懂你們在想什麼，戒備一個魔法吟唱者——」博羅邏普侯爵狠狠瞪了葛傑夫一眼，「——對那人的影子提心吊膽，作為王國貴族不覺得羞恥嗎！……話雖如此，我也明白戰士長閣下的擔心……就將安茲．烏爾．恭的個人戰力視作能抵五千士兵，這樣就夠了吧。」

「五……五千嗎！」李頓伯爵睜大眼睛。「一人抵五千……會不會有點太抬舉他了？一半也就夠了吧。」

「我認為戰士長閣下能與一千士兵匹敵，既然戰士長閣下對此人如此戒備，我就給他五倍的數字……表示我相信戰士長閣下的眼光。」

「感激不盡。」

雖然安茲．烏爾．恭的戰鬥能力才五千讓葛傑夫很有疑問，不過也很難得到更高的評價了。他認為既然如此，現在應該表示感謝，以討好對方，於是低頭道謝。

這時，至今保持沉默的巴布羅第一王子開口：「方便讓我插個嘴嗎？」

「……我之前就在一直在想，不能讓那些冒險者上戰場嗎？追根究柢，他們既然是在王國工作，把他們當成王國人民徵兵不就行了？為什麼不能強制他們上戰場？王國法律裡並沒有這一條啊。」

大貴族們互使眼色，他們出於管理領土的立場，很明白冒險者的存在價值，所以不會有巴布羅這種想法。

葛傑夫認為王子的這番發言責任在於國王，如果國王有賜他領土，讓他經營，就不會問出這種問題來了。

雷文侯爵乾咳一聲。

「王子，首先，冒險者除了銅級等人以外，實力都在一般士兵之上，這您知道嗎？」

「嗯，這我知道。所以只要徵募他們上戰場，必能發揮很大的力量，就算是帝國的騎士也能輕易打倒才是。」

「這點沒錯，然而這樣一來，敵方——像這次是帝國，他們也很可能為了對抗，而徵募冒險者。結果將不會是冒險者們捉對廝殺，而是冒險者不斷殺死弱小士兵，導致死傷人數增加，更多的弱者死去。所以雙方都不借助冒險者的力量，避免演變成軍備競賽。除此之外，冒險者工會也制定了規則限制這種做法。」

出於同樣的理由，也不能僱用工作者。當然他們的價格比冒險者更貴，而且無法信任也是原因之一。

「原來如此，雖然難以接受，但我算是了解了。那麼如果都市遭到入侵呢？如果這樣還不肯奉獻力量，豈不是沒盡到作為這個國家的人民的本分？」

「我明白您的意思，但我們很難判斷他們有沒有把自己當成王國人民，也有很多人一輩子四處漂泊。更重要的是，一旦他們戰死沙場，越是優秀的冒險者，國家的損失就越大。這是因為當魔物出現時，有可能沒有冒險者可以應對，所以才要這樣劃清界線。」

「……方才雷文侯爵不是說到，有徵募引退的冒險者作為自己的士兵嗎？好像說是前山銅級……那就沒問題嗎？」

「那好像沒問題，雖然冒險者工會有規則，但不屬於工會的人似乎不在此限，所以才能僱用。」

「……該怎麼說呢，總覺得怎麼聽都無法接受。」

「的確。」貴族們輕聲笑了起來。

「不過，這只限於山銅級以下，精鋼級可能又是另一回事。實際上，目前王國有兩支精鋼級冒險者小隊──」

在場沒有人不知道在惡魔騷亂中大為活躍的「蒼薔薇」。

「在她們還沒在公開場合大放光彩的時代之前，本來還有另一支精鋼級冒險者小隊。他們引退之後，似乎沒有受到任何人僱用──對吧，戰士長閣下。」

「正是如此，這支小隊有四位成員，一位經營了個人劍道場，只收自己中意的學生，另外兩位應該是一同踏上旅途了。最後一位是名老婦，曾經一時隸屬於『蒼薔薇』，後來消聲匿跡了。」

葛傑夫回想起個性鮮明的各位成員，扳著手指一一列舉。

他想起自己在王都閒逛時，被觀賞過御前比武的師傅硬是拉進道場，強制聽講、練劍等等的地獄般歲月。

雖說正因為有那段歲月，原本只是個傭兵的葛傑夫才能為國王奉獻更多心力——

（不，回想起來，那段日子也成了美好回憶呢。）

「原來如此，我聽說這座都市有個人稱『漆黑』的冒險者。如果是那人隊裡的魔法吟唱者『美姬』娜貝，或許能跟安茲．烏爾．恭平分秋色，這樣看來很難了。」

點子本身不錯，只是冒險者工會肯定不會答應。

幾名貴族開始把冒險者工會罵得一文不值。

有人說他們不過是平民，還敢如此囂張。有人說他們沒弄清楚誰是主子。又有人說既然是王國國民，本來就應該為王國奉獻心力。

對於擁有身分地位的人而言，不肯屈從權力的存在必定讓他們大感不快。但沒有這些人就很難擊退魔物，卻也是事實。

如果冒險者工會離開王國，王國無人能消滅強大魔物，必然會慢慢走向毀滅，就算有葛傑夫在也必定如此。

魔物擁有各種不同的特殊能力，要消滅他們，必須要有各種不同的攻擊、防禦與治療手段，所以冒險者的存在才會不可或缺。如果能像帝國那樣在自軍當中編入魔法吟唱者或游擊兵(Ranger)，那又另當別論了。

「不，我覺得殿下講得有道理！這個想法不錯！」

某地的男爵出聲說道。

他的爵位要參加這個場合還嫌太低，既然能來參加，大概是某人的跟班吧。

「她身為魔法吟唱者，或許心裡也有點想法，也許可以派個使者去問問也好！」

有幾個人表示贊成，大多是爵位較低的貴族。看他們異口同聲地讚揚巴布羅，大概是貴族派裡哪個人的走狗吧。

他們似乎沒注意到幾個比較機靈的人都苦著一張臉。

「那就由你去吧。」國王語氣疲憊地下令。「飛飛閣下是精鋼級冒險者，千萬別失禮了。」

「是！我切納科定會完成王命！」

「是嗎，萬萬記得，別對飛飛閣下失禮了。」

國王重複一遍後，揮手准許他退下，得到命令的貴族自信滿滿地走出房間。

他好像沒發現一旦出了問題，自己會被當成棄子。

「唉……離題了，剛才講到哪裡——喔，對了，講到安茲．烏爾．恭的戰力問題。如果沒有人有異議，就將他個人的戰力設定在五千，當成是大家的共識，可以嗎？」

雷文侯爵的目光朝向葛傑夫。

「不，我沒有異議。」

雖然葛傑夫覺得再加一倍都不夠，但他明白這些人沒親眼見過安茲．烏爾．恭的實力，要讓他們接受很難。

「原來如此，那麼，是否可以請各位照帝國所指定，立刻出兵前往卡茲平原？」

雷文侯爵的視線看過每一位貴族，他們依序表示可以。最後雷文侯爵看向博羅邏普侯爵，他大聲說：

「當然沒有問題了，雷文侯爵，我也能立刻動兵。那麼陛下，可否准我提出一項提案？我有一事想請王子負責。」

在場只有一位王子，所有人的視線都集中在巴布羅身上。

「聽聞那個安茲．烏爾．恭曾經現身搭救卡恩村，如果只是自以為豪俠好義也就算了，但說不定是有某些戰略上的意圖。我認為應該派出軍隊，向村人們問個清楚，並且由王子擔任此次行動的指揮官。」

「——侯爵！」

巴布羅眼神尖銳地瞪著博羅邏普侯爵。

「肅靜。」國王出聲說道。「這個想法不錯，我的孩子，我命你前往卡恩村，向村人們問話。」

葛傑夫拚命按捺住，不讓自己的眉毛移動。

他不認為現在跑去卡恩村能獲得那位魔法吟唱者的任何情報。再說在目前的狀況下，稍微分割一點兵力似乎都是下策。

「……既然是國王的命令，我只能聽從。不過我希望父王知道，我並不情願做這件差事。」

知道國王無意撤回命令後，王子毫不隱藏不愉快的感受，但還是低頭領命。

「我把我的一部分精銳兵團借給王子的軍隊，一同前往村莊吧。再來我想募集與王子同行的貴族，大約需要五千人手。」

「原來如此，是要戒備帝國的分隊吧。真不愧是博羅邏普侯爵，果然聰明。」

聽了雷文侯爵所言，葛傑夫也覺得有道理。然而帝國連戰場都指定好了，他懷疑對方是否真會使用這種手段（分隊）。這在一般戰爭中是基本戰術，但已經約定好要一決雌雄，卻又耍這種手段，可是會遭到鄰近諸國輕蔑的，帝國這樣做等於是自取滅亡。

「我不認為需要那麼多的兵力，不過既然是侯爵的提議，這方面就交給你決定吧。」

「謝陛下。另外還有一個問題。」

講到這裡，博羅邏普侯爵停頓了一下。那不像是在喘口氣，而像是想讓大家專心聽自己說話。

「誰要在這場戰爭中負責指揮全軍？如果是我，我可以擔此重任。」

現場氣氛變了。

這番發言太危險了，聽起來是在請教國王，實際上卻不是如此，呈現出要求國王交出全軍指揮權的無形壓力。

身為國王的蘭布沙三世與博羅邏普侯爵，如果要問哪一個是比較優秀的軍隊指揮官，很多貴族都會回答博羅邏普侯爵比較優秀。更何況這次博羅邏普侯爵準備的兵力占了王國軍的五分之一——多達五萬以上，是全軍之首。

而且，博羅邏普侯爵還有精銳兵團，是他受到葛傑夫的戰士團刺激而組成的專業士兵集團。

他們的戰鬥能力很強，雖然比葛傑夫屬下的戰士略遜一籌，但仍然擁有等同於帝國騎士——甚至可能更強的實力。最令人驚嘆的是人數，總共多達五千人。如果與葛傑夫的戰士團交手，必然是數量占優勢的博羅邏普侯爵的精銳兵團大獲全勝。

若是國王不在現場，指揮官的寶座自然是屬於博羅邏普侯爵的。然而國王人在這裡，這樣一來指揮權當然在蘭布沙三世手裡，但是屬於貴族派的貴族們不可能坦然接受。

聽到博羅邏普侯爵施加壓力般的詢問，葛傑夫的表情變得嚴厲，但博羅邏普侯爵看到了也沒理他。對博羅邏普侯爵來說，葛傑夫不過是個劍術了得的平民，貴族以外的人踏進這個房間，本來就夠讓他難以忍受了。

「……雷文侯爵。」

「是！」

「交給侯爵指揮，命你率領全軍平安抵達卡茲平原。軍隊布陣與構築陣地也交給你處理。」

「遵命。」

雷文侯爵領受王命，低頭致意。博羅邏普侯爵想要的地位雖然被人從旁奪走，但對方是雷文侯爵，他不便抱怨。博羅邏普侯爵知道他很優秀，很難做出強烈抨擊。最重要的是，雷文侯爵人脈很廣，博羅邏普侯爵的屬下當中，也有人受過雷文侯爵的恩情。如果在這些人面前強烈抨擊雷文侯爵，會讓人覺得自己器量狹小，所以博羅邏普侯爵也不得不同意。

「雷文侯爵，我的軍隊也交給你了，有任何問題儘管告訴我。」

「謝謝您，博羅邏普侯爵，屆時就拜託您了。」

看到國王的巧妙安排，葛傑夫就像自己的事情一樣高興。

「其他還有人有意見嗎？」國王等了一會，但沒有人回答。「……那就開始準備出兵吧，就在明天。前往戰場需要兩天時間，所有人切勿怠忽準備，那麼就此解散。雷文侯爵，後續事宜就拜託你了。」

「遵命，陛下。」

為了準備出發，所有人都離開房間，只剩下國王與葛傑夫。

蘭布沙三世慢慢轉動著脖子，連葛傑夫都聽見了喀喀聲。大概脖子原本真的很僵硬，國王表情顯得挺舒服的。

「您辛苦了，陛下。」

「是啊，真的辛苦了。」

葛傑夫露出苦笑，剛才的情形不啻是擁王派與貴族派的縮圖，國王的疲勞想必非同小可。不過，有人一直以來比國王蘭布沙三世更辛苦。

「差不多該──」

蘭布沙三世才剛開口，門扉就傳來幾次敲門聲。接著門慢慢打開，他等著的一個人走進房間。

那是個相貌平平，有如肥胖鬥牛犬的男人，頭髮稀薄到能反光，僅剩的一點頭髮也都已經變白。

身體圓滾滾的，腹部有一團臃腫的肥油，下巴也長滿過度的肥肉。這個男人雖然相貌平平，眼瞳中卻帶有深沉的睿智光輝。蘭布沙三世露出相當友好的笑容，面對這個男人。

「真高興你來了，帕納索雷。」

「陛下。」耶．蘭提爾市長帕納索雷對自己的君主恭敬地行禮，然後移動視線。「久違了，史托羅諾夫閣下。」

帕納索雷雖然是貴族，但是對身為平民的葛傑夫也非常客氣，表示出敬意。就是因為他是這樣的男人，才會被派遣到這個要地。

「市長您好，那時候受您照顧了。您還提供協助讓部下接受治療，感激不盡。那時候因為我必須盡早向國王報告，沒能好好向您道謝就匆匆離去，真的非常抱歉。」

「不會不會，您別放在心上。我很明白戰士長遇襲的那件事的重要性，不可能為這種事怪您的。」

兩人正在互相低頭致意時，國王心情愉快地笑了起來。

「帕納索雷，你今天不發出那個鼻子噴氣聲啊？」

「陛下……對於沒有輕視我的人，做那種演技也沒有意義。還是說陛下認為我連面對陛下或史托羅諾夫閣下，都會那樣演戲？」

「抱歉，抱歉，開玩笑罷了。別怪我，帕納索雷。」
「不敢，臣僭越了，請陛下恕罪。那麼……馬上來講正題嗎？」
「不……」國王猶豫了一下，回答：「不，還有一個人沒來，等他來了再談吧。」
「這樣啊，那就先來談都市內糧食等支出如何？另外還有根據侯爵大人給我的資料計算出的一年後王國國力等議題。」
「嗯，最好能先把令人頭痛的議題處理掉。」
就這樣，帕納索雷開始說明，就連對內政事務一竅不通的葛傑夫，聽了都想皺眉頭。
支出費用大到令人為國家的將來擔憂，還有大量徵收糧食造成國內糧食問題的惡化。特別大的一個問題是，召集於此的平民歸返之後引發的國力衰退。
帕納索雷的推測——就連較為樂觀的推測，聽了都讓人表情抽搐。
至於國王，更是愁眉苦臉。
「天啊……」
「如果……明年也發生一樣的狀況——帝國侵犯我國，王國從內部崩潰的危險性將會更大。繼續維持現在的稅率，將會造成大量平民餓死，但如果降低稅率，許多政策又會缺乏施行的資金，這點是無庸置疑的。」
蘭布沙三世以手貼額，遮起了臉。

這都是幾年來對帝國的挑釁頭痛醫頭，腳痛醫腳的結果。當他們注意到帝國的目的是要讓王國逐步衰退時，早就為時已晚了。

「陛下……」

「真傷腦筋，要是能早點行動……至少在完全分成兩派之前做對應……真是愚蠢啊。」

「沒這回事，陛下。我想縱使那時設法做對應，也只會引發將王國一分為二的戰爭，然後在國力衰弱時遭受帝國併吞罷了。」

葛傑夫能夠斷言，國王——蘭布沙三世做得很好。

局勢會變成這樣，是王室一直以來沒採取行動造成的惡果。世世代代累積下來的髒汙，不可能在一代之內清除乾淨。

「我想盡量讓下一代——讓我的孩子繼承一個繁榮和平的國家。」

國王感慨地說，然後語氣強硬地接下去：

「既然如此……現在正是機會嗎？多虧有那場騷亂，現在有很多人跟隨我。也許現在正是用盡一切手段給帝國一次打擊，以獲得幾年和平的機會？」

葛傑夫看到國王眼中蘊藏著令人擔憂的光輝，他知道自己應該勸阻國王，但是無法說出口。

如果國王這樣說是為了滿足自己的欲望，他可以直言進諫。但一想到國王這樣說是為了家族的安寧，就怎麼也說不出口了。

這個男人一直以來就近目睹了國王的痛苦，無法阻止國王的心意。

「有這個可能性，但陛下也知道，這是很危險的。若是採取行動削減貴族的力量，國家有可能發生大動亂。」

國王蹙起眉頭，葛傑夫感到心痛。

「帕納索雷總是說得對，然而動手術也許會死，但也有一線生機。若是置之不理，病灶將會擴及全身，確實地一步步邁向死亡。既然如此，難道不該狠心付諸實行嗎？」

「您怎麼這樣說呢，陛下？手術是令人存疑的技術，與其依賴那種可疑伎倆，我認為應該思考別的辦法。」

「如果有種魔法能拯救王國，我很想依賴它，但是沒有這種仙丹妙方。既然如此，現在唯一能採用的治療手段，就是切開身體，摘除病灶的野蠻民俗療法了。」

除了牛頭人賢者提出的可怕野蠻的手法（手術）之外，沒有辦法可以拯救王國了。

看到國王被逼到如此斷言，室內一片死寂。

陰暗沉重的氣氛彷彿永遠不知道終結，然而一陣敲門聲突然在房間裡迴盪，斬斷了這種氣氛。

來者是雷文侯爵，他不等回應就走了進來。

「讓各位久等了。」

室內立刻充滿了安心的氣氛。

「喔，我正在等你呢，雷文侯爵，抱歉要讓你多操勞了。」

雷文侯爵一瞬間好像不知道國王指的是哪件事，不過他馬上會過意來，散發出疲倦男子的氛圍。

「不不，陛下請別放在心上。把全軍指揮權交給博羅邏普侯爵，才是最愚蠢的行為，因為他只會突擊與後退這兩項命令。」

雖然他把博羅邏普侯爵講得一文不值，但他是否真的這樣想不得而知。也有可能是一走進房間，敏銳地察覺到陰暗的氛圍，為了改變氣氛才這樣說。

「況且如果國王親自掌握指揮權，一個弄不好，可能造成貴族派還沒開戰就撤退。所以事實上除了我之外，的確沒有適任人選了。話雖如此，我也不願意不眠不休地一直工作，所以我想先聲明，等這場戰爭結束後，我要窩在領地休養生息幾個月。」

「那麼……」說完，雷文侯爵繃緊了表情。

「很抱歉，我不能在這裡待太久，就速戰速決吧。」

雖然他的表情一如平常，像蛇一樣冰冷，但葛傑夫看出他的臉上帶有人類的情感，而且是令葛傑夫很有好感的那種。

（——我竟然沒能看穿這位人士的性格，真蠢，就算有人說我不會看人也不奇怪。）

葛傑夫抱持著遺憾的心情，想起離開王都前在國王房間的談話。聚集在國王房間裡的五人——蘭布沙三世、葛傑夫、拉娜第三公主、賽納克第二王子與雷文侯爵——其中最後兩位告訴自己的話令葛傑夫大為震驚，摧毀了他刻板僵硬的宮廷觀。最大的一點是，葛傑夫厭如蛇蠍的人物，事實上卻是最為國王盡心盡力，光用驚愕還不足以形容他的感受。

「無論是我的女兒也好，雷文侯爵也好，真是讓你們費心了。」

蘭布沙三世對坐到椅子上的雷文侯爵露出真摯的表情，深深低頭致意。

「陛下請別這樣，我也是沒向陛下請示過就擅自做了各種行動，正在懊悔應該提早採取其他手段。」

「雷文侯爵，也請您接受我的謝罪。」葛傑夫深深低頭致歉。「我沒能明白雷文侯爵的真正想法，被您表面上的態度蒙蔽了雙眼，曾經對雷文侯爵懷抱過不敬的想法，請原諒我的愚昧。」

「戰士長閣下，請別放在心上。」

「話雖如此，您若是不能懲罰我的愚昧，這根心頭刺永遠也拔不掉。」

雷文侯爵好像拿他沒法子，搖了幾次頭，然後給了葛傑夫懲罰。

「我明白了……那麼，今後請讓我稱呼您葛傑夫閣下，而不是戰士長閣下，因為我向來很敬重您。」

稱不上懲罰的懲罰。

自己實在是有眼無珠。葛傑夫加深了這種想法，由衷表達感謝。

「謝謝您，雷文侯爵。」

「葛傑夫閣下，請別放在心上。那麼開始來談王國今後該採取的手段吧。」

3

葛傑夫穿過大門，抵達外圍部分的駐紮地點後深呼吸，吐出藏在體內的精神疲勞。

真的累壞了。

參加剛才的那種會議，讓他強烈體會到自己終究是個平民。

他隨侍國王左右，長期觀察貴族的社會，變得能夠理解他們的想法。

然而即使如此，當頻繁出現只有在貴族社會出生長大之人才能明白的對應或思考方式等等之時，葛傑夫有時還是無法理解他們的思維，尤其是當他們把貴族的驕傲看得比實際利益更重要時。

不，比起這些更讓他難以理解的，是當他們把自己的驕傲看得比子民更重要時。

葛傑夫的視線掃過周圍。

吵吵嚷嚷，四處奔忙的兵士——那是人民的身影，是從各個村莊召集來打仗的王國子民。作為士兵，看起來實在太不可靠，他們應該拿著鐵鎬或鋤頭才對。

保護他們，難道不是位高權重者該盡的義務嗎？

他不是在說應該交出耶．蘭提爾。國王說得沒錯，把這座都市拱手讓人，會傷害到在都市裡生活的人民。

只是——

葛傑夫腦中浮現出戴著詭異面具的安茲．烏爾．恭的身影。

當他伴隨著夜色回到卡恩村時，完全沒有歷經苦戰的模樣。

沒錯，他們才兩個人，就從大敗葛傑夫等人的對手手中平安脫身。

那是名符其實的魔導王——受這名號當之無愧的超人身影。

選擇與他正面對峙是愚蠢的行為，倒不如——然而這樣做會造成民不聊生。

「可惡！」

葛傑夫無法整理出一個想法，唾棄似的罵道，他想不到該如何是好。猶豫不決在戰場上會害死自己，即使人們讚揚自己是鄰近諸國最強的戰士，若是心意不決，還是有可能丟掉性命。

更何況對手可是安茲．烏爾．恭。

葛傑夫的確沒看到解救村莊的魔法吟唱者戰鬥的模樣，他也沒說自己獲勝，只說被敵人逃走了。

然而誰都知道那是在撒謊。

「這麼一想還真奇怪……他為什麼要撒謊，說被敵人逃了呢？」

兩人離去後，葛傑夫去看過成為戰場的草原，但沒有發現殺戮的氣息，連一具屍體都沒找到。埋葬幾十名士兵需要花很多時間，沒有屍體——沒有證物的狀況，提高了他說「被敵人逃了」的可信度。

但前提是安茲．烏爾．恭不會使用魔法。或許有一些魔法可以傳送屍體，或是讓屍體灰飛煙滅。

再說葛傑夫很有自信。

這點最主要起自於葛傑夫作為戰士的直覺，那就是當葛傑夫見到安茲毫髮無傷地回到村莊時，似乎從他身上嗅到了一絲屍臭。

如果敵人真的逃走了，那也應該是「放他們逃走了」才對。

不過比起這些，比起安茲的說法，葛傑夫更相信自己的直覺。這種想法毫無根據，但他就是認為六色聖典那些人只是沒留下屍體，實際上肯定已經死亡。

「……搞不懂。」

這個魔法吟唱者，能毫髮無傷地殲滅葛傑夫不敵的對手。

如此一來，他究竟擁有多大的力量？肯定比葛傑夫率領的戰士團要強上好幾階段。

這種人如果出現在戰場上，使用魔法攻擊我方，會發生什麼事？

葛傑夫再度望著受到興奮與恐懼、消極與焦慮等感情支配的人民。

魔法吟唱者使用的魔法，即使位階相同，效能也會受到術士的本領所左右。

那麼假設安茲．烏爾．恭使出了「火球」，會有何種慘禍等著他們？

養育待哺嬰兒的父親，奉養年老雙親的兒子，即將成婚的青年，這些留下家人，被強行帶來的人民，有任何能夠承受這種攻擊，存活下來的可能性嗎？

不可能有。

受到那個大魔法吟唱者的一擊魔法，不可能還保住一條小命。

如果是火魔法，就會變成一具焦屍，冰魔法就是結凍屍體，雷魔法就是電死的屍體，這是無庸置疑的。

那麼葛傑夫承受得住嗎？

他認為一擊還不至於讓自己送命。

但這種想法或許也太天真了。

「啊……怎麼會變成這樣呢？」

與安茲．烏爾．恭交戰絕對是錯的。

想到他解救過卡恩村，安茲．烏爾．恭似乎不是一個沒血沒淚的人物。但葛傑夫也覺得這個男人內心並非只有慈悲，他給葛傑夫的印象，是個對敵人毫不留情的男人。

他們應該避免交戰，以禮相待。然後再設法說服他，建議他在別的地方建國，不是比較好嗎？

葛傑夫懷著慘澹心情望著周圍的人，看到身穿白色金屬鎧的青年出現在視野角落，身旁還有個逍遙自在的劍士。是克萊姆與布萊恩。

另外還有一個人跟他們一起，三個人聊得正開心。

「那是誰啊？好像在哪見過……啊！是雷文侯爵屬下的前山銅級冒險者之一嘛。」

那支前山銅級冒險者小隊由於所有人都是平民出身，因此是平民們的希望之星，葛傑夫也知道很多他們的事。就某種意義來說，他們是與葛傑夫一樣登上高峰之人，也是前輩。

火神的聖騎士，從事擅長擊敗邪惡魔物的職業「邪惡殺手」的鮑里斯．阿克賽爾森，四十一歲。

既是風神神官，又能作為戰士作戰的戰鬥神官，約蘭．迪克斯戈多，四十六歲。

運用「跳舞武器」這種魔法道具，達到四刀流境界的戰士弗蘭森，三十九歲。

被稱為秀才，開發了好幾種冠有自己名字的魔法，魔法師倫德奎斯特，四十五歲。

然後是人稱「不可見（The Unseeing）」的盜賊洛克麥亞，四十歲。

葛傑夫扳著手指回想各個成員的名字，終於知道跟克萊姆他們說話的人是誰了，是洛克麥亞。他這才想起有聽說過那場惡魔騷亂當中，克萊姆他們就是跟他互相幫助，潛入敵營深處解救人民的。

他們似乎沒注意到葛傑夫，過去插嘴總覺得不太好意思。

話雖如此，不打招呼似乎也很失禮。更何況等會大夥就要奔赴戰場了，自己作為親信，是國王的貼身護衛，或許沒什麼機會直接跟敵人交戰，但世事難料。

——搞不好這就是永別了。

如果可以，他很想跟兩人說說話。也許是老天聽到了這個心願，洛克麥亞揮揮手跟兩人告別，然後離開了。

剩下克萊姆與布萊恩面帶笑容，不知道在說些什麼。

經過王都那場惡魔騷亂，兩人的情誼似乎更堅定了，又像朋友，又像師徒，又像同伴，雖然頗為複雜，總之建立起了良好的關係。

而且還因為這份緣分，布萊恩如今成了拉娜屬下的士兵，是克萊姆的同袍。

能與自己匹敵的戰士——想推薦給自己戰士團的人被人搶走，的確讓他有點遺憾惋惜。

不過看到那兩人相處融洽，也的確讓他覺得結果就該如此。

葛傑夫面露微笑，稍微加快腳步往兩人走去。

（不過那件鎧甲還真是顯眼啊，在王都這樣打扮是不錯，但是在戰場上可是很容易被盯上的，是不是該對克萊姆提出忠告？）

這裡有許多士兵，由於沒有人會穿著金屬製的全身鎧，因此就這層意義來說已經夠顯眼了，但更引人注目的，是那身過度搶眼的純白鎧甲。若是弓兵的話肯定第一個射他，騎兵也很可能拿他當目標。拿克萊姆與帝國騎士相比，克萊姆比較有勝算，但也有可能遇到比克萊姆更強的騎士，帝國四騎士就是個好例子。

（那件鎧甲好像是拉娜大人賜給他的，不過看那顏色，看來就算聰明如公主，也不知道戰場上的常識吧。）

拉娜公主雖然聰明，但似乎沒厲害到連戰略或戰場之事都懂。

（要是克萊姆死了，公主也一定會很傷心。）

只要使用魔法染料，就能暫時改變鎧甲的顏色，等回到王都時再把顏色變回來就好。

葛傑夫一邊想，一邊從背後接近兩人，只有布萊恩轉過臉來，手伸向腰際的刀。

（不愧是布萊恩，距離這麼遠都感覺得到。）

走路時，穿在身上的金屬鎧會發出碰撞聲。

只要聽到這個聲音靠近自己，會做出反應也不奇怪。

但是這裡人很多，大家都忙著備戰。在人聲鼎沸之中，要分辨出靠近自己與同伴的聲音相當困難，除非是盜賊等受過特殊訓練的人。

布萊恩睜圓了眼睛，偷瞄克萊姆一眼，接著咧嘴一笑，那笑法相當不懷好意。

不知道他誤會了什麼，不過這樣正好。

葛傑夫露出一樣的笑容，注意著不要發出聲音，謹慎地靠近到現在仍渾然不覺的克萊姆。雖然是個沒受過無聲走路訓練的男人——身穿金屬鎧的男人躡手躡腳地靠近，但克萊姆似乎絲毫沒有察覺，在跟布萊恩講一些事情。

挑戰過程相當順利，葛傑夫成功取得了克萊姆正後方的位置。

葛傑夫對準了克萊姆毫無防備的腦袋，給他一記物理性（手刀）吐槽。

「嗚哇！」

克萊姆用完全不合年齡的沙啞聲音叫了一聲，大幅往後跳開。他一看到是葛傑夫，眼睛睜得又大又圓。

「這！這不是史托羅——」

「——安靜。」確定克萊姆把話吞了回去，葛傑夫再說一遍：「安靜點，我的身分要是在這裡曝光會很麻煩的，叫我葛傑夫就好。」

雖說是王國最強的戰士長，在場這些村落出身的平民大多沒見過他的長相。葛傑夫猜想他們所想像的戰士長，八成是身高將近兩公尺，手持巨大寶劍，身穿黃金鎧甲吧。

葛傑夫實在不忍心讓他們的期待落空，況且引人注目也會造成許多麻煩。

「這……這真是失禮了。」

「沒有啦，你沒做任何失禮的事。」葛傑夫對克萊姆的道歉露出苦笑，苦笑緊接著變成了另一種意思。「不過，有個身穿金屬鎧的人從背後慢慢接近，你卻完全沒察覺，有點太鬆懈嘍。我也明白這裡不可能出現敵人，但還是要注意。」

「你在說什麼啊，葛傑夫。放鬆心情不是件壞事啊，繃緊的線可是很容易斷的。」

「但布萊恩你不是隔著一段大距離就注意到我了？」

「那是當然的啊！誰叫你隨便散發那麼奇怪的氣息。」

葛傑夫注意到克萊姆正用驚愕的目光看著自己與布萊恩。

「克萊姆，做拉娜大人的貼身侍衛，感應這種氣息的能力也是不可或缺的。如果不能及早發現藏身的刺客，會危害到保護對象的生命安全喔。」

「喔，原來是這麼回事啊。我還在想你在做什麼咧，原來是為了這個。我說啊，克萊姆小兄弟一直都是做自己獨特的訓練對吧，那你有做過這種探測氣息的訓練嗎？」

「呃，沒有，我只有鍛鍊戰鬥技術，非常抱歉。」

「我不是在挑你毛病啦，只是確認一下。其實我以前也是像你這樣，自己鍛鍊就會忘記鍛鍊這種感覺。可是這樣會很危險，因為能跟敵人正面交鋒的機會其實比較少。」

葛傑夫臉變得有點紅，稍微瞪了一眼布萊恩，責怪他何必在這種場合講出來。

本來鍛鍊這個努力不懈的少年戰士，也是王國戰士長的職責之一。但自己卻沒有做到，讓葛傑夫為自己的窩囊感到羞恥。

克萊姆跟自己都是平民，所以在侍奉王室時，不能讓貴族看到自己失敗的地方。比方說就算只是模擬戰，一旦葛傑夫大勝克萊姆，貴族們一定會說克萊姆不能勝任公主的貼身侍衛一職。相反地葛傑夫只要稍微屈居劣勢，貴族們的矛頭又會指向葛傑夫。

大言不慚地說是為了國王而捨棄一個少年戰士於不顧，像他這樣的男人就算做了一點好事，也沒必要就把他講得跟個大好人似的。

（不，感到羞恥才是最不應該的，我應該承認自己的過錯——）

「——好了，別說了，別說了。既然你都當著我的面告訴我克萊姆小兄弟的弱點了，我會盡量鍛鍊他啦。」

「葛傑夫大人，實在太感謝您了。」

「……不，你別跟我低頭道謝。為王室效力的你，也是我的一名部下。但我卻沒有直接指導你，而是全部丟給別人，你不用跟我道謝。」

克萊姆越是感謝他，罪惡感就越強。

「哎呀，一腳踏進貴族大爺社會的人，真是有一堆問題要煩呢。又是被無聊瑣事扯後腿，又是不能放手做想做的事。」

「你現在作為克萊姆的同袍，擔任拉娜大人的貼身侍衛，不也是我們的一分子了？」

「我輕鬆得很，我只是暫時當那個公主殿下的什麼部下——不，抱歉，說『什麼部下』好像不太好。我只是暫時當那位公主的部下，膩了或是滿足了就走人嘍。」

布萊恩用有如秋季天空的表情笑著，在王都遇見的那個落湯雞已經不見蹤影。

葛傑夫有點羨慕能夠活得如此自由的布萊恩。

「話說回來，跟我們這樣閒聊沒有關係嗎，葛傑夫大人？」

「哎，忙是很忙，但我實在很想讓心情放鬆一下……對了，你們倆接下來有空嗎？」

布萊恩與克萊姆聽到葛傑夫這樣問，面面相覷。

「算……有空吧。」

「是啊，沒什麼必須做的事，再來就是準備一下自己的戰備裝備而已。」

「那就稍微……我想想。」葛傑夫看向一座城牆塔樓。「要不要到那裡去？」

沒人有異議，葛傑夫帶頭走去。

多虧了戰士長的立場，三人並沒有被守衛塔樓的士兵們攔下，就來到了景色最美，葛傑夫特別中意的場所。

耶・蘭提爾最外圈部分的城牆塔樓，就等於這個都市位置最高的場所。換句話說，這裡景色絕佳，連遠處景緻都一覽無遺。

而且人群體溫形成的沉澱熱氣不會傳到這裡，冬季冷風送來新鮮空氣，讓人身心為之一振。

「這景色真是壯觀！」

少年發出坦率的讚嘆。克萊姆的視線固定在東南方。

「那邊就是即將成為戰場的卡茲平原吧。」

「沒錯，那裡是經常出現不死者的濃霧地帶，也是幾天後的戰場。」

葛傑夫一邊回答，一邊吸進一大口氣，然後吐出來。他希望藉由讓體內吸進大量清爽的空氣，能從對安茲・烏爾・恭的不安等種種憂慮中獲得解脫。

「這景色的確壯觀，光是能看到這片景緻，當公主殿下的屬下就值得了。能用『飛行(Fly)』等魔法在天上飛的魔法吟唱者，一定經常在看這種風景吧，我好像能明白為什麼有很多魔法吟唱者都是怪人了。」

「只要看到這片廣大的世界，意識也會改變吧。」

「會改變才有鬼，如果會，你把那些貴族帶來，讓他們看看如何？誰沒變還可以把他直接推下去，一舉兩得。」

布萊恩的玩笑話讓葛傑夫露出苦笑，要是這樣做就能讓那些人改變，他用鐵鍊捆著也要把他們拖來。

克萊姆那種不知該做何表情的態度，讓葛傑夫的心情更是愉快。

「哈哈，找你們一起來果然是正確的，一肚子怨氣都排出去了。」

「那真是太好了——所以呢？你把我們找來這裡是為了什麼？現在沒有其他人看見喔，總不可能真的只是想三個大男人一起看風景吧？是不是希望我做掉哪個人？」

布萊恩殺氣騰騰的一番話，讓葛傑夫大感困惑。

「哎，雖然這樣一來就不能再護衛公主，也不能替克萊姆小兄弟做鍛鍊，不過……葛傑夫，你對我有恩，不過是一點骯髒工作，我很樂意幫你做喔。」

布萊恩不是在開玩笑，他的眼瞳中只有嚴肅的光輝。

「不是那種事啦，布萊恩，我不希望你去做那種事。」

「……我的人生沒有您老兄想的那麼正派喔。」

「可想而知，布萊恩。你的劍想必是以大量鮮血鍛鍊出來的，但這點我也是一樣的。」

「你的是這個國家的敵人的血吧，我的則是自己欲望的結果，同樣是血，來源卻完全不同。」

「……你想贖罪嗎？」

「不，不是那個意思。我為了打贏你，什麼事都做過，整個人生都交出來了。如今我已經知道，光憑我一個人的力量到達不了什麼境地，但我仍然對我過去的所作所為沒有罪惡感。我是說因為你對我有恩，我才願意下手，你不用想那麼複雜。」

「既然如此，我的回答就是：我不希望你去做那種事。況且我對你有什麼恩？你是說在王都遇到你那件事嗎？」

布萊恩露出一副苦澀的表情。

「別在意，只是我個人覺得受過你的恩情罷了。」

「叫我不要在意，我反而更在意耶……」

感受到布萊恩強烈的拒絕，葛傑夫換了個話題。

「啊，還有，我帶你們過來並沒有特別理由喔。」

「咦？」

克萊姆回問道，布萊恩只是動動眉毛而已。

「……我只是覺得如果有時間，三個男人講講話也不錯，而且能不在意他人眼光慢慢聊的地方，我只知道這裡而已。如果是在王都，我是知道哪間店可以靜靜喝一杯啦。」

「什麼嘛，原來真的只是純聊天啊，我還以為你是要給我密令咧。」

「沒有啦，沒有啦。哎，這個嘛……」

要是說自己可能捐軀沙場，或許再也無法見面，未免太觸霉頭了，葛傑夫說不出口。

「呃，對了，克萊姆，你那件鎧甲不是有點，是超級顯眼。是不是應該換個顏色比較好？你這樣有可能變成敵人的活靶。」

「這點恕難從命，史托羅諾夫大人。」克萊姆堅決地拒絕。「我只要穿著這件無論到哪裡都能引人注目的鎧甲立下功勞，我的主人拉娜大人的名聲也會隨之提高。況且很多貴族都知道我穿著白色鎧甲，若我現在因為害怕危險而塗成別的顏色，將會落人笑柄，給拉娜大人造成困擾。與其這樣，我寧可英勇戰死，以提高拉娜大人的名聲。」

看到他的眼神，葛傑夫把話吞了回去。他可以建議克萊姆「拉娜公主並不希望你死」「不可以把勇敢與有勇無謀混淆了」「為了將來功成名就，現在就先忍忍吧」。

但這些話絕對都沒有足夠的力量，可以改變克萊姆的意志。

克萊姆的鎧甲就像他自己所說，是拉娜公主的旗幟。他的活躍能夠提升拉娜的名聲，當然反之亦然。

被拉娜這名少女救了一命的貧民出身戰士認定「我的性命屬於公主所有」，葛傑夫無法撼動他的信念。

因為他感覺得到，克萊姆與發誓效忠國王的自己也有些共通之處——
「只要是為了拉娜大人，我死不足惜。」
聽到少年如此斷言，葛傑夫不知道該對他說些什麼才好。
「喂喂喂，你們幹嘛一臉嚴肅地對望，好像接下來要赴死一樣啊。放心吧，葛傑夫。我會看好克萊姆小兄弟不讓他亂來，不管是多危急的狀況，我都會救他的。」
「如果對手是帝國四騎士，布萊恩，你的勝利無庸置疑。但是……如果那個人，安茲·烏爾·恭閣下上了戰場，我認為就算是你也會命喪黃泉。」
「……安茲·烏爾·恭真有這麼厲害？噢，我記得以前在你家聽你講過。」
惡魔騷亂之後，兩人曾經一邊喝酒，一邊談論過各自在御前比武之後度過的人生，葛傑夫就是那時候告訴他的。
「我可以斷言帝國的騎士當中沒人能贏過你，雖然他們有人稱帝國四騎士的強者，但也不是你的對手。如果遇上的是帝國最強的大魔法吟唱者夫路達·帕拉戴恩，運氣好的話或許能逃得掉——可是，一旦安茲·烏爾·恭擋在面前……布萊恩，很抱歉，你的命運就到此為止了。」
「這麼厲害？這人是這麼可怕的強者？」
「……我敢斷定，布萊恩，他比你現在推測，想像的更厲害，你必須設想成比你想像的還要強上數倍。」

「想不到這麼厲害……搞不好能跟塞巴斯大人匹敵呢。」

「塞巴斯?該不會是布萊恩說過的那個老人吧?聽布萊恩的說法,那個老人也是令人驚嘆的高手,但我認為還是恭閣下略勝一籌。」

「這我可不同意,我實在不認為這人能比那位大人更強……是說你怎麼用敬稱稱呼敵人?」

「因為那人值得我表示敬意,不過被人聽到了會給國王造成困擾,所以也要看講話對象啦。」

布萊恩聳聳肩。

「真是辛苦戰士長大人了,克萊姆小兄弟也是,看來向王國發誓效忠,會有一大堆麻煩上身呢。像我都是愛怎麼做就怎麼做,那個看起來呆呆的公主殿下器量倒也挺大的。」

這番話可以說很符合布萊恩的風格,不過就以對王族的態度來說,有點太冒犯了。

身為國王臣子的戰士長葛傑夫.史托羅諾夫皺起眉頭,戰士葛傑夫.史托羅諾夫則對男人大膽的態度咧嘴而笑。

如果是在眾目睽睽之下,他應該斥責布萊恩兩句,但是這裡只有三個男人。既然如此,自己只要當一個戰士就可以了。

「我是覺得拉娜大人有點太悠哉了。好吧，我明白克萊姆不願改變鎧甲顏色的想法了。既然如此，你得要多加小心。」

「謝謝大人關心，不過，拉娜大人也囑咐過我，要我用這個顏色的鎧甲努力奮鬥，所以我無意改變，實在非常抱歉。」

「這樣啊，那就維持現狀沒關係。」

一陣清風吹過三人之間，天空蔚藍清澈，讓人無法想像很快就要開戰。葛傑夫注視著背對這片天空站立，表情一臉嚴肅的克萊姆，對於有這麼多生命令自己惋惜，同時感到喜悅與悲傷。

葛傑夫為了趕走徘徊於自己胸中的情感，盡量用輕鬆的口氣換了話題。

「對了，你們倆剛才在做什麼？」

克萊姆與布萊恩互相看了看，布萊恩開口道：

「我們沒你那麼忙，自由時間還滿多的，所以我讓他陪我做件事。剛才還有一個人在——他叫洛克麥亞，我請他為我們帶路，想看拯救王都的救世主，那個精鋼級冒險者一眼。聽說那個人將這個城市當成落腳處，所以我想去會會他。」

「喔，你說飛飛閣下啊。」

「對，就是他。因為在王都幾乎都跟他錯身而過，我很想了解一下傳聞中最強戰士的實力，還有——」布萊恩的氛圍變了，態度嚴肅起來。「——我有點事想找他商量。」

商量？聽到葛傑夫照著重問一遍，布萊恩露出難以形容的表情。

「就是關於那個吸血鬼，夏提雅．布拉德弗倫的事情。」

夏提雅．布拉德弗倫。

在此地擊垮了能與葛傑夫匹敵的布萊恩．安格勞斯的心，最強的吸血鬼。

據說那個恐怕不是人類能戰勝的怪物，後來也出現在王都。

布萊恩認為她跟惡魔亞達巴沃應該有某種關係——

「……我聽說出現在此地的吸血鬼赫妞佩妞子，已經被飛飛閣下使用自己擁有的超稀有魔法道具擊敗了？實際上，聽說附近森林的一部分就像發生過大爆炸一樣被夷為平地。據說飛飛閣下本人歸返時，鎧甲上也留下了慘烈打鬥的傷痕。」

這些是葛傑夫剛剛從市長那裡聽來的。

「嗯，我也是這麼聽說的，所以我才想跟他談談。首先照我的個人觀點，我不認為精鋼級就能贏得了夏提雅．布拉德弗倫。我不是有意懷疑，只是想問他是否真的解決了對手的性命。還有那個叫赫妞佩妞子的吸血鬼，也很令我在意。」

「也就是說，說不定還有另一隻吸血鬼，對吧。」

「沒錯，克萊姆小兄弟。就我收集到的情報，飛飛似乎在追殺兩隻吸血鬼，我想確認一下是不是夏提雅與赫妞佩妞子。」

「結果怎麼樣?」

「唉,這個嘛。」布萊恩遺憾地聳聳肩。「他不在,好像接到委託離開城市了,不知道什麼時候才會回來。」

「那真是遺憾,我好像也是運氣不好,都沒機會跟飛飛閣下多講幾句話。我本來在想如果他有時間,想跟他稍微講講話,至少為了拯救王都的事向他道謝。」

「這樣啊,那麼——等這場戰爭結束後,我們一起去找他談如何?運氣好的話就碰得到面吧,克萊姆小兄弟要不要也一起來?」

「我很樂意!」

「好!這下戰爭之後就有件事令人期待了,他可是精鋼級戰士,聽他談話一定能有所助益。」

「說得對,一定會有很多有益的話題。真想聽他談談英勇事蹟,像是對付過什麼樣的強敵。」

「真是意外,葛傑夫也愛聽這種話題啊?」

「是啊,我身為一名戰士,也會被這種話題吸引……一定要活著回來才行呢。」

葛傑夫將視線轉向卡茲平原。

「王都有間餐點好吃的酒館，等這場戰爭結束，就在那裡辦慶功宴好了，由我做東，存款就是要用在這種地方。」

「要是慶祝的是勝利，那就太好了。」

布萊恩站到葛傑夫旁邊，往同一個方向看去。

「啊，呃，那個，我也要參加嗎？」

「克萊姆小兄弟會喝酒嗎？」

王國沒有限制飲酒年齡，但也沒有老闆會賣酒給十五歲上下的年輕小夥子。

「不，我沒喝過，所以不清楚。」

「這樣啊，那麼，你就喝喝看吧。我想總有一天你會需要陪別人喝酒，就像這次一樣。」

「說得對，在那之前先醉個一次，掌握一下感覺也不錯。」

「我明白了，那麼請讓我參加。」

「好！我們三個要平安回來，再到這裡集合，不要浪費生命啊！」

葛傑夫說完，克萊姆與布萊恩都點頭回應。

4

眼前是一片紅褐色的大地，幾乎寸草不生的荒涼土地。愛說長論短的人們都竊竊私語，將這片死亡之地稱為染血大地。

卡茲平原——這是不死者與其他魔物蠢動的場所，也是廣為人知的危險地帶。

尤其可怖的是，此地不分日夜籠罩著一片薄霧，溫柔遮蔽了蠢動的怪物們。之所以可怖，是因為這片薄霧帶有些微的不死者反應。

的確，並沒有傳出霧氣直接對活人產生影響的事例。它不會吸取生命力，也不會危害身體健康。然而，由於霧氣帶有不死者反應，會使得不死者探測失效，很多冒險者都因此遭受奇襲。

這片霧氣如今並未朦朧瀰漫，彷彿歡迎即將爆發的戰爭產生更多死者，視野遼闊清晰。如同散去的霧氣，到處都看不到不死者的影子。只有一片沒有動靜，毫無生命跡象的大地拓展開來。

崩塌的尖塔等幾百年前的建築物，恍如墓碑般從地表突出。不用說，沒有一座建築還保有原形。

原本有六層樓的塔，三樓以上已經坍塌，化為碎裂瓦礫散落周圍，厚厚的圍牆只剩下不到一半的長度。原因不見得是時間的風化，主要是各種魔物在此地相爭造成的結果。

如同劃分出一條界線，這樣的景色與青青草原相鄰，這也是此地被稱為詛咒之地的原因。

當將近一年不見的太陽慈悲普照大地時，彷彿俯視著不受祝福的土地，界線的另一邊——建造在活人世界的巨大建物顯現出其威容。

這棟建物使用了周邊草原看不到的無數巨大樹木建造，蓋出拒絕周圍一切的堅固圍牆。另外還挖了道雖淺但堅實的溝渠，插滿削尖的樹枝向上突出。這是用來防備不具有智慧的不死者。

溝渠對面有著無數旗幟隨風飄動，其中最多的是帝國國旗——巴哈斯帝國的國徽。

這是當然的，因為這棟建築物，正是帝國軍對抗卡茲平原用駐紮基地。

為了這次出兵，帝國動員了六萬名騎士。只要說這一座駐紮基地能容納所有騎士，這座基地的規模有多巨大就不用贅述了。這座看起來足可稱為牢固要塞的建築物，建造在易守難攻的地形之上。

基地蓋在坡度平緩的丘陵地帶上，並不是卡茲平原本來就有這種地形，而是以魔法進行了土木工程。

即使帝國以增加國內魔法吟唱者工作人口為國家戰略，也不可能在幾星期內完成如此龐大的工程，這座建築是耗費了幾年時間蓋成的。

帝國本來就預計將來以此地為起點攻進耶・蘭提爾。換句話說，這座巨大要塞是考慮到王國的數十萬兵力，以守城戰的可能性為前提建造而成的。

對於帝國的要塞工程，王國之所以沒做任何處置，純粹是因為王國沒有足夠的力量與多餘精神可以攻打這個駐紮地。

帝國攻打過來時，大家還有那個意願團結起來捍衛國土，然而一旦輪到己方進攻，就得跟各派系做事前協商。不只如此，並未面臨喪失領土的危機卻要開戰，所耗費的經濟負擔等等倒楣事要落到誰的頭上，也會成為問題。

總歸一句話，麻煩沒找上自己，人就是提不起幹勁。

在這樣巨大的駐紮地上空，有三匹駿鷹在飛行。牠們繞著大圈一邊盤旋，一邊慢慢降落。只要是騎士，誰都知道這是皇帝直屬的近衛隊之一「皇室空衛兵團」的儀典式降落，也就是代表帝國使者蒞臨的降落方式。

地面有十名騎士站成一個圓圈恭候，一齊舉起帝國國旗。這是地面的答禮——迎接帝國使者的典禮，駿鷹群降落在圓圈之中。從能夠降落得多靠近圓心，可看出騎師的本領，這三位騎師本領都相當了得，表現出他們作為騎兵(Rider)的精湛技術。

降落之後，就能看清楚騎乘駿鷹的本國使者的模樣。因此這些騎士雖然都擁有足以擔當典禮重任的名譽，卻仍因為驚訝而不慎晃動了一下旗幟。

他們心中的動搖，來自於穿著與另外兩人截然不同的一名男子。

那人拿下了頭盔，露出他端正俊美的臉龐，讓騎士們一眼就認出了他。

隨著微風飄揚的金髮，有如深海的藍色眼珠，讓人感受到堅強意志的緊閉雙唇，儼然一副騎士應有的典型風貌。

沒有一個騎士不認識這個男人。

最重要的是，沒有人沒看過這個男人的全身鎧。這件鎧甲以稀有的精鋼製成，還以強力魔法做過魔化。這樣精心打造的鎧甲，就算在帝國也是相當珍貴的。

穿著這件鎧甲的人，正是帝國騎士中擁有最高地位的人物之一。

帝國最強的四騎士之一，「激風」寧布爾・亞克・蒂爾・安努克。

他用符合容貌的清正嗓音，向在場的一名騎士問道：

「我想見最高指揮官，第二軍的卡維恩將軍閣下，將軍閣下人在哪裡？」

「是！卡維恩將軍正在開會，討論幾天後與王國的戰事，命我帶安努克大人前往將軍閣下的帳棚。」

「這樣啊，那麼，恭魔導王陛——閣下已經抵達了嗎？」

「不！魔導王閣下尚未駕臨！」

「我懂了。」

知道將軍有接到消息，而且自己比那人早抵達，讓寧布爾安心地嘆了口氣。

「那麼可以麻煩你帶路嗎？另外還有一件事想拜託你。」

寧布爾慢慢拿出收在懷裡的一件東西。

寧布爾在騎士的帶路下來到一個氣派的帳棚，在那裡等了快一小時後，帳棚的主人率領著幾名護衛回來了。

這是一位頭髮完全花白的壯年男子，散發出穩重的氣質。

他跟騎士們穿著一樣的鎧甲，但不是很好看，貴族式的裝扮應該比較適合他。

「寧布爾，歡迎你來。」

男子破顏一笑，與其說是騎士，更給人一種有氣質的貴族印象。講話語氣也很沉穩，好像不應該置身於這種充滿戰場殺氣的場所。

寧布爾以簡略的敬禮作為回答。

納特爾．伊廉．蒂爾．卡維恩。

這人本來是沒機會出世的貴族，因才華受到前任皇帝賞識而得到拔擢，當上將軍，是第二軍的指揮官。雖然本人幾乎毫無英勇事蹟可言，但作為指揮官卻是出了名的可靠，據說他戰無不勝，因此他所指揮的第二軍士氣非常旺盛。

實際上，與卡維恩同行的騎士們，一舉一動當中都流露出對指揮官的敬意。

「將軍閣下是本次遠征的最高指揮官，想必十分繁忙，還特地回來與我會面，真是感激不盡。」

帝國軍分成第一軍到第八軍，每支軍隊的最高負責人都會就任將軍，而第一軍的將軍就是大將軍，也就是全軍的指揮官。

當第一軍——大將軍不在時，就由數字最小的軍隊指揮官擔任總指揮。換句話說，以這次的情況而言，第二軍的將軍卡維恩就是最高負責人。

「不不，寧布爾，你別這麼客氣。你也是聽從陛下敕命而來的吧。既然如此，你並不是成了我的部下，跟我用對等的態度來往就行了。」

「雖然您這樣說……」寧布爾說著，露出苦笑。

軍隊的最高負責人是皇帝，下面是大將軍。

人稱帝國最強的四騎士，常常需要執行皇帝的敕令，就以權限而言，擁有與將軍同等的地位。然而就年齡、經驗與威嚴而言，自己比不上卡維恩，要他用對等的態度與卡維恩往來，除非有外人在看，否則他實在很難照辦。

卡維恩帶著好意看著寧布爾傷腦筋的表情，露出微笑。

「讓你這位帝國最強戰力的四騎士之一對我畢恭畢敬，會讓我一個平凡老頭渾身不自在，至少不要稱我閣下了吧？」

「我明白了，卡維恩將軍。」

卡維恩點點頭，像是在說這樣就好。

「不過，你今天來得真是正好。霧都散了，就像在歡迎你一樣。」

「卡維恩將軍，我想那不是在歡迎我，而是歡迎王國即將發生的悲劇吧，這實在太可怕了。」

「悲劇啊……我說啊，寧布爾，可以請你告訴我嗎？這次的戰爭目的究竟為何？至今的戰爭重點都在於使王國疲憊，但這次不一樣。這次的最終目的是戰勝王國，好用講和的方式奪得耶．蘭提爾。」

卡維恩的眼中開始蘊藏刀刃般冷光。

「……這次的王國軍隊比以往多出許多，雖說我軍騎士比王國的農民兵強多了，但對方人數太多，根本是一種暴力。要是正面衝突，可以想見一定會死傷慘重。然而，即使這樣拚命奪得了耶．蘭提爾，不也得立刻送給那個叫魔導王的人嗎？陛下究竟在想些什麼？」

「關於這點，請您先屏退旁人。」

卡維恩先是稍微張口，然後搖搖頭。

「你們都退下。」

卡維恩帶來的親信們敬禮之後，就聽從指示退了出去。

「謝謝將軍。」

「浪費時間才是最蠢的行為。那麼你可以告訴我了嗎？」

「是，陛下原本就有吩咐，要我將這次戰爭的目的傳達給各位將軍。」寧布爾在座位上重新坐好。「這一場戰爭，是為了與安茲．烏爾．恭建立友好關係。陛下想藉由流血奪得耶．蘭提爾，卻又不求回報送給對方的方式，作為今後雙方之間的橋梁。」

「也就是說，陛下明明知道一旦維護帝國治安的騎士們倒下，帝國會有更大的危險，卻還是認為送給那個魔導王有這個價值了？」

「是的。」

卡維恩雙手抱胸，閉起眼睛，這個姿勢只維持了一小段時間。

「我懂了，既然陛下是這樣考量的，我就從命吧。」

「萬分感謝。」

「不用謝我……就讓我們盡點力量，獲得魔導王的稱讚吧。」

「關於這點，有件事想拜託您。」寧布爾說出了自己來到這裡的最主要目的。「首先我們會請魔導王使用一次魔法，請在魔法施展之後，再讓騎士進攻。」

「這是為了什麼？我們不就是要多流點血，給魔導王賣個恩情嗎？」

「是的，將軍說得沒錯，不過驗證魔導王的實力也是目的之一。聽說陛下已經親自拜託過魔導王，請他先施展一招自己能用的最強魔法，藉此驗證那種魔法有多少程度的威力。」

「……魔導王……是帝國的潛在敵人嗎？」

「看來將軍理解我的意思了，魔導王──安茲．烏爾．恭是帝國的敵人。」

「原來如此，那麼就等魔導王發射魔法之後，我再讓騎士們趁機挺進，擴大敵軍的傷口吧。那他將會施展多大的魔法？不會只是『火球』吧？」

「由於這還是個未知數，所以才要驗證，不過依照預測，應該會是超越帕拉戴恩大老的攻擊魔法。」

卡維恩睜大了雙眼，但只維持了短短一瞬間。

「原來如此，原來如此。我不覺得那個魔導王能勝過那位大魔法吟唱者，但如果他真有如此本事，也難怪陛下會想做做樣子，跟他建立友好關係了。」

寧布爾沒說什麼。

「如果一擊就能殺死數百人，這傷口可是很深的，是能夠一口氣深入敵陣的好機會。假如他實際上真的擁有這麼大的力量，騎士的死傷人數就能減少許多了。」

寧布爾也希望如此。

就同袍的四騎士「雷光」與「重轟」兩人所言，安茲的力量異乎尋常，使用的魔法說不定能殺死數千人，如果那些人密集一處，搞不好能殺死一萬人。雖然令人存疑，但如果兩人都是這麼認為，真實性就很高了。

卡維恩說得沒錯，騎士是保護帝國治安的專業戰士，他們的死是很大的損失。

安茲是帝國的潛在敵人，力量越弱越好，但只有這次，他很想相信同袍們的說法。

「啊，將軍，另外還有一件事想拜託您。魔導王會率兵前來，希望您能准許他們一同前往戰場。」

「哦，會帶幾千人來呢？」

「是的，這——」

「抱歉打擾兩位大人談話！卡維恩將軍閣下！寧布爾閣下！」

帳棚外有人大聲通報。

卡維恩以眼神向寧布爾道歉，然後對外頭喊道：

「可以，進來。」

進來的是個地位頗高的騎士。

「究竟有什麼事？看起來似乎是緊急狀況。」

「是！豎起魔導王閣下旗幟的馬車已抵達門前，要求我方開門，是否可以照命令開門放行？」

騎士的視線對著寧布爾，卡維恩偷瞄了他一眼，至於寧布爾，則是點了個頭。

「……我明白了，立刻為閣下開門。」

「是！那麼……要對馬車內做檢查嗎？」

不管馬車裡坐的是誰，都不能未經檢查就進入駐紮地。通常會以魔法等方式做些檢查，確認不是以幻術進行的易容，這是很基本的。

在王國不會動用到魔法進行確認，大概只有以魔法技術作為國家支柱的帝國，才會建立這方面的完善規定。因為他們知道魔法的可怕，所以才會對魔法提高警戒。

尤其是像這裡這種規模龐大的軍事據點，都用上了帝國最新的魔法技術。這些技術是國家未來的支柱，一旦洩漏出去，對帝國將造成重大損失。因此就算是皇帝吉克尼夫御駕親臨也得經過檢查，警戒體制相當嚴密。

所以縱使是同盟國……不，正因為是同盟國才更要檢查，理應如此。

然而，有些情況下不允許他們這樣做。

卡維恩再度看向寧布爾。

寧布爾為沉重心情、胃部的些許壓迫感以及懷裡物品的重量所苦，一面回答：

「卡維恩將軍，非常抱歉，那位大人對帝國而言是重要人物。這是特別措施，是例外中的例外，請您直接放行。」

直到剛才還面露溫厚笑容的將軍，一下子像褪色般變得面無表情。

因為他明白到，騎士越級接受了寧布爾的命令。

再怎麼溫厚的人都不樂見自己的部下被別人命令。

寧布爾也很明白這一點，但還是非做不可。

真到不得已的時候——

就在他猶豫著是否該拿出懷裡的東西時，卡維恩開口道：

「既然是陛下的命令，我只能聽從，因為帝國是皇帝陛下的國家。」

「很高興您能諒解，將軍。」

放在懷裡的是敕令書，僅限寫在這張羊皮紙上的事項，寫有名字的擁有者將被視為具有與皇帝同等的權力。其內容為「與本次戰爭相關的幾乎所有事項」。在這場戰爭當中，寧布爾的地位比卡維恩更高，根據情況，甚至還能罷免將軍。

沒有毀了與可敬長輩的友好關係讓他放下心來，但又想到現在不是放心的時候，於是繃緊了神經。

「那麼，就去瞻仰一下陛下如此禮遇的魔導王，能與那位大英雄匹敵的人物吧。」

以寧布爾個人來說，他不太想去。
想起其他的四騎士——不，現在把自己算進去也只剩三騎士——之中兩名同袍的忠告，寧布爾不由得露出苦澀的表情，但他當然不能選擇不去。
「當然了，卡維恩將軍，我也與您一塊去。」

在駐紮基地外圍，一輛豪華馬車在騎士的帶領下靜靜前進。令人驚訝的是馬車沒有車夫，馬也與一般馬匹大不相同，也不是八腳馬，是有如長了鱗片的馬匹一般的魔獸。
寧布爾告訴周圍的騎士與卡維恩：
「請以最敬禮迎接閣下。」
什麼？卡維恩等人的臉上都露出這種表情，寧布爾也很能體會他們的心情。
在外交禮儀上，以最敬禮迎接同盟國的君主，是正確的做法。
然而如果是來到軍事據點，就沒有個確切的規範了。因為一般來說，同盟國的君主不會連軍事據點都要來。
這是因為就算同樣身為人類，兩國之間還是會有紛爭，很少能那樣坦懷相待。
身為軍人的他們，一定認為最敬禮應該是在國家能公開的安全地點執行的禮節，而不是在軍事據點。
另外還有一點。
那就是戰場上很少行最敬禮。
因為一個人看到自己的指揮官行最敬禮，會誤以為接受最敬禮的人是更高階的指揮官，所以這在戰場是一種默契。
身為四騎士的寧布爾也十分能體會他們的心情，然而——
「各位，請以最敬禮迎接閣下。」
他以鋼鐵般的聲調重複一遍。
寧布爾聽見卡維恩「呼」地嘆了口氣。
「聽見了吧？以最敬禮迎接閣下。」
卡維恩一聲令下，原本不知所措的騎士們都放了心。既然是命令，只要照做就對了，不需要自己思考。
寧布爾對卡維恩投以感謝的視線，看到他只一瞬間露出十分諷刺的表情。簡直像是在說「也真是苦了你了，不過我可比你更辛苦喔」。
馬車停在一行人面前。
寧布爾等人為了兩件事倒抽一口冷氣。

首先是這輛馬車的派頭，它以好似剪下一片暗夜海洋的豔麗黑色為基調，整個車身滿是精緻的黃金雕飾。然而使用的金屬零件散發著黃銅特有的柔和光輝，皮革是穩重的紅銅色，使得整輛馬車整體呈現高雅氣質。雖然裝飾有些過於華美，但卻極富格調，顯得自然不做作，如同一個大型寶石盒。

寧布爾好幾次有幸乘坐皇帝的馬車，他能斷言這輛馬車比起皇帝的有過之而無不及。

另一個讓他們忍不住屏息的理由是馬匹，不，那絕對不是馬。發出「咕嚕嚕嚕」低吼的嘴巴空隙間看得到尖銳獠牙。全身上下都覆蓋著爬蟲類般的鱗片，底下包藏著異常壯碩的肌肉。

那就像是將壓倒性的暴力化為馬的形狀。

清楚明確的戒心充滿整個現場，寧布爾自己也變得呼吸紊亂，背部與手心都在冒汗。那是魔獸，而且力量強大得驚人。

當眾人重複著粗重的喘息時，馬車車門開了。

走出馬車的是個黑暗精靈女孩。

眾人思考產生一片空白。

所有人都說不出話來，被奪去了目光。

手持黑色法杖的小女孩楚楚可憐，繼續成長下去，有朝一日必然擁有眾所矚目的美貌，讓男人為了獲得她的愛不惜一切代價。怯生生的表情在月光下，讓人聯想到嬌豔綻放的花朵。

然而，她的雙手戴著十分不搭調的配件。

是金屬手套。

左手手套彷彿從惡魔等邪惡生物身上硬扭下來的，以黑色為基調呈現不祥形狀。手套上突出扭曲的尖刺，指尖鋒利尖銳。看起來像是金屬，卻帶有彷彿排放出奇怪分泌物般的骯髒光輝。光是看上一眼，一種從靈魂遭到否定的厭惡感就竄過全身。

相對地，右手讓人聯想到純潔無垢的少女。它以純白為基調，呈現纖細的形狀。整隻手套爬滿金色的奇妙花紋，但就連這都成了提升美感的裝飾。這正是名符其實的光彩奪目，彷彿面對一位絕世美女，靈魂都被金屬手套勾走了。

「那……那個，安茲大人，我們好像到了。」

「是嗎，謝謝，馬雷。」

接著一位人物現身。

剎那間，空氣為之混濁。

一眨眼的工夫，全身都起了雞皮疙瘩。四周充斥的不是殺意，而是難以形容的氣息。

安茲．烏爾．恭的打扮是魔力系魔法吟唱者常見的裝束。首先是漆黑的長袍，有點奇怪的是外面還披上一件黑色披風。接著是雖然豪華，但裝飾不至於浮誇的法杖。掛在脖子上的項鍊，於白銀光輝中鑲嵌了寶石，臉上則戴著奇怪的面具。

「歡迎您大駕光臨，安茲．烏爾．恭魔導王閣下。」

寧布爾低頭致意，但沒聽到接下來的聲音。

他知道這樣有失禮數，但還是轉動臉部偷看排在背後的將軍與騎士們，只見他們都像根木棍般站著不動。

想必是受到魔導王所震懾，無法動彈了吧。

他能體會大家的心情，但這樣相當不妙。

寧布爾內心一陣焦急，所幸將軍又對他伸出了援手。

「全體注意！」

卡維恩大聲吼叫，無法想像宛如貴族的他，竟能發出如此威風凜凜，符合將軍風範的聲音。

「對魔導王閣下！行最敬禮！」

「是！」

騎士們齊聲回答，一齊做出最敬禮。

「感謝各位的歡迎……帝國引以為傲的諸位騎士。」

嗓音聽起來過於普通，反而教人害怕。就像勉強扮演普通人一樣，給人一種奇妙的不協調感。寧布爾聽說過那面具底下的真實面貌，這種感覺也就格外強烈。

「請抬起頭來吧。」

沒有人第一次就抬起頭來。

「你們願意抬起頭來嗎？」

他們聽到第二次才抬頭，只有對本國國王才需要等第三次。

「魔導王閣下，請原諒有些人沒有即刻低頭致意。」

移動視線一看，騎士們嘴唇發白，臉色鐵青至極。

「他們有幸見到魔導王閣下，似乎太高興了，才會一時忘我。」

「不，該道歉的是我。我似乎因為即將上戰場而有些亢奮，希望你們知道，我剛才的態度絕非針對你們。」

安茲撥開披在身體前面的披風，漆黑披風啪沙一聲攤開，恍如黑翼展翅。霎時間，籠罩四方的那種說不上是寒氣還是壓迫感的氛圍，像溶化一般消失了。

留下的感覺，就好像站在眼前的只是個普通人。

好可怕。

這是寧布爾由衷的感想。

他已經聽同袍說過此人有如怪物，然而如今看起來卻十分平凡，這反而更教他害怕，就像大型的肉食動物慢慢逼近自己一樣。

沒聽說詳細情形的騎士們，應該也強烈體會到對方的異常了。他們之間散發出不知所措的氛圍，卡維恩則是似乎恍然大悟。大概他們不是以頭腦，而是以心靈或魂魄理解到對眼前這位人物應該採取何種態度。

「請讓我寧布爾・亞克・蒂爾・安努克帶領兩位前往露營地。」

「這樣啊，我想可能會給你造成許多困擾，請你多擔待了。」

「遵命。那麼容我為您介紹，這位是本次帝國軍的總指揮官卡維恩將軍。」

「我是卡維恩，安茲・烏爾・恭魔導王閣下，在駐紮基地有任何困擾，我們都會立刻做對應，請儘管吩咐我們。我可以從這裡的騎士當中指派幾個做您的隨從……」

「這就不必了，我的部下在這裡。」安茲指著黑暗精靈女孩。「還有如果有什麼問題，我會盡量自己解決。」

卡維恩僵住了。

卡維恩的提議，言下之意是這裡是軍事據點，希望能讓自己派人盯他，以免他輕舉妄動。

至於對方的答案則是礙難遵命。只有強者才能這樣回答。

然而卡維恩基於立場，無法答應。這樣下去，雙方的意見永遠是平行線。

寧布爾心情上當然是站在卡維恩這一方，但他不能幫卡維恩說話。

「這樣啊……魔導王閣下，有任何需求請別客氣，儘管吩咐我們。卡維恩將軍，就請您這樣辦吧。」

「——了解。」

「啊……我忘了一件事。」

「怎麼了嗎？魔導王閣下。」

「這次戰爭說好要以我的魔法作為開戰的一擊，屆時我想讓我的一部分軍隊參戰，請將軍允許。」

「這我們求之不得。」

由於事前已經講好，卡維恩馬上就接受了。

只是，他納悶地皺起眉頭。

「……不過幾天之內，快的話後天就會開戰了，魔導王閣下的軍隊已經到哪裡了？恕我們無法等他們來才開戰……」

「沒有問題，已經在附近了。」

寧布爾感到不解，他之前從上空俯瞰，並沒看到有軍隊接近這座駐紮基地。

卡維恩似乎也有一樣的疑問，當然，駐紮基地周圍有騎士們布下嚴密的警戒網，帝國軍以外的人接近基地，情報一定會傳達給將軍級的人物。他以視線質問周圍的部下是否漏了報告，但在場所有人似乎都不知情。

「抱歉，呃，我說已經在附近有點語病。哎，總之我的意思是他們隨傳隨到。」

「這樣啊……」卡維恩好像還不能接受，但決定先不管了，接著問另一個問題：「那麼請問有多少兵力？」

「差不多五百吧。」

「五百嗎？」卡維恩巧妙隱藏起自己的反應，不過寧布爾眼尖看出了他的失望。「卡維恩，請魔導王閣下的軍隊與你的軍隊並轡而行，不會有問題吧？」

為了表現出對安茲的忠心，帝國必須流最多的血。因此除非情況緊急，否則應該不會動用到安茲的軍隊，不過只是一同列隊布陣還沒問題。

「五百兵力的話，應該不用變更我軍陣型，況且魔導王閣下身邊的護衛，還是由閣下的部屬負責最妥當吧。」

這是在暗示「麻煩你不要積極參加攻勢」。為了展現對安茲的誠意，帝國軍必須率先浴血奮戰。要是安茲的軍隊太過活躍，那就傷腦筋了。

聽到寧布爾這樣說，安茲滿意地點頭。寧布爾悄悄放下心中的大石，不過冷靜想想，這本來就是理所當然的。區區五百兵力不可能有什麼作為，應該比較偏向儀仗隊性質吧。

然而接下來發生的事，遠遠超乎寧布爾的預料。

安茲發動了某種魔法，對著半空中說話。

「聽得到嗎——夏提雅？在我的所在位置開啟『傳送門(Gate)』，然後把士兵送過來。」安茲面具底下的眼瞳似乎動了動。

「那麼，將軍，我已把我的軍隊叫來了。」

話音甫落，現場起了一陣騷動。

因為安茲的背後浮現出一個黑色的半球狀物體。

「傳送門」。剛才那個名詞閃過寧布爾腦中。

門戶開啟，從中現身的那些人是——

——一切變得悄然無聲。

只有異常的氣氛與沉重死寂支配了一切，彷彿名為寂靜的聲音一口氣擴展開來。

五百兵士現身，以帝國的六萬軍隊來想，這數字實在少得可憐。然而，在場沒有人能看輕這支軍隊。

眼前的異常軍隊充分證明了一切，勝過千言萬語。

「這就是我的軍隊。」

安茲愉快地向啞然無語的觀眾們做介紹。

過場

在不算寬敞但相當豪華的房間裡，坐在唯一一把椅子——王座上的稚嫩女孩，發出了任誰聽來都會覺得天真爛漫，符合年齡的嗓音。

「好，交給你了！」

「是！陛下，我一定會達成使命！」

向女孩低頭叩拜，像是騎士的男人站了起來，瀟灑地走出房間。

門扉關上，過了幾秒之後，女孩向站在身旁的宰相問道：

「差不多可以了吧。」

「是，他是最後一位，沒問題了。」

聽到男人冷淡的聲音，女孩天真可愛的表情失了原形。

一副就是正在鬧彆扭的樣子。

可能是因為疲勞，眼睛因混濁而半閉著，嘴唇彎成ㄟ字形，肩膀下垂。

「有夠累人的……」

那種態度與其說是小女孩，倒比較像是疲累的四十幾歲女人。然而聲音等等呈現的張力仍很年輕，就像只有外貌維持青春，內在卻變了一個人。

「辛苦您了。」

「真的累死我了，我實在不想再用這副模樣見人了。」女孩拎起自己的衣襬。

「這種把整條腿露出來的衣服真的有點傷人。」

「恕我一再重複，不行就是不行，陛下。」

這個女孩正是龍王國的女王「黑鱗龍王（Black Scale Dragon Lord）」德蘿狄瓏・奧里克呂斯。

她擁有龍王（Dragon Lord）的頭銜，但戰鬥力只有一般人的水準。以教國的標準來說雖然屬於真龍王，但那只是基於她的天生異能做的判斷，因此也有人用「真假龍王」這種非常稀有的名稱叫她。

因為真假的判斷標準，在於能否使用原初魔法。

「是因為陛下以這種刺激保護欲的形態示人，大家才會這麼努力。」

「這世上所有人都是蘿莉控嗎？我覺得大一點從各方面來說應該都比較舒服啊。」

德蘿狄瓏將雙手舉到自己平坦的胸前，做出捧著某種東西晃動的手勢。

「的確那種形態比較——」

「——不准說形態，那才是我本來的樣子。」
「失禮了，陛下。」
「喂，我一點都感覺不到你的歉意。」
「沒這種事。」
德蘿狄瓏盯著宰相冰冷的笑容，無法看穿笑容底下的感情，她不滿地別開目光。
「既然陛下已經諒解了，就回到原本的話題，那種形態或許比較討男人歡心，可是不受女性歡迎。相較之下，現在這種形態無論是男女老幼，都能期待獲得良好的反應。這您應該明白吧，如果您想維持那種形態，首先得解決這個國家的現況，您有什麼好主意嗎？」
「……不准說形態。」
「話雖如此，繼續這樣下去，只能說您要採用哪種形態都隨您了，反正也沒人看。」
聽到目前龍王國置身的情勢，凝重的沉默降臨室內。
「獸人們這次的侵略行動與以往不同，是吧。」
「確實如此，那樣龐大的陣勢，主要目的不可能像以前一樣小家子氣，肯定是想攻下我國。大概是終於下定決心，想蓋個豬圈了吧。」

龍王國的附近有獸人的國度。

獸人是一種像獅子或老虎等肉食動物用兩隻腳走路的亞人種，一看他們的頭部就知道他們吃肉，不把吃人當一回事。

食人種族並不稀奇，在大陸中部競爭的六大國當中，有三個國家就是拿人類當糧食。例如在離中部地區稍遠的食人妖國家，款待客人的最高級食材，就是還在肚子裡的——六個月的人類嬰兒。

對這些人而言，這個國家等於是飼料的聚集地。

以往他們似乎將這裡當作會自動增加的索餌場，沒發動過全面性的侵略行動。然而不知道是什麼原因，如今他們開始大舉侵略，已有三個都市淪陷了。

在那裡舉行的盛宴，就連她都感到作嘔。

面臨不可能進行談判的外敵入侵，整個國家當然會團結起來死命抵抗，但獸人與人類基本能力就有落差。

獸人的國家在大陸中部是一大強國，由此可知，他們的體能比人類優秀多了。

例如人類與獸人同樣成年後，能力差距大概會達到十倍。

冒險者的世界裡有種用來測量魔物強度的數值，稱為難度，如果成年人類是三，獸人就能達到三十。唯一值得慶幸的是，也許因為平均數值高，作為個體的強者不可思議地少。

「目前是由以精鋼級為中心的冒險者們勉強擊退敵軍，但人數差太多了，無法阻止分成好幾支——很可能是以部落為單位區分的侵略軍……或許只能將所有人民召集到首都，等對方軍糧耗盡，但我方的糧食問題恐怕會先惡化。」

「真是頭痛，前途一片黑暗。」

「再來就是派出精挑細選的一支軍團，擒賊先擒王。一個弄不好，可能只會白白觸怒對方，但如果他們繼續入侵，也只能試試了。」

「還是只能找那個人當領隊？」

「是的，就是他。」

兩人所說的「他」只會是一個人，這個國家唯一的精鋼級冒險者小隊「水晶之淚」的「閃烈」塞拉布雷。此人由於擅長使用稱為光輝劍的劍技而擁有這個綽號，從事的職業是「聖潔之主」。

「我敢保證那傢伙絕對是蘿莉控，他跟我講話時，眼睛一直在我身上徘徊不去。這種洗衣板看了會高興嗎？那麼喜歡不會去看牆壁嗎？」

「這是人家的性癖好。啊，對了，陛下說得沒錯，他是蘿莉控。」

德蘿狄瓏的臉部抽搐起來。

「實在不想聽到你講得這麼肯定，我國的精鋼級……要是能再像樣點就好了。」

「您在說什麼啊，您只要稍微裝可愛，扮演一個純潔無垢的小女孩，人家就會拚死戰鬥耶，對我等而言豈不是很好利用？」

「我總有一天得滿足那傢伙的慾望才行耶……喂！不准用那種看明天就會變成早餐豬肉的眼神看我！」

「唉……」部下裝模作樣地嘆了口氣，讓她暴起了青筋。

「也不過就是這樣而已啊，陛下，請您忍忍吧。比起真的被吃掉的人民，已經算不錯了。」

她無話可回。

「……要是有錢的話，就能僱用歐普迪克斯了，話說回來，教國都在做什麼？」

「這就無從得知了。」

「我們不是每年都捐獻了不小款項嗎？平常到了這個時候，他們應該已經前來救援了吧？我不會要求派遣漆黑聖典，但為什麼不派陽光聖典來呢？」

教國向來都會祕密派遣兵力拯救龍王國，之所以沒有公開，大概是因為國家元首是她吧。

「結果這就是依賴外國作為我國防衛力量的報應吧，真是可悲。」

「誰喜歡依賴外國啊，這也是不得已的啊。你又不是不知道，我國的軍事費用本來就很吃緊。要是再增加預算，國家就要破產了。再說又不是把錢花在軍事費用上，士兵就會馬上變強。」

龍王國長年以來都花費鉅資對付獸人，結果仍然如此悲慘，她很想當作因為有花錢，所以才能將損失壓抑到這個程度。

「如果教國棄我們於不顧……有了，請求帝國協助如何？要是我國滅亡了，下個就輪到帝國了吧？」

「中間還隔著卡茲平原，不會立刻就輪到帝國吧，也有可能繞過湖泊攻打教國喔。」

「……的確，他們大概也沒勇敢到能衝進不死者大量出現的地區吧。」

順便一提，兩人都跳過了途中操縱飛龍的部落。

「與其說勇敢，不如說不死者不能吃，占領了也沒好處，只有同樣身為不死者的人攻下那種地方才會高興。再說帝國應該也很忙吧？往年的戰爭差不多該開打了。」

「今年有點晚呢。」

「是啊，晚了大約半年。一個莫名其妙的魔法吟唱者傳來了一份什麼宣言，您要看嗎？」

「哎喲，誰管其他國家怎麼樣了！別說這些了，如何解救我國才是重點！」

「是陛下您自己提起的啊……陛下的魔法呢？」

宰相揮了揮手指，對他來說魔法大概就是這種感覺吧，德蘿狄瓏苦笑了。

「原初魔法啊，那個不是人類能——就算繼承了八分之一的龍族血統，也控制不了那份力量，弄不好還有可能加快我國的滅亡，那是最後的手段。」

「最後的手段啊，真希望那一天不要到來。好了，那麼我去向教國請請看援軍。」

「嗯！拜託你了！」

看到德蘿狄瓏像個天真孩童般回答，宰相冷眼望著她。

「就是這樣，陛下。既然您有這多餘的精力，那應該還能為前線的指揮官們寫個三十封激勵的——稚嫩孩童表示信賴的信吧。當然，請您以小孩般的筆跡來寫。」

「天哪……那種鬼東西不靠酒力寫不出來，拿酒來！」

「遵命，您想喝多醉都無所謂，不過只有工作請務必於今天之內完成。」

宰相行了一禮，就離開了房間。

目送他的背影離去，德蘿狄瓏看看自己的手。

「靈魂魔法啊……」

原初魔法跟一般魔法不同，是以靈魂施行的魔法。因此只要犧牲大量子民，揮霍連接起來的靈魂，定能使出相當強大的魔法。恐怕就算要模仿曾祖父龍王告訴自己的「白金龍王(Platinum Dragon Lord)」的終極大爆炸也不是問題。

然而比龍王脆弱許多的她，發動這種魔法所需要的犧牲，少說恐怕也要上百萬人。

德蘿狄瓏以手掩面。

不管怎麼做都有如地獄的未來，讓她渾身發抖——

第三章 另一場戰爭

Chapter 3 | Another battle

將耶・蘭提爾開始準備進軍卡茲平原的的喧囂拋在身後，揮軍北上的巴布羅・安德瑞恩・耶路德・萊兒・凡瑟芙第一王子一肚子氣。

「雷文侯爵那個王八蛋……」

巴布羅忍不住咒罵出聲。

惡魔騷亂之際，弟弟借用了雷文侯爵的屬下巡邏王都維持治安，給了貴族有事之際能挺身而戰的印象。因此，原本推舉第一王子巴布羅成為下任國王的貴族之間，意見開始有了分歧。也因為雷文侯爵推舉的是第二王子，甚至有些貴族已經跳槽到那一邊了。

在惡魔騷亂時沒出面真是一大失策。

巴布羅之所以沒上前線，留在王宮裡，是因為他沒有自己的部下。

這項判斷本身很正確，一個人跑去前線又能幫上什麼忙？只會扯人後腿而已，況且那些惡魔也有可能襲擊王宮。

弟弟也一樣，要不是有雷文侯爵的士兵，哪有辦法維持什麼治安。

巴布羅相信自己做了正確的判斷，然而那些蠢材卻不懂這一點，都被表象所蒙蔽。結果一切都照雷文侯爵的計謀進行，不過如此而已。

「難道每個人都不明白他的企圖嗎？說到底，他們只是巡邏而已，並沒有跟惡魔交戰啊！」

如果讓弟弟上戰場，鐵定是醜態畢露。一想到這點，就知道雷文侯爵有多聰明。

另外還有一件事讓巴布羅相當不高興。

那就是自己現在正在往卡恩村這個偏僻村落前進的慘況。

自己在王位繼承競爭中落於人後了。

所以這次與帝國的戰爭，巴布羅必須向內外展現出第一王子該有的姿態。為了讓眾人知道自己才是繼承王國的不二人選，他非得取回被弟弟奪走的名聲才行。

因此這場戰爭事關重大，但自己得到的命令，卻是跑腿似的無聊工作。前往邊境的開拓村調查村莊與安茲．烏爾．恭的關係，能得到什麼名譽？

霎時間，一陣冷顫竄過背脊。

該不會是不想讓巴布羅立功才這樣做的吧？

父親早有心將王位讓給弟弟，不想讓他立下反敗為勝的功勞，所以才把自己送往偏僻村落——

巴布羅的呼吸變得紊亂，父親竟然不把自己這個第一王子放在眼裡，打算把王位讓給只稍微表現了一點勇氣的弟弟，對父親的憎惡燒灼著他的內心。

他能在因為煩躁而變得狹窄的視野當中，注意到與自己並轡前進的騎馬身影，純粹只是偶然。

「王子，您是否有哪裡不舒服？要不要我叫神官來？」

近距離內傳來的尖銳嗓門嗡嗡作響，好像直接在腦子上抓著，甚至讓他想吐，不過他強忍了下來。幸好有冬天的冰冷空氣讓他舒服一點，也多虧了王族生活鍛鍊起來的表面工夫。只有蠢蛋才會暴露出內心感情。

「不，不，別在意，我只是在想該如何處理父王指派的工作。別說這個了，切納科男爵，你不是去見了精鋼級冒險者飛飛嗎？結果怎麼樣？」

「講到這件事，您聽我說啊，王子！發生了一件令人非常不愉快的事！對了，飛飛正好不在，沒見到面。」

「哎，有時候就是運氣不好，畢竟對方是精鋼級冒險者嘛。所以你在生什麼氣？沒事先約好就臨時前去拜訪，不在也是沒辦法的吧。」

「不！不是為這件事！讓我感到不愉快的是飛飛的同伴，那個叫做娜貝的女人。」

「娜貝？啊，那個『美姬』啊。」

巴布羅想起在王都見過的絕世美女，美得能與自己的小妹匹敵。巴布羅很想把她占為己有，但對方可是父親賞賜過的冒險者的夥伴，不可能像平民一樣隨意處置。

「那個美女對你做了什麼嗎？」

「她對我暴力相向！王子請看！」

切納科男爵拿掉金屬手套，只見手上留下了好大一塊瘀青。

「什麼？就算是精鋼級冒險者，也不能對貴族使用暴力啊。」

「可是那個叫娜貝的女人突然就抓住我的手，把我趕了出去。」

傳達的內容實在太少了，巴布羅不想再認真問下去。不管怎麼想都覺得他一定是隱瞞了什麼原因。

「王子！懇請王子用您的力量，嚴懲那個對我動手的蠢女人！」

如果巧妙利用這一點，能不能對那個女人為所欲為？

巴布羅思考著。

他思考著有沒有什麼辦法可以幫助男爵，並且把娜貝占為己有，但是想不到好辦法。這個男爵十分愚蠢，有可能會自以為是地認為賣了王子一個人情。

（真是個派不上用場的男人，好吧，我就暫時跟你套套交情，等我一坐上王位，第一個就捨棄你。在那之前，就讓我好好利用你吧。）

巴布羅打著如意算盤，但同時也覺得連這種人都擁有領地與私人兵力，自己卻沒有自己專屬兵力——必須依靠別人才能戰鬥——對這種狀況感到心情沉重。

對於男爵充滿期待的眼神，巴布羅一如往常地開空頭支票。

「等我成為國王，我會考慮。」

「謝王子！」

巴布羅不想再跟這個低頭道謝的笨蛋講話，向在自己附近策馬前進的博羅邏普侯爵屬下的騎士提出問題，他是侯爵屬下精銳兵團的一名指揮官。

「喂，我有點事想問你。」

「有什麼事呢，殿下？」

其實他根本沒有想問的事，但又不方便說自己只是不想繼續跟男爵講話，隨便找個藉口罷了。他稍微沉思片刻，想胡亂找個問題，這時剛才那種討厭的想法再度浮上腦海。

巴布羅之所以會前往開拓村，一開始是博羅邏普侯爵的提議，也就是說——

（難不成侯爵背叛了我？轉為投靠弟弟了？）

他很想否定這個可能性。

巴布羅娶了侯爵的女兒為妻，一直是岳父的好兒子。只要巴布羅登上王位，他就是六大貴族之首了。現在才選擇推舉弟弟，只會跟雷文侯爵起衝突。但如果不是這樣，還能有什麼理由呢？

（若真是如此，我……我被派到偏僻村落，是為了讓貴族都知道，我在戰爭中沒做多大貢獻嗎？）

「您怎麼了嗎？需不需要休息？」

「——住口。」

他再怎麼壓抑，也無法壓住脫口而出的憎惡。

他看到騎士吃了一驚，但還是無法忍耐。

巴布羅一邊從齒縫間吐出殺意，一邊下令：

「我命你速速結束卡恩村一事，同時做好準備前往卡茲平原。一到卡恩村，只要能立刻結束任務並出發，我想晚上就能回到耶．蘭提爾了。然後只要小睡片刻，應該能在朝陽升起前趕往卡茲平原。」

騎士皺起眉頭。

「恕我直言，我認為這會非常困難。殿下請看，這次的陣容包括侯爵屬下三千五百人，以及支援王子的各位貴族的屬下一千五百人，總共約五千人。為了能在短期內完成使命，補給兵等兵員較少，而是以五十輛馬車搬運物資代替。」

「這我知道，有什麼問題嗎？」

「在這陣容當中，步兵有四千五百人，另有騎兵五百人。就算能不到一小時解決卡恩村的任務，想在晚上之前回到耶・蘭提爾，將會相當地趕。」

「所以我才在問你，我再問一遍，有什麼問題嗎？這樣做不就成了？」

「王子……步兵當中會有人累垮的。」

「你是不是搞錯了什麼？去那種邊境的小村落，說穿了根本毫無價值。我們必須做的，是前往卡茲平原戰勝帝國。你不是侯爵的屬下嗎？既然如此，我問你，這場戰爭有輕鬆到能讓多達五千名士兵閒晃嗎？你是這樣認為的嗎？」

騎士將嘴唇抿成一條線。

「別搞錯優先順序了……士兵會累垮？用鞭子抽他們也要讓他們跑。因為你們是為了在卡茲平原作戰，才會被召集至此的。」

（——同時也是為了讓我提高名聲。）

「……殿下所言甚是，遵命。」

騎士低頭領命。

「你一開始就應該這樣回答。計畫一下幾點可以抵達耶・蘭提爾，然後幾點可以出發，一切細節交給你處理。」

「是！我立刻去商討相關事宜，一定會帶回殿下想要的答案。」

騎士策馬前往同袍身邊時，巴布羅已經沒把他放在心上了。

（父親難道厭惡我嗎？還是老糊塗想不出正確答案了？就是這樣才會想讓位給弟弟。長子繼位才是最正確的，不然豈不是會招惹貴族的反感？）

他發誓一定要顛覆自己所處的嚴重劣勢，讓他們後悔不該給巴布羅五千兵士。

只有這份決心驅策著巴布羅。

「男爵！」

「是！臣在！」

「我很期待你的表現喔！」

男爵似乎尖聲回了些什麼，但巴布羅左耳進右耳出。

（可惡的賽納克，你就在王都噬臍莫及吧。）

雖然是自己的親弟弟，但在王位繼承戰中卻是必須踢掉的敵人，況且他對弟弟並沒有多少感情。是不會硬要殺了他，但如果礙事，就算要痛下殺手也在所不辭。

（等我登基之後，那傢伙……能拿來做什麼？是不是應該殺了，以免被哪些愚蠢貴族擁立起來造反？會不會太浪費了？如果是女人的話還有很多用途，男人就……妹妹（拉娜）雖然腦袋不太靈光，但長得還不錯，可以賣給開出最高價碼的傢伙……一旦弄出王室的旁支血統會很麻煩，所以最好能嫁給某個偏遠國度的王族……不過若能派上用場，幫我架構權力基礎，哎，倒是可以考慮考慮。）

想像著自己建立的里．耶斯提傑王國的理想遠景，巴布羅陶醉地瞇細了眼。

自己坐在王座上，眾貴族在自己面前低頭致敬。

自己負責下令，公卿大臣們聽命行事。

「真是太美妙了。」

他不禁發出淺笑，趕緊用手遮掩。

迅速解決卡恩村的任務後，能用多短時間前往卡茲平原？巴布羅覺得那就像是自己的夢想能否實現的分歧點。

（……假設能強迫士兵奔跑趕路，最重要的是能否在戰爭開打前抵達吧。不，還是說應該靜待開戰，作為伏兵行動？）

他覺得這真是一個妙計，但他沒自信能巧妙用兵，趁敵軍不備攻其側面或後面。

他很想交給騎士們安排，然而這場戰爭是攸關王位的表現機會，交給別人安排不能算是好主意。

該怎麼做才能表現得最亮眼，讓自己被選為王位繼承人？巴布羅想著，突然靈機一動。

（有沒有可能利用卡恩村的村民，跟安茲．烏爾．恭談判？）

那就像是一道耀眼靈光自天上灑落。

真是一記高招。

無論安茲．烏爾．恭是基於什麼理由解救了卡恩村，他們的存在應該都能當成談判籌碼。

如果安茲．烏爾．恭這個聽都沒聽過的魔法吟唱者退出這次戰爭，失去大義名分的帝國為了避免被貼上侵略戰爭的標籤，應該會被迫撤軍。

假使巴布羅的行動，成了帝國退兵的主要因素——

（那豈不是一件非常了不起的事嗎？這下父王也不能再輕視我的意見，我國王的位子是坐定了。）

「很好，太棒了。」

如果安茲．烏爾．恭只是正好路過拔刀相助，那他也有可能不會退兵。這樣的話，只要讓卡恩村村民拿起武器戰鬥就行了。這場戰鬥是全國總動員，卡恩村農民無權拒絕參戰。

父王似乎免除了卡恩村村民的兵役，但現在狀況有變。現場必須由司令官——在這個情況下，就是由巴布羅臨機應變。

假使安茲．烏爾．恭殺害了卡恩村的農民，還可以藉此進行政治宣傳(Propaganda)，批評他不過就是這點程度的人物。而這種政治宣傳對他背後的帝國應該也有影響。

巴布羅對自己的完美策略感動得發抖。

老實說，他本來以為自己的頭腦不比弟弟們，看來也很難說。想不到自己腦中沉睡著如此聰明才智，令巴布羅感動不已。

2

對小村莊而言，冬天形同地獄。人們只能躲在家中忍耐，巴望著氣候轉暖的季節來臨。當春天來得較遲，或是秋天收成不好時，村民甚至連穀種都得吃，即使如此還是有人餓死。

農事不多，不過農村生活與辛勤工作有著密不可分的關係，家裡多的是工作。照顧家畜、修補農具，家裡、小倉庫與牲畜棚也都需要修繕，沒有時間休息。

不只如此，卡恩村還開始養豬當作食人魔這種肉食魔物的飼料，以補充游擊兵狩獵的不足。這些豬是在藥草賣到好價錢時買的。

哥布林將這些豬隻帶到都武大森林，讓牠們吃樹根等等。由於目前還是實驗性階段，只養了幾頭，不過如果飼養順利，而且能養著過冬的話，將來應該會逐步增加飼養數量。

一般來說進行放牧的話，必須向管理放牧地的領主納稅，幸運的是，卡恩村不用付這筆錢，因為一般認為都武大森林是魔物們的住處，不是人類統治的領域。

卡恩村未來一片光明。

這都得感謝解救村莊，提供各項支援的安茲．烏爾．恭，以及捕獲了森林賢王的黑暗戰士飛飛。許多村民都對他倆感激萬分，其中甚至還有人早餐祈禱感謝神明時，會一同呼喚兩人的名號。

正因為今後的生活充滿希望，新任村長安莉．艾默特的工作量也就特別多。

這天安莉也一樣為了幹活，讓恩弗雷亞跟在身後，前往一個小屋。

像卡恩村這種邊疆的開拓村，村裡所有居民都會像大家庭一樣共同行動，因為不這樣做就無法求生存。共用農具、周轉糧食還有輪流使用牛隻耕田等都是如此。

因此家畜是由所有村民一起照顧，飼料也是所有人共同管理，儲藏冬季牛隻主要糧食乾草的小屋就是如此。

安莉打開小屋的門走進去，恩弗雷亞也跟在後面。安莉一打開門就一股腦往裡頭走，坐到乾草堆上，讓屁股沉進鬆軟的乾草裡。

恩弗雷亞關上門，坐到她身邊。他做出的魔法光將周圍照得白亮。

「族長，要玩晚點再玩啦。現在得先檢查乾草的量夠不夠，做各種判斷才行。」

「又叫我族長……」

安莉消沉的語氣讓恩弗雷亞輕聲笑了起來。

「好啦！是無所謂啦！族長就族長吧！是呀，比起阿格他們好像以為我認真起來可以捏死哥布林，這不過是小問題罷了！」

自從安莉與阿格等人比腕力每戰全勝之後，就連村民之間都開始產生「說不定她真的……」的那種氛圍，實在很傷她的心。順便一提，她沒跟食人魔比腕力，因為輸了沒辦法做大家的表率，而萬一要是贏了或是有那麼一點點勢均力敵，她真的會振作不起來。

（——照這樣下去，我要是讓恩弗雷亞跑了，會不會嫁不出去啊？）

安莉手心滲出了冷汗。

「啊……對了，要不要我去開窗？這個季節天氣很乾燥，開窗也不會有問題的。」

「咦？不……不用啦，沒那必要吧？反正我魔法光都做了。」

「這樣啊？如果恩弗覺得不用，那我也沒差。」

魔法光比太陽光亮，安莉之所以如此提議，純粹只是因為外面天還很亮，覺得用魔法光好像有點浪費而已，而且她也想轉換一下心情。反正沒什麼特別理由，恩弗雷亞不願意就算了。只是，坐在身旁的恩弗雷亞反應有點奇怪，而且耳朵莫名地紅。

（有消耗那麼多魔力嗎？但我聽說做魔法光不會太耗體力……是不是在來之前用了什麼魔法？這麼一說才發現，他身上好像有股香香的味道，不是藥草的味道。）

「怎……怎麼了，安莉？」

安莉在恩弗雷亞身上嗅了嗅，讓恩弗雷亞焦急地出聲叫她。

「嗯？嗯……啊，沒什麼啦，只是覺得有股香香的味道。」

「是……是喔，那真是太好了，是我做的香水啦。」

「哦，你要拿去城裡賣嗎？我想應該能賣不少錢喔。」

「沒……沒有啦，我不是想拿去賣……」

「喔……好吧，沒差。總之目前看起來，小屋裡的乾草沒問題。那我們去下個地方吧？」

「呃，嗚，嗯。離開之前先確認幾件事情，好不好？外頭很冷呢。」

「……這裡也不能說很溫暖啊……好吧，無所謂。」

「是……是這樣的，我有幾件事想找妳商量。」

坐在身旁的恩弗雷亞，似乎有點緊張。

他是怎麼了？

恩弗雷亞側臉承受著安莉滿腹狐疑的視線，拿出帶過來的一捆紙張。

紙上寫著細小的文字，安莉雖然已經會認不少字了，但從旁乍看之下，不認識的單字似乎還是比較多。

「首先第一件事，是關於阿格他們倖存的哥布林部落，還有食人魔的糧食如何供應。」

「咦？目前不是沒問題嗎？秋天收割小麥時有請他們幫忙，而且也從城裡買來了食人魔的糧食啊。」

「嗯，也因為藥草賣到了好價錢，所以糧食買得很足，絕對夠撐過一個冬天，就算再多一點點人口也還是夠吃。但是如果比一點點更多的話就不太夠了，所以我在想，也許我們需要用其他方式供應糧食。」

阿格他們部落的哥布林已經增加到十四隻了。這不是繁殖增加的數量，而是光是從西方魔蛇與東方巨人那裡逃過來的，就有這麼多了。

「嗯……我是覺得應該沒問題，不過為了以防萬一，是不是該再跑一趟耶．蘭提爾去買糧食呢？但其實我很想把錢存起來，買鐵製農具什麼的耶。」

「對啊，如果有食人魔用的鐵製農具，春季開始的開墾活動一定會更有進展……問題是如果委託師傅製作大到能給食人魔用，人類用不來的農具，人家一定會起疑吧。」

「讓外人知道食人魔在村裡幹活，果然還是會出問題嗎？」

稅吏秋天來到村莊時，他們讓壽限無等亞人躲起來，以免被發現。還順便將亞人們辛勤幫忙收割的大量麥子也一起藏了起來。

幸運的是由於王國知道卡恩村曾遭到帝國騎士隊襲擊，因此免除了村莊大部分的年貢以及好幾年的勞役。

這些優惠除了代表沒能保護村莊的歉意之外，似乎也包含了罪惡感，本來以為圍繞村莊的高大圍牆會引起稅吏疑心，但稅吏只聽村民說「是那位魔法吟唱者大人的好意」就沒再多問了。既然如此，安莉以為食人魔的事情應該也能安全過關。然而恩弗雷亞搖搖頭。

「我可以保證——這樣說吧，一個弄不好，他們可能會派討伐隊來喔。」

「太過分了！」

「妳生氣也沒用，因為食人魔平常是會吃人的危險魔物。他們能在這個村莊裡跟大家和諧共處，只是因為有比食人魔強的壽限無他們在，這點妳可不能忘了。」

「我沒有忘啊……」

「再來就是村裡人口太少，該怎麼募集移居者的問題了。如果有人能配合春季開墾的時期搬過來住就好了。」

「我看很難喔，再說照恩弗的說法，要是搬來的人被哥布林或食人魔嚇跑，那就傷腦筋了——怎麼了？」

安莉向恩弗雷亞問道。恩弗雷亞從剛才看起來就怪怪的，好像心不在焉。

「咦？沒……沒有，沒什麼啦！」

看起來不像沒什麼的樣子，是不是又愛睏了？安莉這個男朋友有個壞習慣，一調配起藥水就會弄到渾然忘我。

安莉蹙起眉頭時，恩弗雷亞做了個深呼吸，身體靠到她身上。

（嗯？果然還是想睡嗎？他好像每天都在忙各種實驗……可是在這裡睡覺有點冷耶，鑽進乾草裡還比較暖一點。）

安莉讓恩弗雷亞靠在自己身上，正在思考時，恩弗雷亞慢慢將體重壓了上來。

（他是怎麼了？話說回來……我看恩弗可能要多練一點力氣了……還是應該多吃一點肉啦，廢寢忘食地埋頭工作實在不太好。）

安莉想開恩弗雷亞一個玩笑，反而往他身上壓過去。她覺得自己只是稍稍用點力，結果卻一口氣把恩弗雷亞壓倒了。

「——嗚欸？」

恩弗雷亞驚得呆了，看著安莉，整個臉好紅。

（啊……一個男生輸給女生，一定覺得很丟臉吧，既然如此就該多補充點營養啊。）

安莉一放鬆力道的瞬間，閉起眼睛的恩弗雷亞碰地一聲，整個人橫躺在乾草上。

兩人之間一片安靜，就這樣過了幾秒鐘。

「……怎麼了，恩弗？你想睡覺嗎？」

恩弗雷亞面紅耳赤到了異常的地步，他撐起了身體。

「沒……沒……沒有啊？沒……沒什麼……」

「——安莉大姊！」

隨著一陣大聲呼喊，門沒敲過就被打開。由於太過用力，門扉發出好大一聲。

「噫欸？」

坐在旁邊的恩弗雷亞漏出一聲怪叫。

「為……為……為什……為什麼？」

「抱歉打擾兩位！但是發生緊急狀況了！」

「怎麼了？」

自從上次食人妖攻進村莊以來，就沒看過壽限無這麼驚慌，一種討厭的感覺竄過安莉的背脊。

「是軍隊！據報有軍隊往村莊來了！」

「咦？到底發生了什麼事！是哪裡的軍隊！」

「我們沒有紋章的知識，所以看不出是哪裡的軍隊。但是紋章有好幾種，所以……總之大門已經關起來了！現在該怎麼做！」

「呃！呃，可以告訴我最多的紋章長什麼樣子嗎？我想我知道一點。」

聽了壽限無的描述，恩弗雷亞臉上明顯浮現困惑之色。

「奇怪了，那是王國的國旗。如果能知道貴族紋章，就能判斷是哪裡的人了。」

卡恩村是邊疆村落，再往前走就只有大森林。這樣一想，對方的目的必定在卡恩村，但他們毫無頭緒。

「究竟為什麼？你知道些什麼嗎？恩弗。」

「妳說王國軍來到村莊的理由嗎？如果目標是都武大森林，派軍隊來就太奇怪了，大可以只派冒險者來就好。這樣一想……也許是內亂之類的……」

「有可能發生內亂嗎？」

「聽說在王國，國王的力量不是很強，貴族們好像在與國王爭奪權力喔。他們會來卡恩村，也許是要攻打國王的直轄領地？」

安莉嘗受到臉色刷白的滋味。

因為也許這個村莊，又要遭受那種恐怖的侵略了。

——不過，今非昔比。

安莉轉向正面。

「在軍隊抵達村莊之前，盡量讓多一點人逃到森林裡吧！」

「……安莉大姊，真是抱歉。我們發現得太晚了，現在如果要逃，恐怕得把所有物資都留下來了。因為正值冬天，森林出現魔物的可能性很高，所以我們只顧著戒備森林，反而弄巧成拙了。」

壽限無悲痛的表情，讓安莉一陣毛骨悚然。
在這寒冷的季節，要是軍隊燒了村莊，他們絕對活不下去。
「既然這樣……有了，既然這樣！如果沒有時間帶著東西逃跑，那就一邊準備應戰，一邊把糧食等最低限度的必需品藏起來！」
「嗯！這是個好點子，安莉！那些稅吏來村莊時，讓食人魔與壽限無他們藏身的地下室應該還沒埋起來，就收進那裡吧！」
安莉正鼓起幹勁打算行動，忽然想起還沒問一件重要的事。
那就是軍隊人數，要看對方人數，才能決定要動員多少村民。
「對方大約有多少人？一百人上下？」
「不……」
壽限無欲言又止的態度，讓安莉產生想摀起耳朵的衝動。
「不只那麼一點……是數千人。」
安莉嚇得張大眼睛，身旁的恩弗雷亞也做出一樣的反應。
「看起來至少也有四千。」
「什麼意思啊……為什麼要派那麼大的人數……」
「完全無法理解，派這麼大的軍隊來到這個村莊，究竟是為了什麼？……安莉，外人有沒有可能知道我們村裡有哥布林？」

「不可能，絕對。」

安莉答得果斷。

再怎麼想都不可能洩漏出去。的確，有一些人搬來這個村莊居住，但他們大多數都認為哥布林比人類值得信賴。況且自從食人妖來襲的那場事件後，村莊的老居民與移居者之間可以說已經沒了藩籬。

再來就是來過村莊的冒險者——有些人已經過世，所以大概只剩飛飛與娜貝，但恩弗雷亞斷定他們不會說出去。

「那麼……我們最好一邊準備逃跑，一邊問他們為什麼會來村莊。跟對方開打……是最終手段。」

向四千大軍挑戰，根本是自尋死路。

「恩弗大哥說得對，只能這樣辦了……對方人數實在太多，有點對付不來啦。」

「嗯，所以我們要一邊準備逃走，一邊爭取時間，對吧。那我們走吧！」

他們讓在大門附近準備守門的村民們跟食人魔一起去把糧食藏好。剩下安莉、壽限無等哥布林軍團，還有布莉塔與幾名村莊的義警隊員。

安莉向先到的布莉塔提出問題。第一個問題當然是對方是誰，還有旗幟是屬於哪個地方的貴族，然而很可惜的是，她都答不出來。

她說這方面的知識，以往都是交給別人負責的。也是在這一瞬間，安莉由衷體會到知識的重要性。因此，她只能等待跑去瞭望臺的恩弗雷亞回來報告。

牆壁的另一頭，可以聽到好幾陣馬蹄聲，然後一個大嗓門傳了進來。

「我乃里．耶斯提傑王國第一王子，巴布羅．安德瑞恩．耶路德．萊兒．凡瑟芙大人的使者。打開此門，讓我等進村子裡！」

安莉再度懷疑起自己的耳朵。

短短不到十分鐘之間，她聽到了好幾件令自己震驚的事，不過這次這件恐怕最有震撼力。

「第……第一王子殿下！」

那樣高不可攀的人物，怎麼會跑來這裡呢？

安莉實在毫無頭緒，懷疑自己在做夢。

然而，從瞭望臺連滾帶爬地跑回來的恩弗雷亞，證實了使者說的話。

「旗幟當中有王室旗，那是只有王族直系才能使用的旗幟！」

「咦？所以是什麼意思？」

「也就是說，的確是王室成員率領的軍隊沒錯啦！」

安莉開始搞不清楚是怎麼回事，混亂地大聲問道：

「請……請問王室成員為何要率軍來到我們這種邊疆小村莊！」

「你們村民沒必要知道那麼多！此地為直轄領地，你們應該聽從王子所言。還是說你們打算違抗王子的心意——有意造反嗎！」

安莉身子一震。

打開這扇大門，才是國民該有的行為，可是——

——她與站在身旁的壽限無四目交接。

人家叫她開門，她也不可能說開就開，開門之前必須先讓哥布林與食人魔躲起來才行。

「大……大姊，我們馬上就去躲藏處，請您先爭取時間。」

安莉點點頭，她後悔不該下指示把糧食藏在那裡，但一切為時已晚。

「我再說一遍，打開大門！」

「非……非常抱歉！村裡現在正在準備迎接王子殿下，請再稍等片刻！」

「從剛才就一堆問題的女人！妳是這個村子的負責人嗎！不准！盡快開門就對了！」

「……為什麼要這樣催我們啊！」

滿心不安的安莉吼了回去，她很清楚這樣有失禮數，但她在想，也許對方是其他國家的軍隊假扮成王國軍。

造訪村莊的稅吏，都曾經為卡恩村的嚴加守備大感驚訝。

說不定其他國家的軍隊會想拿這個村莊當要塞，就跟那些食人妖想拿這裡當新家是一樣的道理。

對方第一次以沉默作為回應，顯得有點猶豫。

「為什麼不回答！我看你們不是王國的士兵吧！」

安莉焦躁地粗魯質問，對方才好不容易回答：

「……過去名為安茲．烏爾．恭的魔法吟唱者，曾經來過這個村子吧。」

安莉腦中浮現出解救村莊之人的身影。

「那個魔法吟唱者與王國敵對了，因此，我們想對與安茲．烏爾．恭有所來往的你們進行調查。」

安莉震驚得說不出任何話來。

然而——一名義警隊員用只有同伴之間聽得到的微小聲音說：

「那位大人與王國敵對的話……錯應該在王國吧？」

村民們眼中都只有同意之色。

尤其明顯的，是自己的村莊被燒燬而搬來的人。他們對王國沒能保護自己的憎惡，變成對路過解救這個村莊的魔法吟唱者的信賴。

而且他還免費贈送能夠召喚哥布林的道具，借他們哥雷姆建造厚重圍牆等設施，食人妖來襲時又派女僕（露普絲雷其娜）前來搭救，種種義舉更加強了村民對他的信賴。

「開門是正確的行為嗎？」

「……可是，對方人多勢眾，不開門的話……」

「我們受了那位大人那麼多恩情，怎麼能做出背叛他的行為……」

「等等！他們只說要調查，接受調查不見得就是背叛吧。」

「是嗎？可是如果最終導致背叛那位大人的結果，豈不是太忘恩負義了？」

所有人的視線集中到安莉身上。

兩種意見安莉都能理解，她夾在中間，不知該選擇哪一邊。就在這時，圍牆另一頭再度傳來怒吼：

「懂了嗎！懂了就速速開門！再繼續拖延下去，我們可要認定你們想抗命了！」

安莉被逼急了，為了爭取時間而大喊：

「村……村裡滿地都是牛糞！我們不能讓王子殿下走進這麼髒的地方！」

短暫的寂靜之後，對方好像終於重振精神，出聲說道：

「喔，嗯，我明白了。那麼這樣吧，殿下就不進去了，只讓我等進去就好！之後的事情之後再想吧。」

安莉想不到下一個藉口。

她不假思索地吼出一片空白的腦袋裡浮現的字眼：

「對……對不起！我手上沾到牛糞了！而且滿手都是！我去洗一下手！」

「——喂，喂！」

安莉看著壽限無他們全速奔跑的背影，內心懷抱著不安，不知道還能爭取多少時間。

巴布羅的煩躁已經達到了頂點，他瞪著回來報告的騎士，不像是在看自己人，而是像面對可恨的敵人。

「你再說一次看看！」

伴隨著從咬緊的牙縫中漏出的憤怒，巴布羅一字一句清清楚楚地吐出來，騎士聽了重複一遍：

「是！卡恩村仍然沒有要開門的樣子！」

看著騎士若無其事地報告的樣子，巴布羅恨不得往他的側臉一拳揍過去。

不過，這樣做是很愚蠢的。他拚命忍耐，想讓累積在拳頭上的怒氣散去。

包括這個騎士在內，這裡沒有人是效忠巴布羅本人。巴布羅沒有自己的兵力，這些士兵都是聽從主人的命令，或是跟主人一同前來的。所以現在有好幾個騎士看著兩人，巴布羅絕對不能毆打他們的同袍。

「……為什麼？為什麼卡恩村的農民們不願開門？此地是王室直轄領地，既然如此，他們應該有義務聽我的命令，我現在可是下令他們開門耶！」巴布羅因為煩躁而越來越激動，講話開始不挑字眼了。「我不懂！是把我當白痴嗎！他們在想什麼啊！」

對第一王子巴布羅而言，村民不過是低賤的存在。

連這種存在都瞧不起自己。

一產生這種想法，幾個月來的鬱悶——讓巴布羅大感不快，以惡魔騷亂為開端的一切鳥事彷彿都找到了發洩處，全部爆發出來。

堤防瞬間潰堤。

「叛國罪！我斷定他們，斷定卡恩村這樣做是叛國行為！」

聲音所及範圍內的人都驚愕地議論紛紛。

「請等一下！這樣做的話會……！」

正在氣頭上的巴布羅瞪著慌張的騎士。

當一個村莊被判叛國罪時，一般的做法是殺光所有村民，然後放火燒村等等，將整個村莊完全消滅。

但那又怎樣？

巴布羅都下令了，他不懂做屬下的為什麼不聽。這些侯爵屬下的騎士是不是也看不起自己，所以才不聽命令？

「這樣做又會怎樣！不聽王族命令的人民，放著不管才是禍害！」

放任刁民反抗王族會被看輕，這種人不殺，反而會導致權威掃地。

貴族們若是自己的領地裡有平民公然造反，他們也一樣會消滅這些刁民，侍奉侯爵的騎士應該也明白這一點。

「大人請三思！與帝國的戰爭在即，現在如果處死國王直轄領地的人民，會影響全軍士氣的！再說請您看看對方的防衛！實在不像是個普通村莊。村民的人數應該不會太多，但想硬是突破大門，必定還是得費一番工夫。既然如此，竊以為不如和平處理，問問對方為什麼不開門吧。」

「……先採取友好態度可以，不過之後我一定要吊死幾個人。」

「……這也是莫可奈何的，錯在他們不聽巴布羅大人的命令，不肯開門。」

「我一定要把那些人吊在大門上，殺雞儆猴。」

「全聽大人的。」

巴布羅望著卡恩村。

正如騎士所說，村莊除了堅固的大門之外，甚至還建了圍牆。都武大森林就在附近，嚴加防備或許是理所當然，但他們連瞭望臺都設置了，與其說是開拓村，倒比較像是要塞。

的確如果想攻下來，應該會花不少時間。

一千名以上的士兵在門前布好陣勢，大聲呼叫村民開門。

側耳傾聽，可以聽到遠處也傳來了一樣的聲音，是從後門那裡傳來的。

這些聲音就像打火石，再度點燃了巴布羅心中汙濁的火焰，已經不是理性能解釋了。

「喂！放火箭！」

「火……火箭嗎？」

「對，繼續等下去不知道要花多少時間。聽好嘍！我們沒有閒工夫耗在這種小村子上，如果你們能在幾分鐘內打開大門也就算了，但我看你們也辦不到吧！」

騎士緊咬嘴唇點點頭。

「放火箭嚇嚇他們，大聲呼叫這種騙小孩的把戲已經玩完了，讓他們看看大人的做法！」

有個男人從支吾其詞的騎士旁邊冒出來插嘴。

「居然不聽殿下的尊命……實在不是侯爵大人的屬下該有的態度呢。若殿下不嫌棄，讓我的士兵來做如何？」

是切納科男爵，背後還有他那些愛拍馬屁的同僚。

巴布羅不禁真心感到佩服，想不到這種蠢貨也有派上用場的時候。不，他們也是貴族，要是在自己的領土內有村莊不聽話，一定也會這樣處理的，也許是因為這樣，所以很能體會巴布羅的心情。

「……是嗎，那麼男爵，我命你對村莊放火箭……不，這樣吧，射那個瞭望臺，射那裡就不會有人因此喪命了吧？」

「喔喔！多麼慈悲的判斷啊！真不愧是殿下！那麼請看我如何效力！」

「大姊！一切都準備妥當了！大家都躲好了，再來就剩我——怎麼了嗎？」

壽限無察覺到異常的氣氛，把話嚥了回去。

留在這裡的義警隊員完全分成了兩派意見，就是對於是否該開門迎接軍隊的消極贊成與積極反對。兩種意見都來自於擔心會背叛了村莊的英雄安茲．烏爾．恭，所以格外難做抉擇。

「事情是這樣的……」

安莉正要跟壽限無解釋時，圍牆外突然飛來一個聲音。

「──卡恩村的村民，你們不肯立刻開門，形跡可疑，不像是王國人民該有的行徑。我們要帶幾個代表前往戰場，命你們在戰場上請求安茲．烏爾．恭投降。你們必須證明你們效忠王國，是王國的子民。」

氣氛變了，彷彿這就是所謂的「怨氣沖天」。

安莉也不例外。

他們的確是王國的子民，也有一份忠誠心。然而比起對不求回報解救村莊的大恩人的感謝，這點忠誠心根本不算什麼。當家人、朋友與戀人遭到殺害時，是那位大魔法吟唱者救了大家。

「我才不要被帶去戰場，扯那位大人的後腿咧。」

「我看先逃去森林裡，之後的事情之後再想吧！」

眾人爭吵不休。

不過只有一個意見是共通的，那就是無論做什麼，都不能妨礙到那位英雄。

這時，傳來幾下某種東西破裂的聲音。接著是劃破空氣的咻咻聲，帶著幾道紅光，箭雨對著瞭望臺當頭降下，聽得見好幾次箭矢刺進木頭的清脆喀喀聲。

「……不會吧。」

目睹王國動用了殺人武器，安莉倒抽一口冷氣。

幸好瞭望臺上沒人。對方是知道上面沒人才放箭，還是——

——還是就算有人也格殺勿論？

「安！安莉大姊，對方似乎無意瞄準我們，但還是離箭矢的射程遠一點比較好。來，請往這邊走，快點！」

安莉還呆站在原地望著這片景象，壽限無拉住了她的手。安莉已經無心抵抗，跟著他跑，只是臉仍然朝向瞭望臺。

當義警隊員們也退到後方時，瞭望臺開始起火了。

麥桿做成的天花板等部分一口氣燒起來，火勢眼見著越來越猛烈，天花板崩塌了。

從村裡的任何地方都能看見瞭望臺倒塌，悲痛的慘叫聲四起，其中有一個人叫得特別淒厲。安莉重複著受到嚴重打擊而紊亂的呼吸，看向慘叫得最悲慟的那人。

是個搬來村裡居住的男人。

他的臉上浮現憎惡，以及相同程度的絕望。環顧周圍，露出同樣表情的全都是移居者。

安莉想起來了。

想起他們的村莊是被燒燬的。

「他們是敵人！」男人怒吼道：「那些人是敵人！不然不會做出這種事來！我要戰鬥！」

「什麼王國嘛！從來沒救過我們的一群人渣！連這裡都想燒掉是吧！」

體型微胖的女性叫了起來。

「不可原諒！要殺就殺吧！那我也要拉他們陪葬！我要幫那傢伙報仇！」

接著一個年輕人不屑地說。

對方射出的火箭，造成近乎瘋狂的憎惡支配了整個村莊。

「……安莉大姊，您應該下決定了。」

壽限無面露鐵錚錚的戰士神情，冷血無情地說。

「咦？……他們現在氣得失去理智了，應該等大家冷靜一點再……」

「沒那時間了，況且難保大家不會失控，您還是決定一下村子該怎麼做吧。」

壽限無講得沒錯，對方已經朝瞭望臺射火箭了，接著一定會發動更狠的攻擊。既然如此，已經一刻都不得猶豫了。

安莉做好覺悟，深深吸進一大口氣。她瞄了恩弗雷亞一眼，只見他帶著妮姆，輕輕點了個頭，好像在說「加油」。

安莉胸中產生了些許暖意。
這給了安莉最後一份勇氣。
「大家！我要請在場各位代表村子做決定！一旦決定之後，請大家服從全體意見！」
眾人氣勢十足地出聲表示同意。
「有沒有人認為村子應該聽從王國的提議！」
沒有一個人舉手。
安莉心臟激烈地跳動著，大喊：
「那麼！願意用性命反對！想與王國一戰的人，請舉手！」
伴隨著「唔喔喔喔」的咆哮，許多隻手臂參差不齊地舉了起來。在場所有人都不只是普通地舉手，舉起來的，是握得緊緊的拳頭。那是決心一戰之人的神情。
的確，他們也感到害怕。這是當然的，因為他們做出了必死無疑的選擇。然而比恐懼更強烈的心意推動著眾人。
那就是受過那樣的大恩大德，他們絕不想變成恩將仇報之人。
「那麼——就戰吧！我們要戰鬥！要報恩！壽限無！請你擬定作戰計畫！」
壽限無迅速走上前，站到安莉身旁。
「……我們已經見識到你們的覺悟了，你們會死在這裡，無所謂吧？」

對於身經百戰的戰士所言，眾人只以肯定回應。

「臉色發青還能吼這麼大聲，你們實在了不起……不過呢，抱歉我得對你們的必死決心潑一桶冷水，我看年輕人還是逃走比較好喔，要犧牲，我們跟幾個老頭犧牲就夠了。」

老年人開口了：

「說得確實沒錯，可是——辦不到吧？兩扇門前都有他們的人喔！就算能爬過圍牆也一定會被發現的。」

「沒錯，照一般方式逃走的話，就會跟你說的一樣。」壽限無咧嘴一笑。「在這種情況下想偷偷溜走是不可能的，所以，我們要先打開正門，把敵人引過來。等敵人輕忽大意地靠過來時，再由我方主動出擊。只要能對敵人造成某種程度的損害，對方應該就會把分散的兵力集合過來。」

壽限無環顧所有人。

「話是這樣說，但對方也有可能察覺我們是聲東擊西。不過就算是這樣，只要我方攻勢夠強，他們就非得集合兵力不可。有沒有人有疑問或異議？」

「好像沒有，不過壽限無，大家要逃到哪裡去才好？」

「這還用說嗎，大姊，當然是都武大森林嘍。我會讓熟悉森林的阿格與布莉塔大姊等人跟著逃亡組，只要撐到那些傢伙離開就行，應該有辦法的。」

村民已經做好必死決心，但當然還是不想讓小孩一起送命。知道小孩很有可能活命，安心感減緩了眾人的鬥志，壽限無見狀，臉色陰沉地說：

「聽好了，先是最初的一擊，然後是對方集合兵力後的攻防。這兩波攻擊，都不能讓對方保有餘力。我方攻勢越強，逃走的人存活率就越高。」

「哈哈哈哈！什麼嘛！哎呀，這下真是鬆了一口氣。」

幾陣笑聲傳了出來，並不是自暴自棄或是發狂了，而是爽快的笑聲。

「只要妻小能獲救，我就了無牽掛了。這下子就可以報答安茲・烏爾・恭大人拯救孩子的恩情了。」

「對啊，說得沒錯！我可不會一輩子當個窩囊的父親。」

「那麼……分隊有哪些人？」

恩弗雷亞問道，壽限無環視了所有村民的臉。

「我想請安莉大姊與恩弗雷亞大哥護送各位的妻小離開村莊，再來就是我剛才說到的，考慮到森林裡的生活，布莉塔大姊還有阿格，以及他的哥布林同伴們也會一起逃，大概就這樣了。」

「——咦？」

安莉驚訝地叫出聲來。

自己身為村長，有義務與大家共同行動到最後一刻。是安莉下決定讓村民送死的，與他們同行是領導者的職責。安莉正要這樣說，村民們卻搶先說話了。

大家全都贊成壽限無的意見，安莉正在苦思如何講贏他們時，眾人不顧本人的想法，已經做出了結論。

「安莉妹妹，拜託妳嘍。」

「我的孩子就拜託妳了，我老婆那時已經死在他們手裡……至少要讓孩子活下來……」

村民們強而有力地握住的手中蘊藏著萬千思緒，安莉頓時兩眼一熱，恩弗雷亞站到她的身邊。

「安莉，走吧。存活下來之後，才是我們該戰鬥的時候，而且是不允許敗北的戰鬥。況且安茲．烏爾．恭大人說不定還會再度伸出援手。到那個時候，有去過那位大人城堡的我們在場比較好。」

「就是啊。」

「壽限無……」

「用來召喚我們的那支號角，把那個……啊，現在用也只是杯水車薪啦。不如等到一切都結束了，再盡情使喚新誕生的我們的同伴吧。」

安莉感覺熱淚盈眶，伸手用力擦了擦眼角。

「我知道了！我一定會保護好大家的妻小！走吧！恩弗！」

其中一扇門慢慢打開。

「我就說從一開始就應該放火箭的，不過追擊用的火箭是白準備了……」

巴布羅不愉快地皺起眉頭，耗費太多時間了。想彌補回來必須用相當趕的速度強行軍，但也莫可奈何。

這都要怪侯爵的屬下指揮失誤，要不是自己下令放火箭，真不知道還會浪費多少時間。

看到指派給自己的部下如此愚蠢，巴布羅埋怨自己的倒楣，仰望天空。

再來需要的時間是──首先是進行絞刑的時間。

只要把幾個刁民吊在圍牆上，讓民眾知道反抗王室是多麼愚蠢的行為就夠了。

再來還得花時間找出與安茲．烏爾．恭有交情的人。這可能會比絞刑更花時間，因為必須從盤問做起。

「可惡，誰會料到應該帶拷問官來啊。就用答應保命作為交換條件……問題是小孩如何處理……」

讓小孩活著也沒用，因為小孩自己活下來也無法生存，應該跟父母親一起吊死，才叫做慈悲心腸。

「有帶那麼多繩索來嗎？希望村子裡繩索夠用……」

士兵們逼近村莊大門前，領隊舉起王室旗幟行進般前進的模樣，讓巴布羅心中產生驕傲與滿足。他甚至心想等到自己登基，要組織一支儀仗隊。

手持旗幟的士兵穿過大門——然後像被彈開般飛了出來。

士兵手持的王室旗啪啪飛動，掉在地上。

揍飛士兵的龐然大物，從大門裡無聲無息地現身。

「——食……食人魔！居然有食人魔！」

意想不到的事態讓巴布羅大吃一驚，不顧王室的威嚴怪叫一聲。

沒錯，那正是稱做食人魔的食人族亞人。突然出現的魔物讓士兵們跟巴布羅一樣不知所措，巨大棍棒一揮，一次就是好幾人被揍飛。

士兵噴灑著碎肉飛向遠處，摔在地上的瞬間，其他士兵彷彿大夢初醒，驚慌失措，爭先恐後地逃離大門前。大門裡又出現了幾隻食人魔，追殺那些士兵。

士兵們難看地開始逃竄，食人魔用棍棒把他們一個個揍飛，就像小孩子打飛玩偶一樣。

他們之所以爭相逃命，難看到無法稱為撤退，大概是因為他們是男爵屬下的民兵吧。他們對村莊射火箭，加快了開門時間，巴布羅作為獎賞，准許他們第一個進入村莊，想不到卻因此弄巧成拙。
看到男爵棄自己領地的兵士於不顧，一溜煙地跑回來，巴布羅正要發飆時，號角的音色高亢響起。
侯爵屬下的騎兵們一齊舉起騎士槍，他們動作整齊劃一，令人佩服。但士兵正在逃跑，又有食人魔窮追不捨，他們無法衝進混亂的戰場。
騎士槍是在衝刺時能發揮最高破壞力的武器，在混戰中就發揮不了長處了。
「為什麼不射箭！」
巴布羅怒吼道。
繼續讓敵人接近我方，死傷會更慘重。為了避免這一點，捨棄逃跑過來的步兵，放箭連同村民與我方士兵一起射殺才是上策。
巴布羅正開始煩躁時，食人魔們開始撤退了。逃回來的士兵成了盾牌，騎兵無法進行追擊，眼睜睜看著食人魔們回到大門裡。
看著屬下迎接生還的士兵歸營，開始認真布陣準備開戰的樣子，巴布羅用力握緊了韁繩。
迅速完成這項無聊的任務，踏上歸途，在與帝國的戰場上大顯身手，揚名國內。
他的夢想，最後落得這副難看的結果。

雖說沒人能料到村裡有食人魔，但要是束手無策地回到耶・蘭提爾，自己肯定會再度失去信譽。與本來只能當候補的第二王子賽納克在王位繼承競爭上的差距，也會變得無可彌補。

還是說——這都是計劃好的？

他無法克制自己嘖了好大一聲，知道周圍的貴族都在偷看自己。

然而，巴布羅沒多餘精神佯裝鎮定。他尖銳的視線，朝向往這邊跑來的指揮侯爵屬下精銳部隊的騎士。

「……那是什麼，那個村子被食人魔支配了嗎？你知道些什麼嗎？」

「屬……屬下什麼都不知道，沒想到村裡竟然有魔物……稅吏應該才剛來過這個村子，如果當時發現村子被食人魔支配，應該會報告才對。要是沒有回來，也應該會成為問題……這個村子究竟發生了什麼事……」

巴布羅從騎士身上感覺到由衷的困惑，明白到就算這一切是想讓巴布羅權威進一步掃地的陷阱，這個騎士也並不知情。

既然如此，就某一點來說，他算是自己人。

「也就是說沒有任何情報了，好吧，沒辦法。剛才出現了五隻食人魔，如果村裡有更多食人魔，應該會直接出來襲擊我們才對，所以總數應該不到一倍。五隻食人魔，你們贏得了吧？」

「當然！我們對自己的實力很有自信，就算跟人稱王國最強的戰士團精銳相比也不遜色。才五隻食人魔，根本不是我們的對手！」

「我沒在懷疑你們，只是，有件事令我很在意。就我所知，食人魔應該是腦筋愚笨的魔物，但他們剛才的行動太聰明了。開門引誘我方，再抓準最佳時機迎擊，我看一定有人指揮。如果是村民役使這些魔物……」

「恕屬下直言，那是不可能的。區區農民怎麼可能有辦法役使食人魔呢？不過，村裡倒是有可能有別的指揮官。如果可以，應該逐步收集對手的情報，同時——」

巴布羅無法壓抑自己的煩躁。

「你在悠哉地說些什麼？……看。」

巴布羅指著大門前變得像破抹布一樣的王室旗幟。

「王室旗幟可是被弄成那樣啊，現在不管怎麼樣，我都要滅了那個村子。召集士兵，放火箭，把村子燒了。這可是累積攻城戰經驗的好機會！不用再妄想可以沒人死傷就結束這件事，給我狠狠地攻擊，把村子燒了也無所謂。」

「大人且慢！也有可能不是村民，而是食人魔妖術師之類的聰明亞人在村裡指揮。」

「是有這個可能，但那又怎樣？」

騎士一臉難以理解的表情，巴布羅慢慢解釋，像在說給小孩子聽。

「聽好嘍，不管是村民支配了食人魔，還是更聰明的魔物支配了村民與食人魔都不重要。那個村子裡的傢伙反抗了統治此地的王室，所以我必須讓民眾知道，他們這樣做有多愚蠢。」

「但也有可能是魔物用人質要脅村民，也許村民是無辜的啊！」

「你沒聽見我說的話嗎？我說過了吧！那不重要。」

看到騎士一副難以接受的態度，巴布羅聳聳肩。

「知道了，知道了，我明白你的意思了。那我就做個最大讓步吧，把態度溫順的村民抓起來，其他就施以正當的制裁，這樣行了吧？」

「是！」

騎士低頭領命，聽到有了幹勁的回答，巴布羅滿意地點頭。

「不過有個條件，那就是你們必須大勝對方。要是在這種地方犧牲太多士兵，可是會被人笑話的。不只是我，你們也一樣。別人會說你們這些侯爵的王牌戰士，連到小村子辦點事都辦不好。」

「那是因為有食人魔——」

「——找這種藉口是沒用的，群眾就是這樣。」

「是！」

「明白了就快做，還有，把後門那些士兵也召集過來。同時還要派人去森林砍樹過來，我要做個簡單的衝車。作戰細節就交給你，你要控制犧牲人數，同時獲得勝利，有人逃跑，一律格殺勿論。」

裝了油的甕砸向圍牆，接著火箭射出。

頓時引發一陣像中了「火球」魔法般的爆炸，黑煙沖天，鮮紅火焰四起。

壽限無感覺到周圍的義警隊開始產生動搖，使勁握緊魔法大劍怒吼：

「怕什麼！這點小火燒不掉圍牆的！別管他們，去守門——」

隨著低沉的「轟」一聲，大門吱吱作響。

就像瞭望臺即使起火，骨架也還留著，圍牆的圓木也不會因為被射火箭就輕易燒光，壽限無認為那不過是為了破門而做的聲東擊西。事實似乎正如他所料，大門再度應聲震動。

那聲響比食人魔憑臂力使出的一擊更有重量，應該是以攻城兵器——很可能是衝車進行的攻擊。

「用箭射他們！」

聽從壽限無的喊叫，村民們動作熟練地射箭。

圍牆對面傳來痛苦的叫聲，但撞門的衝車仍然沒有停止攻擊，應該是以好幾輛衝車進行輪番攻擊。

「放箭！」

配合著壽限無的口號，箭矢再度飛過圍牆。然而，這次敵方也射箭反擊了，箭矢數量比他們多出數倍，就像下雨一樣。

不過，沒有一支箭射中任何人。

敵方的攻擊只是猜測村民的射箭位置，全都刺進了錯得離譜的地方。不過敵方弓箭手人數眾多，再射個幾次，命中率想必會越來越高。既然如此，必須讓對手的命中率再度歸零，否則後果不堪設想。

「快撤！快撤！換地點！」

壽限無巧妙地壓低聲音怒吼，村民們聽從他的指示，趕緊開始移動。

壽限無只有教村民們從特定位置射箭，讓箭落在大門後面。因此就這一種攻擊來說命中率很高，但相對地只要換個地點，就無法準確地射到圍牆後面了。

很難再進行射擊戰了。

「拿槍！接下來是近身戰！」

從圍牆傳來的鏗鏗金屬敲打聲，不是剛才那種衝車發出來的。大概是用斧頭在砍木頭吧，到處都傳來了這種聲音。

多數就是一種暴力，對大門與圍牆的攻擊很有可能只是聲東擊西，也許敵方正在架梯子，從完全不同的地方爬進來。如果壽限無是攻方大將，就會採用這種戰術。

（跟當初預料的一樣……看來是成功分散敵軍了。）

比起敵軍，卡恩村人數壓倒性地少，無法應付對方的所有進攻手段。壽限無就是要讓對方這樣想，誘導敵軍分散戰力。

用這種方式讓敵人陣型變薄，然後找機會衝出村莊發動突擊，以魚鱗陣一股腦殺向敵軍本營，直搗黃龍。如此一來敵方就會慌了手腳，將兵力集結起來。

他讓食人魔暫時回到村莊裡，也是為了這個目的。剛才如果直接突擊，敵方不會緊張，八成也不會把可能繞到後門去的人手叫回來。

（分散的敵軍折返回來，就表示我們會被包圍，無路可逃……這就叫做羊入龍口。）

也就是說，這是必死無疑的戰術。

話雖如此——

「哎，反正我方的計畫算是成功一半啦。」

壽限無語氣輕鬆地低聲說，接著目光轉向被擋住的後門。

他為自己的主人準備了一條存活率最高的退路，已經沒有遺憾了。這樣說雖然冷血，不過只要在這裡戰鬥的村民全數死亡，敵方就無從知道逃走的人數，安莉的存在將會籠罩在謎團之中。

保護安莉才是壽限無等人的最優先事項，為此無論捨棄什麼都不足惜，所以──

「大家聽好！大門一被撞破──我們就突擊！目標是敵軍本營！除了幹掉敵方的老大之外，沒有別的生路啦！」

好！所有人一齊發出決心堅定的咆哮。雖然聲音有點顫抖，但沒有人臨陣退縮。咆哮當中，帶有盡力保護自己兒女與心愛之人的男子漢志氣。

安莉與恩弗雷亞衝下後門的瞭望臺，跑到聚集在門前的小孩與女人身邊。恩弗雷亞的祖母莉吉不在裡面，她去藏安茲借給他們的各種鍊金術道具了。

恐怕沒有時間讓她逃跑，但她已有所覺悟了。

「別擔心！周圍沒有任何人影，我們馬上開門，逃到森林裡吧！」

召集而來的孩子們都嚇得臉色發白，但還是拚命點頭。

恩弗雷亞與布莉塔轉動把手，一邊門扉便慢慢開啟。

安莉先從稍微打開的門縫間探出頭，窺探周圍。不會錯，就跟在瞭望臺上看到的一樣，四周完全沒有士兵的人影，壽限無的計策應該是成功了。

「好了，快走！」

先走出去的是阿格，以及同部落的哥布林們。如果森林裡有伏兵，由他們負責殺出一條血路。後面跟著布莉塔，她負責留意阿格他們沒發現的士兵。

顧慮到後面跟著小孩，帶頭前進的集團放慢速度跑向森林。後面小孩兩人一組依序跑出來，也有小孩讓跑在身旁的母親抱著。沒有母親的小孩，就讓稍微大一點的孩子牽著手。

殿後的安莉與恩弗雷亞互看了一眼，然後跑出去。

跑出後門——離森林還很遠，感覺似乎比平常遠了好幾倍。

他們拚命擺動雙腿。

還有一段距離。

還很遠。

就在這時，後方傳來了馬匹的嘶鳴。

最近安莉的心肺功能相當強大，連她自己都覺得離譜。然而此時她的心臟卻劇烈跳動了一下，呼吸一下子被打亂。安莉膽顫心驚地回頭，看見了她不願相信的事物——看見了絕望。

「不會吧……」

超過一百名騎兵從後方出現。他們很可能是緊靠著圍牆，潛伏在瞭望臺的視野死角。挑這個時機現身，應該是看到沒有人跟在兩人後面跑出來，判斷他們倆是最後的逃亡者吧。

從村莊到森林沒有多少距離，然而人類與馬的腳程差太多了。

阿格或布莉塔或許能逃得掉，但小孩子恐怕很難，絕對會被追上。

騎兵們握著閃閃發亮的物體，不會錯，一定是想從背後砍殺他們。過去的恐怖經驗嚇得她縮成一團。妮姆跑在前面，不知道能不能逃得掉。

「安莉妳繼續跑！」

恩弗雷亞停下了腳步。

「恩弗！」

「我來爭取時間！」

「太危險了！我不認為這次能像上次那樣，露普絲雷其娜小姐會在緊要關頭來救你！」

「跑就對了啦！」

恩弗雷亞對停下腳步的安莉怒吼。

「要爭取時間，我比恩弗更有辦法！」

安莉拿出了一隻破舊的號角。

號角一共只能召喚十九隻哥布林，但每個人都很強，應該能爭取到時間。

「笨蛋！對方有那麼多人耶！不到二十人能幹嘛！」

恩弗雷亞說得很對，敵人一定會繞過哥布林襲擊他們，但不吹號角更笨。

「你還不是一樣！」

安莉覺得沒時間吵下去了，將嘴抵在號角上，決定吹響它。

（——各位哥布林！請救救我們！）

號角聲轟然響起，傳出了撼動大地的重低音。

安莉被自己做出的事情嚇得睜大眼睛，召喚壽限無他們時，號角只發出「噗——」的窮酸聲響，就像小孩子的玩具一樣。

「安……安莉……」

安莉發現慌張的恩弗雷亞看的不是自己，而是自己身後更遠的某個東西。她順著恩弗雷亞的視線，把臉轉向那邊。

騎兵部隊正在往他們突擊過來，安莉他們應該沒那閒工夫呆站著，但不知為何，騎兵隊也扯住了韁繩讓馬停下來。也許是因為停得太急，馬都用後腿站了起來。

安莉看向後方——

「——咦？」

「咦？」

●

ＹＧＧＤＲＡＳＩＬ的道具可以讓玩家自己取名字。但也有少數例外，作為完成品掉落的工藝品也是其中之一。

工藝品「哥布林將軍之號角」

雖然它只是個又小又破的道具，但是有一個令人不解之處。

這個道具召喚出來的哥布林總共十九隻，而且召喚出來的盡是些ＹＧＧＤＲＡＳＩＬ玩家不放在眼裡的哥布林嘍囉。這麼弱小的道具，怎麼會取「將軍」這種響亮的名稱呢？叫做「哥布林隊之號角」還比較貼切。

實際上，的確有很多ＹＧＧＤＲＡＳＩＬ玩家都這樣想。但沒有一個玩家能找出合理的答案，結果大家都覺得大概就只是個名字罷了。

然而會取這種名字，其實是有理由的。

那就是──

壽限無揮動著從東方巨人手中獲得的魔法大劍，一個士兵擋下他灌注全力揮出的一擊。不過似乎沒能完全抵銷力道，士兵一瞬間站立不穩。本來壽限無應該趁此機會進行追擊，但周圍的士兵們不允許他這樣做。

他們默契十足地從左右兩方攻擊壽限無，掩護一開始那個士兵的破綻。

壽限無嘖了一聲，揮起大劍有如自己的手腳，彈開兩道劍擊。

「……這個哥布林相當有一套喔，竟然能抵擋我們三人的攻擊這麼久。」

「了不起，從沒想過哥布林會是這麼難纏的強敵。」

佩服的語氣中流露出游刃有餘的態度，讓壽限無煩躁不已。

如果是壽限無與一個士兵單挑，壽限無能打贏。如果是兩個士兵就得看運氣。如果對手有三個人，壽限無就得屈居下風了。如果——

壽限無感覺到有另一個士兵想繞到自己背後，於是慢慢後退。

——對手是四個人的話，壽限無就輸定了。

剛開始擋路的都是些弱小士兵，很容易就突破了。

卡恩村勇士組成的魚鱗陣撕裂並蹂躪了王國軍的陣型。

然而後來就像地形產生變化一樣，強者出現了。裝備品也還算不錯，似乎是敵軍兵團中的最精銳士兵。

離敵軍本營沒剩多少距離，陣列看起來也不厚。

但是——很硬。

壽限無繼續緊盯四人，同時窺探周圍情形，只見自己的幾名哥布林屬下被一群士兵包圍得無法動彈。

具有優異臂力與耐力——反過來說也只有這兩個優點——的食人魔們也一樣，被專心進行打帶跑戰術的士兵們玩弄於股掌之間。

卡恩村的居民已經死了幾個人。雖說魚鱗陣的外圍——最前線有哥布林們挺著，但敵軍人數實在太多，哥布林們抵擋不住，每次敵軍只要鑽入陣內，幾乎就有一個人倒地。

這種戰術本來就很勉強，會有這種結果是理所當然。

但壽限無也的確抱有一絲期待。

霎時間——

他沒能完全擋下揮砍的劍刃，受了一點擦傷。

「呿！」

壽限無揮舞大劍，與對手拉開距離。

「你們是什麼人？不是普通的民兵吧。」

壽限無的等級是十二，照這樣估計，對方的等級可能是十或十一，另外三人最多九級。一般的村民差不多是一級，卡恩村經過訓練的村民則是一或二級。陪同耶·蘭提爾稅吏前來的士兵們感覺不到三級，這樣算來，這些士兵可說相當強悍。

順便一提，恩弗雷亞與安莉不是戰士所以說不準，不過兩人莫名地強悍，就當作例外。

「這個哥布林……不，是巨型哥布林嗎？還是說因為他這麼有本事，所以當然夠資格做老大？」

「但是跟巨型哥布林長得不太一樣……是哥布林王族嗎？如果是這傢伙以武力統治這個村莊……但還是無法解釋村民為什麼這麼拚命戰鬥。」

「哼！你們這些人類可真笨啊，當然是因為我們抓了人質啊，連這都不懂？」

「鐵定是在說謊，拿人質受到要脅的人，不會這麼拚命戰鬥，反而會從背後暗算你們才對。從你們身上可以感覺到超越種族的戰友情誼。為什麼？人類與哥布林為什麼會並肩作戰？」

「你問我我問誰啊，白痴！」

「看來戰友一事是被我說中了，不然——」

「囉嗦夠了沒啊！你那張裝模作樣的臉看了就不爽！」

壽限無用大劍砍向敵人。

還是跟剛才一樣。

對手即使能擋下一擊，也無法完全抵銷力道。士兵站立不穩，但壽限無一打算追擊，左右兩邊就有人截擊，瞄準他的要害出手。

既然如此，壽限無心一橫，索性不躲了。

劍刃瞄準沒有鎧甲覆蓋的部位，砍傷了壽限無的身體。

兩道與其說是疼痛，更像是發燙的感覺竄過身上。

壽限無咬緊牙關，一邊發動自己的特殊技能（Skill），一邊轉換大劍的方向，朝向從側面砍來的士兵。

「『哥布林的一擊』！」

他對準士兵的鍊甲衫——防禦較弱的部位出手，強力一擊撕裂了鎧甲，對底下的肉體留下大型傷口。霎時間，士兵起了一陣痙攣。

是大劍的魔法力量——毒性。不過對手似乎做了點不完全的抵抗，沒能徹底減弱他的戰力。

壽限無並沒因此失去注意力，但仍然沒躲掉來自背後的劍擊。

穿在身上的護胸甲保護了身體，沒受到重傷，但劍刃的衝擊讓身體一陣哀號。

「可惡！」

「我們才想罵咧！竟敢傷了拜克！」

「拜克，你退後。繞到這傢伙後面！」

現場已經陷入混戰，除了這四人以外，還有其他士兵介入——壽限無將踏入攻擊範圍內的士兵一一砍飛。他們的裝備破陋，應該是農民兵。

人多勢眾真的很不公平。

「退後！這些哥布林很強！退後！我們來對付他！你們去對付後面的村民！」

「休想！」

壽限無把大劍一揮，發出「嗡」一聲，農民兵似乎都畏縮了，紛紛後退。

發熱的部位開始陣陣抽痛。

戰士的修行當中有一項比揮動武器更重要，那就是習慣疼痛。還有一項，就是用身體記住自己能承受多大的痛楚，這樣才能在感覺不妙時全速開溜。

從這種感覺來看，自己還能打。但也不過就是還撐得住罷了，不知道還能爭取幾分鐘的時間。

視線一隅看到又一個卡恩村村民倒下，鮮血滲進土壤。

原本就已經沒什麼勝算，這下幾乎可說輸定了。

話雖如此，他們應該已經爭取到讓安莉等人逃走的時間，再來只要勇敢戰死就行了。

——目標是敵軍大本營。

——只剩我一個人也要抵達。

站在壽限無面前的士兵們似乎感覺到他的決心，表情變得僵硬。

壽限無決意殺出重圍，用力握緊了劍，就在那個瞬間，一陣騷動籠罩戰場。壽限無往對方看著的方向瞄了一眼，就再也無法轉移視線。

「那個」出現在卡恩村的側面——

●

——很簡單，因為這個道具的真正力量，並不只是召喚十九隻哥布林。

在YGGDRASIL，這個道具從沒機會發揮它的真正價值，就先被人當成垃圾丟掉了。

然而在這異世界，這個道具終於要發揮它的力量了。

在此重複一遍這個道具的名稱。

哥布林將軍之號角。

滿足三個條件才能發動的真正效果是——

3

村莊側面傳來太鼓渾厚而有節奏感的聲音，響徹整個戰場。往聲音方向集中的視線，下個瞬間，全都瞪大了雙眼。因為估計超過五千的軍隊紀律嚴整，正配合著太鼓聲往戰場挺進。

無論是巴布羅王子陣營還是卡恩村陣營，一開始都以為是巴布羅王子陣營的援軍，差別只在想不想得到有誰會派援軍過來。然而新一批軍隊的外形，馬上讓他們知道並非如此。

組成軍隊的人員全是哥布林。

哥布林這種亞人種族的體格比人類小，只有人類的小孩大小。然而他們散發出的氣魄，卻讓他們看起來足足大了一兩圈。

豈止如此，還有包覆全身的鋼鐵光輝。具有高度殺傷力，磨得雪亮的武器與防具，正是戰士應有的武裝。

那不是民兵，降臨戰場的是正牌戰士組成的軍隊。

「趁現在！還有一條命的快給我跑！援軍！援軍來啦！往那邊逃！」

壽限無大聲吼叫。

那些人的真實身分是謎，不知道是敵是友，也有可能是毫不相關的第三者。因為對方是同族就往那邊逃，並不是正確的選擇，本來應該要逃回村莊才對。

但是，壽限無感受到了一種可稱為心電感應的波動。他有種預感，覺得自己與那些人擁戴的是同一位主人。他覺得那些人應該會接納自己與同伴，並且保護大家。

卡恩村的倖存村民，都毫不猶豫地往哥布林大軍跑去。

包圍陣型越跑越潰散。王國軍雖然知道該追，動作卻很遲鈍。想當然耳，那可是一支軍紀嚴整的大軍，隨便靠近怎麼想都有危險。

還有兩個原因讓王國軍放過卡恩村陣營。

其一是他們認為與其追擊，不如趁這機會重整陣型。大本營那邊一直在擂鼓催促退兵。

其二是他們擔心殺害那支軍隊的同族，會即刻遭到強烈報復。

哥布林們爽快地接納了逃過來的壽限無等人，壽限無他們鑽進了放寬的陣型縫隙。迎接了所有同胞後，隊伍立刻恢復成原本的整齊陣列，宛如一扇鋼鐵大門。

壽限無環顧精疲力盡，倒在地上的同伴們。沒有一個人全身而退，甚至有很多人好不容易抵達了安全地帶，立刻昏死過去。

環視四周，壽限無差點熱淚盈眶。哥布林、食人魔與村民的人數都減少了。

「但好歹還有一半以上活了下來……已經算幸運了吧。扣那！」

他呼喚哥布林當中唯一能使用治療魔法的神官，然而扣那搖搖頭，表示自己的魔力已經在那場戰鬥中全部耗盡了。

「那就讓能夠做緊急處理的——」

壽限無正要大吼時，看到一個頭戴綸巾，手持羽扇，蓄著鬍鬚的哥布林走了過來。從那人的態度，可以看出他在這哥布林軍團當中，必定是重量級的人物。

「呵，呵，呵，呵，各位就是安莉將軍的隨從吧。我是受任指揮這支軍隊之人，哥布林軍師。既然我等已經到達，就沒有人能再傷各位一分一毫了。請放心，我馬上派人將各位送去給醫療團治療。」

哥布林軍師羽扇一揮，一群強壯的哥布林馬上拿著木板跑來。

「來來，快讓各位躺在木板上扛去治療。既然我等已經來到此處，要是有任何一個人喪命，那可是我等之恥。」傷患被一個個抬走。「您也受傷了，不如到我等的醫療團那裡接受治療——」

「不，抱歉。不好意思拒絕你的親切，但是可以先告訴我是怎麼一回事嗎？我還挺得住。」

大概是確定壽限無並非在逞強，哥布林軍師點了個頭，開始說起：

「不愧是安莉將軍的隨從隊長，您想問什麼——呵，呵，呵。不，我這是明知故問。安莉將軍人在後方軍營架起的帷幕裡，她一定很高興看到您平安無事。」

「是嗎，那就好。」

壽限無打從心底鬆了一大口氣，太過安心讓他全身失去力氣，差點腿軟跌坐地上，但他不能讓後任的人看到前任不像樣的德性。

「好，那我就去報個平安吧。反正接下來的戰鬥，應該也輪不到我們出場了。」

「呵，呵，呵，感謝您把機會讓給我等新人。」

「沒什麼，小事一樁。把功勞讓給晚輩，也是前輩的本分嘛……謝謝你們。」

「呵，呵，呵，那就讓我等在前輩面前表現表現吧。那麼——此戰只可獲勝，令重裝甲步兵團前進吧。」

「那是什麼啊！半路殺出個程咬金！王八蛋！」

巴布羅睜大眼睛，瞪著壞了他所有好事的闖入者。

沒一件事情順心的，自己怎麼會在這種小村子，跟哥布林的軍隊僵持不下？他已經煩躁到想亂抓自己的頭髮。

如果這是帝國的軍隊，他很樂意命令士兵繼續戰鬥。但對手是哥布林，就算獲勝，又有誰會稱讚自己？

「王子，請准許士兵撤退！」

他用憎惡的目光看向進諫的騎士。

用理性思考，此時的確應該撤退。雖然不知道這麼浩大的哥布林軍隊怎麼會出現在這裡，不過只要將情報帶回去，應該還算立下了一點功勞。

但是連一回合都沒打就夾著尾巴逃走，自己今後想必會得到「害怕哥布林的王子」這個討厭的綽號。

要是打輸了，那就是輸給哥布林的王子。缺乏話題的貴族們一定會四處散播這個傳聞，搞得人盡皆知。不管眼前的哥布林們有多強，沒親眼看到戰況的人才不管那麼多，他們只在乎這是不是一件有趣的八卦。

巴布羅心中臭罵那些在安全的地方嘲笑自己的貴族。

「……不准，繼續戰鬥。」

「殿下！請看那些傢伙的裝備與嚴整的隊伍，一定是與剛才的哥布林同等，或是在他們之上的精兵。我方是以民兵為主，勝算很低，懇請准許撤退！」

不用他說巴布羅也知道，但還是得戰，除此之外沒有辦法能保住自己的名譽，現在只能祈禱那些哥布林是外強中乾。

「蠢貨！放著那支軍隊不管會有多危險，不用我說了吧！現在，王國的軍隊正在開始往卡茲平原移動。要是那支軍隊趁耶．蘭提爾守備薄弱時攻城，你打算怎麼辦！」

「遵……遵命。」

只能先與敵軍交兵一次，如果對手實力跟看起來一樣強悍，就馬上撤退。真正重要的是與帝國的戰爭，巴布羅可不想在這裡吃下大敗仗，這點冷靜思維他還是有的。

士兵們在巴布羅面前整隊，彷彿配合著他們的行動，哥布林們開始進軍。

敵軍的陣型是長蛇，而且是三排縱列。

我軍則以鶴翼對抗。之所以不採魚鱗，是因為想有效運用戰鬥力強的騎兵，而且敵軍的陣型不擅對付來自側面的攻擊。

負責捍衛哥布林軍正面的是重裝甲步兵們，手持大到能遮住自己的巨盾。那整齊劃一的完美行軍就像一堵牆迎面而來，讓巴布羅感受到沉重壓力。

握住馬匹韁繩的手——金屬手套底下的手被汗水弄得溼滑，很不舒服。

持槍的民兵們與持盾的重裝甲步兵開始交戰，我軍要先擋住敵軍的前進，形同壓住長蛇的頭，再讓騎兵從側面突擊。

民兵與重裝甲步兵開始交戰。

然後哥布林的宏亮嗓門一路傳到巴布羅耳裡。

「我等——乃是安莉將軍閣下部屬，哥布林重裝甲步兵團！別以為這點程度就能擋下我等！」

巴布羅沒多餘精神對安莉將軍這個名號起疑，注意力都放在自軍陣型因摩擦歪斜的動作上。

民兵們被敵兵的盾牌推得節節後退，被推得後退的民兵自然而然撞上了後續的同袍，陣型開始崩潰。

布署於左右兩翼的騎兵急忙開始行動，右翼稍微快一點，想從側面攻擊敵陣，然而敵軍側面衝出了白銀光輝裹身的騎兵——騎乘銀狼代替馬匹——總數十七騎展開迎擊。

「安莉將軍閣下部屬，哥布林聖騎士隊。我等忠誠屬於安莉將軍閣下！」

從左翼衝出迎擊的魔獸群，有如奔馳大地的野狼，背上可見哥布林的身影。帶頭前進的是生著翅膀的狼，騎在背上的哥布林發出的怒吼，劃破了民兵的慘叫，飛進巴布羅耳裡。

「安莉將軍閣下部屬，哥布林騎獸兵團來也！」

騎兵們陷入混戰時，只聽見一次又一次的弦音。

一看，幾十隻箭矢如雨一般，驟降混亂的戰場。巴布羅想看清是誰放箭，注視著敵陣。陣勢的第二段行列之中，一群哥布林身穿醒目的鮮紅服裝，手持大弓。他們身軀的左右兩邊體格差距明顯，好像每走一步身體都會傾斜一下。手持一把特別大的弓，引人注目的哥布林張大了嘴。

「安莉將軍閣下部屬，哥布林長弓兵團！你們休想逃離我等的弓箭。」

敵軍的遠距離攻擊還不只如此，從敵陣第三段行列射出了好幾次魔法，在自軍陣型內爆炸，只能慶幸位置在距巴布羅相當遙遠的前方。大朵紅蓮與閃光一同綻放，灼熱烈火化為花瓣颳起風暴，連續發生的爆炸把民兵們吹得遠遠飛去。

施展魔法的，是一群深深壓低連衣帽緣，遮起臉龐的人。他們一隻手拿著長杖，長杖發出不可思議的光輝。

帶頭前進的一人取下連衣帽，露出滿是皺紋的臉龐。

「安莉將軍閣下部屬，哥布林魔法支援團。讓你們知道我等不只能使用強化魔法，弱化魔法與攻擊魔法也一樣在行。」

施展魔法的還不只這支部隊，視線轉向魔法支援團的旁邊，可以看到一支類似的部隊。雖然是只有五人的小隊，但每個人的神情都充滿絕對自信。站在前頭，笑得最目中無人的哥布林扯著嗓門喊道：

「安莉將軍閣下部屬，哥布林魔法砲擊隊。專一強化範圍攻擊魔法的我等，正是哥布林軍當中擁有最強攻擊力的部隊。」

「殿下！」

騎士回到巴布羅的身邊，看到他驚恐的臉色，就知道他想說些什麼。敵軍當中連魔法吟唱者都有，強悍程度等於跳了三級。

「已經到極限了！擋不住了！敵兵殺到這裡只是時間的問題！請准許撤退！」

沒什麼准不准的，即使巴布羅現在命令大家留下來戰鬥，跟自己一起來的貴族們也會爭先恐後地逃命。就算能強迫他們戰鬥，他們也會懷恨在心，成為將來的敵人。

「就這麼辦，還有，命令男爵先逃走。」

巴布羅很想自己第一個逃走，但不難想像這樣做會引來惡評，把自己說成頭一個被哥布林嚇跑的膽小鬼。既然如此，就讓男爵揹這個黑鍋吧。

「遵命！」

騎士才剛跟一旁待命的部下發出命令——

「——哪裡逃。」

身邊傳來一個陌生的聲音，讓巴布羅第一次感覺自己的生命受到威脅。

隨從紛紛拔劍一掃，環顧周圍，只見一群黑衣人從影子中滑了出來。他們都用布遮起了臉，但銳利眼光仍炯炯有神。

「安莉將軍閣下部屬，哥布林暗殺隊。這是潛伏黑暗的我們最後一次現身了。」

還有一個人。

像受到吸引般現身的，是頭戴紅帽，腳穿鐵鞋，手持長鐮刀，有如死神之人。

「安莉將軍閣下部屬，哥布林近衛隊——十三紅軟帽之一。不過，看來大概輪不到我出場了。」

「保護殿下！鳴金撤兵！」

「太天真了。」

影子動了起來。巴布羅看起來就像這樣。

騎士脖子以上的部分瞬時搬家，鮮血有如噴泉。

巴布羅腦子一理解自己現在看到了什麼，立刻策馬飛奔而出。已經沒有多餘精神去想逃跑的順序了，自己現在正站在生死交關的邊際。

後方傳來自稱「安莉將軍閣下部屬，哥布林軍樂隊」的哥布林們播響的太鼓聲，聽著相當煩人。

「……讓他跑了沒關係嗎？」

「這是軍師閣下的命令，軍師說取下王子的首級，會沒機會跟對方和解。」

「哼，那是當然的了。要是安莉將軍閣下死在敵軍手裡，我也會殺光敵軍才肯罷休。不愧是軍師閣下，有遠見。不把敵兵趕盡殺絕，也是這個原因嗎？」

「正是，因為必須讓那些士兵帶王子回他們的都市。我也跟您一樣感到不快，很想讓他們為襲擊安莉將軍閣下的村莊付出代價，但也沒辦法……好了，紅軟帽閣下，我們來處理屍體什麼的吧。」

「說得是，還得替與前任隊長閣下並肩奮戰的英勇戰士們收屍呢。」

4

月光將草原照得白皙明亮，草原的正中央有個軍隊的野營地。不，這裡既沒有帳棚也沒有木頭柵欄，似乎不能稱為野營地。如果要正確形容，應該只是草原上有一支軍隊罷了。

幾乎所有人都一副動彈不得的倦容，躺在草原上。

在呼出的氣息都會變成白霧的冬季冷空氣當中，沒有寢具還能呼呼大睡，可見真的是累壞了。所有人都像斷線人偶般躺在地上，只有一個男人在四處走動。

就是敗軍之將巴布羅。

是該為存活下來感到幸運，還是該埋怨不幸遇到那樣的強敵？

突然出現在卡恩村的哥布林大軍的確是強敵——不，我軍根本不是對手。與敵軍一交戰，巴布羅的軍隊就在一瞬間被擊潰，除了敗逃別無他法。兵士被殺害之迅速，就像溶化一樣。

那些哥布林究竟是什麼來頭？

巴布羅很想弄清楚這一點。

想得到的可能性，是在都武大森林內建立了巨大王國的，哥布林的軍隊。他認為這個王國的軍隊南下遇到他們，是最合理的解釋。與他一同生還的貴族們似乎也得出相同結論，敗逃到此地的半路上，他們好幾次都這樣安慰巴布羅。

有人說是運氣不好。

有人說那支軍隊一定是哥布林當中的頂級精銳。

有人說只要能把那些哥布林的情報帶回去，就已經是大功一件了。

「一群白痴……」

巴布羅握緊拳頭。

輸了就是輸了。的確，那些哥布林是強者沒錯，只要跟他們打過一輪，就會知道巴布羅輸了是情有可原的。

但是一無所知的人聽了，只會覺得巴布羅是輸給哥布林的王子，一定會變成眾人之間的大笑話。

「可惡！可惡！可惡！」

臟腑深處燒起一把烈火。這就是巴布羅之所以跟士兵一樣疲憊，卻獨自一人難以入睡的理由。

一閉上眼睛，就傳來歸返之後，將會在王宮聽見的辱罵與嘲笑。

巴布羅的戰爭已經結束了，他現在這種狀態，是不可能趕赴卡茲平原，參加與帝國的戰爭的。

這時──他感覺到人的氣息。不是來自士兵們躺臥的地方，而是他們一路逃來的方向。是逃得慢的士兵抵達了，還是哥布林的追擊部隊？

巴布羅心中驚駭，移動視線，下個瞬間，表情因不知所措而扭曲。

那人大概發現巴布羅注意到自己了，舉起一隻手，簡單打了個招呼。

「嗨～」

在這種草原的正中央，不知道那人是何時出現的。就在不遠處──大約二十公尺的距離外，有個臉上笑得最適合用天真爛漫來形容的絕世美女。如果是在都市裡，巴布羅一定會盯著她瞧。但這裡是草原的正中央，前不著村，後不著店。

最奇怪的一點，大概是那女人穿的衣服——很像是女僕裝。

如果是全副武裝的女性，還可以猜想可能是冒險者，但女僕裝就太誇張了。

魔物？

他產生了這種想法。有些魔物的外貌非常美麗動人，像精靈等等就是最好的例子。只是對方穿著女僕裝，讓他難以理解。

「你好哩，我來找你們玩了～方便打擾一下嗎？」

「什麼人！」

這種問題擺明了把他們當白痴。

他伸手去握腰上的劍，厲聲質問。

這問題實在很沒意義，但也沒有更好的問題了。對方的存在太過莫名其妙，連該從哪裡問起都不知道。

「我叫露普絲雷其娜，是侍奉安茲大人的一名女僕哩。」

奇怪的女人輕快地舉起手，又打了一次招呼。巴布羅漸漸聽懂了這個女人——露普絲雷其娜所說的意思。

「妳……妳說什麼？」
巴布羅驚愕到甚至忘了把附近的士兵們叫醒。
「沒有啦，沒有啦，現在先別管那個——真是辛苦你們了哩。不過話說回來，那個真的太過分了。跑出那麼一大堆哥布林軍隊，根本就是作弊哩。哎呀哎呀，我也在人類小安背後看到了，嚇得我都驚叫出聲來哩。想不到竟然會跑出那麼多哥布林來——哈，哈，哈！」
露普絲雷其娜發出假惺惺的笑聲。
雖然對方很明顯在挑釁，但現在的巴布羅實在按捺不住情緒。
「所以妳到底來幹嘛的！」
背後能感覺到有人聽見自己大吼而動了一下。
不過話說回來，這女人如果是想襲擊自己，行動方式未免太奇怪了，根本沒必要在他們面前現身。還是說這也是計畫之一，目的是引開他們的注意力？也許她想趁大家聽自己講話時，從背後發動奇襲。
不——自己是第一王子，有很高的價值。
運氣好的話可以談判，壞的話就是人質吧。
不過想跟對方談判，或許是想得太美了。恐怕只能當戰俘了。
巴布羅感到王位離自己更遠了。

話雖如此，真正該受責罰的，應該是不知道那個村子裡有那麼多哥布林，把自己送過去的王國高層吧。

如果成為戰俘，應該也有機會遇到安茲．烏爾．恭。說不定可以將王國的四分之一作為交換條件，請他協助自己成為國王也不錯。

或許這是不幸中的大幸。

巴布羅想著這些可能性。

「哎呀，我來這裡當然只有一個目的啊。」

露普絲雷其娜隔了一個呼吸的時間，然後宣布：

「我是來殺光你們的啦。」

巴布羅眨了好幾下眼睛，然後大叫出聲：

「啊？妳在說什麼鬼話！妳知道我是誰嗎！我可是里．耶斯提傑王國第一王子，巴布羅．安德瑞恩．耶路德．萊兒．凡瑟芙啊！」

「喔，不就是人類嗎，有什麼不同嗎？對我們來說，你們人類都一樣沒價值。啊，我知道你是王子喔。」

「既然如此……我懂了！妳是說要殺光我以外的人吧？我不覺得那是個好主意喔。妳要抓我當戰俘，也得讓哪個人活著帶情報去給父王，不然之後談判時，會有很多麻煩的。」

露普絲雷其娜一臉納悶地偏偏頭。

「不不，你在說什麼啊？我再說一次喔。我說，殺光你們。就是要殺死每一個人，才叫做殺光啊。你是不是腦子比別人小啊？喔～以這層意義來說，或許滿稀奇的，但是不會想要呢。」

「妳才是在胡說八道些什麼！還不懂我有多少價值嗎！我可是第一王子啊！怎麼會想到要殺了我啊！一般都會把我當成俘虜，要求贖金吧！或是威脅交出領土什麼的！拿我當籌碼談判，總比殺了我有利多了吧！」

「……哎呀哎呀，你這人悟性真差耶。」

露普絲雷其娜咧嘴露出令人不舒服的邪笑，然後像講給小孩子聽一樣，溫柔地說下去：

「無比尊榮的安茲．烏爾．恭大人的計畫不需要你，就是這樣。所以我要殺了你，明白了嗎？」

巴布羅無言了。

因為他清楚明白到，露普絲雷其娜並非是在開玩笑，也不是為了誘導思考，而講話嚇唬自己。

他下意識地嚥下一口口水。

「……妳是認真的？真的想殺了我……」

「啊，這副表情不錯哩，我喜歡。你在我心目中的中意等級大幅上升嘍。」

「那——」

巴布羅想用抽搐的臉孔擠出笑容，但露普絲雷其娜一下變得面無表情，告訴他：

「安茲大人給我的敕命，是殺光你們每一個人。因此，我不會讓你們任何一個人活著回去。」

她又馬上變成了半開玩笑的表情。

「所以我想了很多，在想用什麼樣的人對付你們，才能讓你們玩得開心哩。最後——我為你們準備了超酷的對手，最適合被哥布林打個半死的你們哩！」

她一邊唸著「鏘鏘鏘鏘～」一邊舉起手來。只見就像憑空湧出一樣，好幾個黑影從她身後現身。

「這是我請大人召喚的各位紅軟帽先生！」

總共三十隻。

跟那時候看到的軍團極為神似，彷彿以醜惡扭曲過形體的哥布林們現身了。

所有人都戴著鮮紅的尖帽子，腳上穿著鐵鞋。他們手裡握著平斧，沐浴在月光下，彷彿散發出蒼藍冷光。

「敵人來襲！你們在做什麼！快點起來！拿起武器！敵人攻過來了！」

聽到巴布羅的喊叫，士兵們從睡夢中清醒過來，猛然起身，然後在刺眼的月光下凝視著敵人。

「——等級四十三，說真的實在是強過頭了，但圖書館裡沒有更弱的哥布林了嘛。」

士兵們發出慘叫。

跟哥布林進行過地獄般死戰的士兵們，根本提不起鬥志對抗哥布林的同族魔物。

他們沒拿起劍，紛亂四散拔腿就跑。

「不准逃！戰啊！戰啊！戰啊！快保護我啊！」

沒有半個士兵聽從巴布羅的指示，貴族們也一樣，都往自己的馬匹跑去。

「啊哈哈哈！這真是太精采了！竟然以為在這種草原上能跑得掉！啊～超開心的！棒呆了！愛死你們了！」

露普絲雷其娜的嘲笑聲，跟巴布羅心裡想的不謀而合。

存活的辦法只有一個，除了打倒敵人別無他法。

「好像有人以為騎了馬就能得救哩……可以請你們砍掉那些小笨蛋的腳嗎？」

紅軟帽發出尖銳的殺戮歡呼，開始行動。

就像野獸一樣。

他們在抱頭鼠竄的人潮之中穿梭奔馳。

然後——傳出了慘叫。

是一個想騎馬逃走的貴族發出來的。

接著又是好幾陣慘叫。

「數量減少了，可以享樂的時間也變短了……不過，這也是沒辦法的哩。相對地，我可要多找點樂子。雖然我沒有小索那種能力，但我也挺有一套的，就讓你們看一下哩。」

露普絲雷其娜走向拔出劍的巴布羅，步履就像在草原上散步一樣輕鬆。

浮現在那副美貌上的龜裂般笑臉，令巴布羅膽戰心寒。

過了三十分鐘之後，巴布羅才被允許死亡。

第四章　大屠殺

1

兩軍利用紅褐色大地和緩的丘陵排軍布陣，互相對峙。

王國軍將多達二十四萬五千的驚人大軍，分成右翼七萬，左翼七萬，中央十萬五千的兵力，巧妙利用三個丘陵架構陣地。說是陣地，但並沒有用柵欄圍起，而是以鋪天蓋地的大軍所形成。

從最前列開始排成五列的步兵們，舉起必須用兩隻手才握得住的六公尺以上長槍，形成槍林，陣地就是這樣構成的。

這是用來對付帝國的主戰力重裝甲騎馬兵，代替拒馬的功效。之所以不使用拒馬，純粹只是因為要保護這麼大的軍隊，需要的木頭量太多了。不如活用大軍組成槍林比較有效率。

雖說這個陣型的確堅固，能讓敵人不敢輕易進攻，但也有很多弱點。

這是密集陣型，加上拿的武器沉重，頂多只能用來防禦對手的衝殺。因此這種陣型缺乏應對敵人迅速行動的能力，如果帝國射箭或是施展魔法，必定有很多人因此犧牲。不過，王國並不要求他們這些普通農民有更多表現，只要能擋下對手的第一波攻勢就行了。

相較之下，與王國軍對峙的帝國軍是六萬。

比起王國的軍隊，真是少之又少。

然而，帝國軍騎士們沒有一點挫敗感，反而一副目中無人的神態。他們完全不認為自己會輸。

這種自信來自於對個體實力差距的自覺。

但就算是這樣，單純計算起來，兵力差距應該還是相當大。如果是不知疲勞，能永久戰鬥下去的人不在此限，但人類是會累的。只要累積了疲勞，就算能力有差，最後也會被追上。

除此之外，還有一點對王國大大有利。

那就是每一個人的價值。

組成王國軍的士兵幾乎都是農民；相較之下，帝國則是稱為騎士的專業戰士。王國只是讓農民拿起武器，帝國卻是花時間與經費鍛鍊每個騎士。有人死傷時，帝國的損失比較大，因此帝國無法採取暴虎馮河或是犧牲騎士的作戰方式。

如此一來，拿這種只能正面衝突的原野地形當戰場，對王國就會比較有利。

所以帝國與王國的戰爭才會每次都只是小試身手的小規模戰爭。

對帝國來說，只要能讓王國的農民上戰場就達成了目的。他們不會刻意損耗貴重的人力資源，王國也很清楚這一點。

這種彷彿事先安排好的套招，就是帝國與王國的「戰爭」。

王國的大多數貴族心裡都認為，縱使多了個叫安茲．烏爾．恭的魔法吟唱者參戰，這次也一樣只是交戰個幾回合就結束了。在帝國，騎士不只是軍事力量，也是警察機構，是保衛一切治安的力量，白白浪費這種力量甚至可能撼動帝國的根基。

因此，王國貴族都等著帝國先動兵。

按照往年慣例，帝國軍會直接通過王國軍面前，然後撤退，王國再高呼勝利。

每年都是這樣。

然而——

帝國軍按兵不動。

他們從有如要塞的駐紮地出兵，在王國軍面前布下陣勢之後，就再也沒有動靜。簡直像是在等王國主動出擊，或是在等待什麼別的。

「沒有動靜呢，這究竟是什麼意思？」

國王坐鎮的大本營，從十萬五千大軍萬頭攢動的中央軍隊看來，處於稍微偏後方的位置。

在稍微隆起的丘陵上最為安全的陣地裡，待在葛傑夫身旁的雷文侯爵，望著帝國那些文風不動的騎士，低聲說道。
帝國不動，王國也不能動。
王國已經做了槍林陣型，如果主動進攻就太蠢了。過去曾經有些貴族先下手為強，主動攻打帝國，但眨眼間就被殺得屍橫遍野，王國因此損失慘重。
從此以後，王國對帝國的戰術就一直都是組成槍林嚴陣以待。既然對方願意退兵，己方沒必要勉強涉險。
「這個嘛，看起來也像是在等我方行動，不過……」
「最終勸告都做了，現在已經開戰了耶……戰士長——葛傑夫閣下猜得到帝國究竟在等『什麼』嗎？」
三十分鐘前在兩軍對峙的中央地帶，使者已經進行過談判。說是談判，其實不過是提出對方絕不可能接受的條件進行勸告，如同一場兒戲。簡而言之就是偽善，假裝自己慈悲為懷，直到最後一刻都在嘗試迴避戰爭。
談判當然以破裂告終，於是也就開戰了。
按照往年慣例，帝國軍應該會即刻動兵。但這次卻一反常態，始終按兵不動。
「我哪裡猜得到，你知道些什麼嗎？」
「不，我對戰爭這些軍事問題不是很清楚，這方面我全都交給部下處理。」

「我可是深切體會過侯爵的聰明才智，你這樣說聽起來很虛假喔。」
「很虛假……想不到葛傑夫閣下講話還滿直接的嘛。」
「惹你不高興了嗎？如果是這樣的話我道歉。」
「哈哈哈，不，我一點也不在意。比起以前，您現在態度友善多了。」
葛傑夫覺得他話中帶刺，皺起眉頭。
「哈哈哈，您就坦率地接受吧。我是真的不太擅長調兵遣將，沒騙您。我的部下當中正好有人擅長用兵，所以我都交給他。」
「該不會是——在那惡魔騷亂中一舉成名的前冒險者之一？」
「啊……不，不是，他們在那裡。」
雷文侯爵指著的方向，有個五人組成的集團。
所有人都即將步入中年，實力恐怕不比全盛期，不過不愧是前山銅級冒險者，散發出連葛傑夫都不敢大意的氛圍。
「他們是我的親衛隊，在我身邊保護我的安全。」
「有那些高手做護衛，侯爵一定能平安歸返王都……只要不跟那個大魔法吟唱者對峙就行。喔，對了，所以你說的軍師是？」
「是我領土內的平民，葛傑夫閣下不認識他。當一群哥布林襲擊此人的村莊時，此人以大約只有哥布林一半的村民加以擊退，立下功勞，讓我知道了有這號人物。從此以後我就讓他擔任軍隊指揮官，很多事都交給他……令人驚訝的是此人十分優秀，從來沒打過敗仗。我給了他很高的地位，擔任我的幕僚。」

「想不到有這麼一位軍師，能讓雷文侯爵如此讚賞……真想見見這個人。如果是這麼優秀的人物，實在很想把王國全軍的指揮權交給他。」

「如果……把全軍的指揮權交給他，王國軍齊心戮力，一同奮戰的話，應該能打一場讓鄰近諸國說出『里．耶斯提傑王國軍不可小覷』的仗吧……」

葛傑夫與雷文侯爵面面相覷，嘆了口氣，然後疲累地一起笑了。

「但貴族不可能允許平民這樣做的，照目前狀況只是空談呢。」

「在目前派系分裂的狀況下是不可能的吧。」

帝國軍讓各軍團的指揮官擔任將軍，底下又有師團長與大隊長等等，形成相當穩固的組織。

相較之下，王國是由各個貴族自己率兵前來，因此雖然由國王擔任總指揮官，各個部隊卻是照自己或派系的想法在動。

講明了，就是支缺乏統率的軍隊。

即使是身為戰士長的葛傑夫，也不過是受命率領國王直屬的戰士團部隊，並不能命令各個貴族。的確，如果經由國王發出命令或許可行，但很多貴族輕視或是排斥平民出身的葛傑夫，這樣做必定會留下禍根。國王也明白這一點，所以發出敕命時不會讓葛傑夫執行。

兩人為自己與王國的立場沉重地嘆了口氣，然後相視而笑。

這種話題應該選在別的地方談，而不是在兵刃相向的戰場。

「活著回去，又得面對另一種戰場呢。」

「我聽說貴族就是這麼回事，不是嗎？」

「等這場戰爭結束，我會向國王進諫，請國王賜與葛傑夫閣下貴族地位。因為某人一副身為國王佩劍的態度，卻不肯積極接觸貴族社會，讓我相當生氣。」

雷文侯爵雖然半開玩笑地說，看他眼中蘊藏的光輝，卻能看出他是真的在生氣。

擅長隱藏情緒的人對自己坦誠相對，是件令人高興的事，不過負面情緒例外。葛傑夫轉移話題。

「……先別說這個，能不能請那位軍師閣下過來，聽聽他的意見？……找他過來可能很難吧。」

「嗯，因為我把我那邊的本營交給他管了。不知道帝國何時會動兵，我不太想讓他離開本營。」

雷文侯爵雖然說為王國提供協助，但對他來說最重要還是自己的領地，當然會拒絕了。

「唉……雖說每次都是同一套，但我實在不太喜歡這種緊張的氣氛。我並不希望帝國認真起來殺向我軍，但如果想發動攻擊拜託快點，免得害我心情焦慮。」

葛傑夫感覺到王國軍飄蕩著坐立不安的氛圍，先看看是從哪裡來的，然後皺起眉頭。

「……原來如此，有可能是帝國的戰略之一，在等我軍按捺不住採取行動。這麼大的兵力要取得協調，一同行動很難，所以只要其中一支軍隊有點小動作，傳遞到末端就會變成大幅震盪。密集一處的大群動物很難襲擊，但脫序的獵物就很容易咬死了，這就跟野獸的狩獵一樣。」

雷文侯爵表情狐疑地順著葛傑夫的視線看去，看到左翼兵士忙亂的模樣，這才顯得恍然大悟。

「那是……好像是要把後方的士兵移到前列……」

「如果只是重組陣型是不用擔心……」

「那是博羅邏普侯爵的旗幟呢，左翼的大將似乎想親自移動到前列。」

王國將貴族派的人配置在兩翼，中央由擁王派的人固守。

中央的大將是國王蘭布沙三世，左翼大將為博羅邏普侯爵。

「重組陣型把本營擺在前面可是異常狀況啊，您也明白吧，葛傑夫閣下，侯爵是在調動自己屬下的精兵。這場戰爭有很多貴族在看著聽著，只要能在對抗個體力量優秀的帝國騎士時好好表現一番，大家就會說他是擁有王國最強部隊的貴族。」

雷文侯爵用挑釁的視線看向葛傑夫，意思是說：「他們將會獲得比你引以為傲的戰士團更高的評價，你不在乎嗎」。

葛傑夫不可能中他這種激將法。

「戰士團已經受命擔任陛下的貼身護衛，就算帝國發動突擊，沒有陛下的命令，我無意行動，因為沒有什麼任務比護衛陛下平安歸返王都更重要。」

葛傑夫拍了拍腰上的劍。

「不過為了殺退敵軍的氣勢，我可能會獨自出戰。」

「王國代代相傳的四大祕寶之一，剃刀之刃（Razor Edge）嗎……原來如此。」

雷文侯爵的視線上下打量葛傑夫。

不會疲憊的活力護手（Gauntlet of Vitality）、能夠持續治療的不滅護符（Amulet of Immortal）、以最強硬度金屬（精鋼）製成，經過魔化，能夠避開致命一擊的守護鎧甲（Guardian）。最後是只追求鋒利度，就連經過魔化的鎧甲也能像奶油一般切開的魔法劍，剃刀之刃。

「將這一切全數裝備起來的您，如今正是王國的至寶。據說王國原本有五大祕寶，原來從一開始就全都在這了。」

聽到對方將自己比做祕寶，葛傑夫明知這種過分的讚美只是客套話，卻還是無法讓自己不臉紅。

「別這樣誇我了，雷文侯爵。比起我，真正了不起的是陛下。陛下明知將這些祕寶借給平民代表什麼意義，卻還是全部託付給我。」

「說得的確有道理，老實說，我原本以為宣布把這些祕寶借給平民是愚蠢的行為，只會讓許多人脫離擁王派。然而像這樣與您並肩站在戰場上，卻又覺得真是高招，我這人還真是自私。」

「希望我能不負你的期許……」

葛傑夫望著在場的帝國騎士團。

除了三重魔法吟唱者夫路達．帕拉戴恩以外，帝國沒什麼人讓葛傑夫覺得難對付。即使是帝國騎士當中號稱最強的四名騎士，他也有自信能打贏。裝備著這些至寶甚至讓他產生一絲希望，說不定連夫路達都能贏過。

然而，他不認為自己能贏過安茲．烏爾．恭。

他就是無法想像。

不管他如何樂觀，往對自己有利的方向想，都覺得自己會被神祕魔法一擊殺死。

「怎麼了嗎？」

「沒……沒有……」

大家都把自己視為王國最強戰士，若是自己示弱，會有損士兵的士氣。

「呃，沒什麼……只是覺得巴布羅王子很可憐。」

「可憐嗎？……該不會……原來如此，是這麼回事啊。葛傑夫閣下也……原來如此。」

「你想說什麼？」

「沒有，葛傑夫閣下該不會是以為，國王是不想讓王子立功，才把他送去卡恩村的？」

「不是嗎？」

雷文侯爵苦笑了。

「嗯，差遠了。陛下是真的很信賴葛傑夫閣下喔。」

葛傑夫有聽沒懂，一臉狐疑，雷文侯爵解釋給他聽。

「自己最信賴的戰士長對安茲．烏爾．恭抱有最大級的戒心，國王當然也對此人有戒備了。國王不想讓自己的兒子來到這種不知道會有什麼狀況的戰場，就算只能立下微小功勳，也想把寶貝兒子送到安全地帶……這麼多人都把自己的孩子送上戰場，國王卻只想保護自己的孩子，要是以前的我，一定覺得很不愉快。」然後他用為人父親的表情笑了。「但現在我能體會，為了保護自己的孩子，換成是我也會這麼做的。」

「是啊，雷文侯爵，你真的是個做父親的。」

雷文侯爵笑了，葛傑夫很沒禮貌地覺得這笑容實在不像他的作風，但他笑得慈祥快樂又驕傲。

「我是做父親的沒錯啊，我已經跟小孩約好，等這場戰爭結束後要花時間陪他玩，就是這麼一個普通的父親。哎呀，離題了，總之就是這樣……不過，巴布羅王子恐怕不能體會做父親的心意吧。孩子不懂做父母的心情，真讓人有些寂寞。」

葛傑夫不知該如何回答，他沒有小孩，這牢騷對他來說太深奧了。

「對……對了，敵軍有沒有可能派分隊突襲耶・蘭提爾？就算會引來惡評，只要是為了攻陷城池，也許他們什麼都做得出來。」

葛傑夫也覺得自己一答不上來就在轉換話題，不過雷文侯爵配合著他說下去。

「要攻陷那個以三重城牆保護的耶・蘭提爾，不是一件容易的事喔。就算動員帝國軍的其餘兩支軍隊，恐怕也很難吧。我那個軍師也說敵軍不會採用這種戰術。」

「是嗎？比方說可以用飛空騎獸啊，還有，如果帝國祕密成立了另一支軍隊呢？」

「還是沒辦法。總歸一句話，寡兵就是很難占領都市，人數不夠的話是不能控制都市的……我這樣說吧，葛傑夫閣下。想要徹底控制住耶・蘭提爾，有一項必須條件，您知道是什麼嗎？」

葛傑夫坦率地搖頭。

「就是要與王國正面對戰，並且大獲全勝。如果是險勝，統治起來必定難上加難。市民不可能對侵略者表示友好態度，可以想見會有抵抗運動。就算帝國用分隊攻陷了耶．蘭提爾，只要兵士毫髮無傷，就會立刻展開行動搶回來。所以帝國必須大獲全勝，如此一來市民會因為害怕而無法抵抗，也沒有餘力動兵。」

簡而言之，帝國必須在這裡打一場勝仗，而且要大獲全勝，能讓鄰近諸國不敢出手，尤其是王國不能立即出兵奪回國土的勝利。

忽然間，葛傑夫感到所有片段都連接起來了，只是還不能成形。

漠然的不祥預感折磨著葛傑夫。

「怎麼了，葛傑夫閣下？」

「沒有——」

葛傑夫心想，如果把浮現腦海的零碎拼圖全部告訴雷文侯爵，聰明過人的他也許能拼湊起來，但葛傑夫還來不及開口，侯爵已經將臉轉向帝國的陣地。

「葛傑夫閣下，敵軍似乎終於有動靜嘍。」

帝國軍像開路一樣一分為二，葛傑夫看他們的動作，在想也許是要應對王國的左翼與右翼。這時，一面陌生的旗幟在中央高高舉起。

那面旗幟不在葛傑夫的知識範圍內，上面繪有既不屬於王國，也不屬於帝國的奇妙紋章，一個集團舉著這面旗幟前進。

所有人的視線都集中在那個集團上。

接著——葛傑夫心裡一陣發毛。身旁的雷文侯爵看的應該是同一個事物，喉嚨發出咕嘟一聲。葛傑夫因此知道並非自己一個人心裡發毛，舌頭深處產生一股苦味，心臟怦怦亂跳。

那是一支異常的軍隊。

出現的是大約五百名騎兵，以對峙的兩軍來看實在少得可憐。

然而，那些士兵——太不正常了。即使隔著這麼遠的距離，仍然散發出迎面撲來的陰氣。

卡恩村的記憶在葛傑夫腦中鮮明復甦，那時有隻騎士型的怪物，安茲說是自己創造出來的。現在手持巨大盾牌，身穿尖刺鎧甲的相同戰士大約有兩百名。

剩下的也是類似的異形士兵，不過可以看到他們身穿皮甲，腰上掛著斧頭、槍矛或彈弓之類的物體。

如果前者是騎士，後者姑且可稱為戰士吧。

總之不是人類就對了，是一群如假包換的怪物。

不只如此，他們還騎乘著魔獸。那是足以稱為骸骨魔獸的魔物，身上纏繞著搖曳的煙霧代替皮肉。煙霧之中各處閃爍著化膿般的黃色，以及光亮的綠色。

葛傑夫全身冒起雞皮疙瘩。

不妙。

情況不妙。

雖然這種感想實在太缺乏內容，但葛傑夫想不到更好的形容詞。

「……帝國把魔物列入了軍備之中嗎？這真是令人驚愕，雞皮疙瘩都起來了。」

「──不對，不是這樣的，雷文侯爵，你想錯了。侯爵現在感覺到的──身體無意識地起雞皮疙瘩，不是因為這種理由。」

「那是因為？」

看到雷文侯爵一臉不解，葛傑夫斷言道：

「是死亡的危險，人類的求生本能受到刺激了。」葛傑夫從吃驚的雷文侯爵身上移開視線，望著帝國軍。「馬都縮成一團了，連受過訓練的軍馬都感到害怕，不能動彈了嗎……」

「……那些魔物到底是？是帝國的祕密部隊嗎？」

「……不可能，那不是人類能支配並役使的魔物！」

雖不知道魔物的真面目，但出於戰士的直覺，葛傑夫敢斷定。

「不會錯，那一定是……安茲．烏爾．恭的騎兵團！」

「那個！那個！那就是您感到畏懼的魔法吟唱者的軍隊！」

「雷文侯爵！請您盡速召集前冒險者們！問問他們我們該如何行動才是最正確的，請對付過無數魔物，存活下來的他們提供我們智慧！」

「我——」

他大概是想說「我明白了」，但前冒險者們行動得更快，要保護自己的主人。這是當然的了，他們想必比葛傑夫更快感受到對手的強大。

「雷文侯爵！」

騎著馬的前山銅級冒險者們飛馳而來。

「您看到了嗎？感覺到了嗎？」

帶頭趕來的是領隊，火神聖騎士鮑里斯．阿克賽爾森。

聲音中帶有無法隱藏的畏怯之色。

雷文侯爵說不出話來了。葛傑夫很能體會他的心情。

前山銅級冒險者待在有這麼大的軍隊守護的地方，竟然嚇得聲音顫抖。

葛傑夫覺得已經沒時間顧慮禮節了，出聲說道：

「——請問一下！那是什麼？不用寒暄了！請把各位知道的一切立刻告訴我！」

鮑里斯握住掛在脖子上的聖印，彷彿它能保護自己。

「……我沒有確切證據，不過他們騎乘的魔物很可能是傳說級的怪物，名為噬魂魔(Soul Eater)。

這是一種貪婪吞噬活人靈魂的不死者，傳說牠們曾經出現在大陸中央地區，獸人國度的都市中。」

「結果……造成多少被害？」

鮑里斯接著說出的話，聽起來異樣平靜。

「——十萬。」

葛傑夫倒抽一口氣。

「……傳說當時出現了三隻噬魂魔，都市就此毀滅。當地居民有九．五成，也就是十萬人以上因此喪命，這座都市於是成為廢城，被稱為沉默都市。」

沉重的死寂籠罩所有人。

「……而現在有五百隻？」

沒人有力氣回答雷文侯爵的問題。

沉默當中，葛傑夫擠出聲音，開口說道：

「剛才我也說過，我不認為帝國能靠自己的力量支配那樣強大的魔物。就算有那個大魔法吟唱者夫路達．帕拉戴恩大老在，我看也沒辦法。所以——」

不用他說完，雷文侯爵也懂了。

「這……這就是安茲．烏爾．恭的實力嗎？那……那麼，騎乘那種魔物的人究竟又是什麼來頭？」

「這——」冒險者們面面相覷。「——不知道。但有一點是確定的，那就是他們很危險。呃，抱歉，我不該用危險這種模糊的字眼，應該再解釋清楚一點，但我想不到更好的形容詞了。」

「怎……怎麼辦？葛傑夫閣下！」

對於雷文侯爵緊張萬分的詢問，葛傑夫簡潔地回答：

「撤退。」

他們已經明白敵人準備了令人驚愕的軍隊，既然如此，除了逃跑還能怎樣？

「向國王進言，請求撤退——」

葛傑夫沒能把話說完。

因為戴著面具的魔法吟唱者站到了敵軍的最前面，他的右邊有個身穿連帽長袍的小個子，左邊是帝國四騎士中的一人。

即使隔了這麼遠的距離，葛傑夫仍然不會認錯人。

「——恭閣下。」

「那人就是那個大魔法吟唱者，安茲．烏爾．恭嗎！」

「是那個人叫出噬魂魔的嗎？就是他嗎？雷文侯爵，我們——」

身經百戰的勇士咕嘟一聲吞下口水，喘氣似的低語：

「——我們對付的究竟是什麼？」

安茲手臂一揮，彷彿與之呼應，以安茲為中心，突如其來地張開了廣達十公尺的巨大圓頂狀魔法陣。站在他左右的兩人也被包在其中，但看起來沒什麼異狀，看來那魔法陣不會傷害到自己人。

那夢幻般的光景，即使是知道現在情況緊急的人，也不禁看得出神。

魔法陣發出蒼白光芒，浮現出半透明的文字或是符號。文字瞬息萬變，沒有一刻浮現出相同字樣。

王國軍發出驚呼，聽起來毫無緊張感，就像在看一場精采的表演。然而一些直覺敏銳的人，都困惑地四處張望。

「我要回自己的軍營去，已經沒多餘精神去試著交手了。安茲・烏爾・恭的力量超乎尋常，實在不該妄想與那種人交戰。接下來應該盡全力思考如何減少傷亡，回到耶・蘭提爾。請葛傑夫閣下去保護陛下！並且立刻撤退！」

剛才還保持冷靜的雷文侯爵，如今已完全失去鎮定。

「好！我不知道自己能做到什麼程度，總之我會保護陛下的。還有，不要想讓軍隊齊步撤退——」

「當然，必須快馬加鞭地撤退——不對，是敗逃。」

「那麼雷文侯爵，祝你平安無事！」
「您才是，葛傑夫閣下！」
王國的智勇雙雄急忙採取行動，只不過——
——一切都太遲了。

●

沒有。
安茲張開魔法陣的同時，如此判斷。
王國軍當中沒有玩家。
在ＹＧＧＤＲＡＳＩＬ這款遊戲當中，超位魔法的力量強大無比。
因此在大規模戰事中，優先擊潰想發動超位魔法的人，是最基本的行動。
可以使用傳送魔法突擊，用魔法進行地毯式轟炸，或是從超遠距離瞄準射擊，使用諸如此類的各種手段妨礙對手。
然而，這次安茲沒有受到類似的任何攻擊。反過來說，這就證明了ＹＧＧＤＲＡＳＩＬ

玩家不在現場。

安茲不被任何人看到，嘴角在面具底下歪扭成笑容。不過身為骷髏的安茲，是不可能露出笑容的。

帶有些微喜悅的苦笑，充分說明了安茲的內心。

「不用再當誘餌了吧。」

沒遇到ＹＧＧＤＲＡＳＩＬ玩家是件值得高興的事。

安茲在ＹＧＧＤＲＡＳＩＬ玩家當中，並不是最強的存在。人上有人，遇到比自己更強的玩家，安茲恐怕沒多少勝算。遊戲時代的安茲之所以強，是因為知識豐富，跟玩家ＰＫ的話勝算很高，但都是放棄第一次勝負後的連勝。

就善加利用累積起來的情報這一點來說，安茲意外地有一套。不過相對地，也非常容易輸給初次遇到的對手。

頗有自知之明的安茲，感謝老天沒讓自己碰上初次遇到的強敵。

但相反地，也有點遺憾。

看來這次還是找不到對夏提雅進行洗腦，與擁有世界級道具的存在有所關連的人。

安茲心中仍然有那份死纏不休的憎惡，強烈的情感波動會被壓抑，但微弱的情感波動會一直持續下去。

安茲張開手心，露出一個小小的沙漏。

他大可以用付費道具立即發動超位魔法，之所以沒這麼做，是為了當誘餌，確認現場有沒有ＹＧＧＤＲＡＳＩＬ玩家。不過既然沒有，那就沒必要繼續發呆等魔法發動了，張開魔法陣站著發愣太遜了。

與夏提雅交戰時，他沒有多餘精神。

蜥蜴人那時候用的不是攻擊魔法。

那麼——

「真令人期待，是啊，太期待了。」

——接下來施展的超位攻擊魔法，會對王國軍造成什麼結果呢？

這個魔法在ＹＧＧＤＲＡＳＩＬ時代不算太強，但在這個世界不知道能做出多大效果。

無意間，安茲皺起了不存在的眉毛。

接下來將會有大量人類死亡，自己卻絲毫沒有憐憫或其他感受，讓他覺得自己有點可怕。甚至連踩死螞蟻的那種殘酷想法都沒有，真的——真的什麼感觸都沒有。

只有想看到自己行動結果的欲望，以及這項行動能讓自己——進而對隸屬於納薩力克地下大墳墓的人們得到多少利益。

安茲握緊了手。

沙子從握碎的沙漏中灑落，呈現出不同於風向的動作，流散到安茲周圍張開的魔法陣裡。

然後——超位魔法即刻發動。

「黑暗豐穰之獻祭（Iä Shub-Niggurath）」。

一股黑暗氣息，吹過剛剛才改變好陣型的王國軍左翼陣地。

不，並非真的有風吹過。事實上，平原上的雜草，以及那裡的王國士兵的頭髮都完全沒被吹動。

只不過，在那裡的王國軍左翼七萬人馬。

他們的性命當場全數——遭到剝奪。

2

發生了什麼事？

沒有任何一個人能即時理解。
構成王國軍左翼的所有生物——不只人類，馬匹也是——突然像斷了線般倒臥大地。
最快理解狀況的，是與之對峙的帝國軍。
眼前發生的難以置信的狀況，讓大腦慢了幾拍才做出結論，接著喧嚷聲化為異常巨浪，籠罩了整個帝國軍。
沒錯，在安茲．烏爾．恭張開魔法陣的時候，他們就知道他打算施展某種魔法。
然而——誰能料得到呢？
誰能料到他會發動這麼可怕的魔法？
誰能料到他發動的魔法，能瞬間屠殺七萬——比在此參戰的帝國軍總數更多的人數？
帝國的騎士們一邊懷疑自己的眼睛，一邊向自己相信的某些事物祈求。
祈求王國的那些人沒死。
祈求這世上沒有那麼可怕的魔法。
當然，只要目睹眼前發生的事實——到現在沒有一個人試著爬起來——就會知道那不過是痴心妄想。
即使如此，感性仍然無法接受，不願意承認事實。

就連身為帝國的最強戰士之一，四騎士中的寧布爾，也因為過度恐懼而嚇得牙齒格格作響，看著化為無人陣地的王國左翼。

沒有一個人站著的事實，實在太過，太過，太過可怕了。

不，沒那麼簡單。

安茲．烏爾．恭，這個魔法吟唱者——是僅憑自己一人，就能把人類建立的小小國家如沙堡般輕易摧毀的怪物。

眼前現象讓人強烈體會到這項事實，勝過千言萬語。

籠罩帝國軍的喧嚷聲如退潮般逐漸消失。最後所有人都閉上嘴，不發出任何聲音了。

只剩下寂靜的帝國軍陣地響起奇妙的聲音，太多聲音重疊，聽起來甚至顯得吵雜。那是各隊騎士的牙齒互撞的聲音。

所有人理解到家人生活的我等祖國，也跟王國一樣站在滅亡邊緣的恐懼。

如果與安茲．烏爾．恭為敵，就等於那種魔法將會用在自己身上的話——

寧布爾在這種狀況下忽然想到，施展了那樣凶猛的大規模殺戮魔法，非我族類的魔法吟唱者會擺出何種態度？

他臉部維持不動，只側眼偷瞄了一下身旁的怪物安茲，看到他一副平心靜氣的樣子。

（太離譜了，太離譜了。他這……奪走了七萬人的性命！怎麼還能無動於衷！的確，這裡是戰場，是殺人的場所，奪走弱者的性命是理所當然。但就算如此，殺死了那麼多人，難道不應該有任何一點感觸嗎！）

照一般人的心態，應該會後悔或產生罪惡感。如果感到愉悅或歡喜，也還能把他理解成狂人。

然而——

（什麼感覺都沒有，是為了保護自己內心的防衛本能嗎？不對，對這個，對這個怪物來說，這種光景他看慣了！他心中甚至沒有人類踩死蟻群時興起的憐憫，或是陰沉的喜悅。這是什麼？真要命……為什麼人類的世界會出現這種人……）

「——怎麼了？」

「噫嗚！」

就像冰冷的鋼鐵打進體內一樣，聽到對方問話，寧布爾不由得蠢笨地叫了一聲，趕緊佯裝鎮定。

「沒……沒有。真……真是一場精采的魔法。」

他很想稱讚自己竟然還說得出話來，而且還是對安茲的讚美，實在值得大大褒獎一番。

「哈哈哈——」

寧布爾拚了命的讚美，得到的回應是一陣輕笑。

「我……我說了什麼失禮的話嗎？」

「不不，你誤會了。你說真是一場精采的魔法，對吧？」

「是……是的。」

那是值得嘲笑的地方嗎？汗水沿著寧布爾的額頭流下。寧布爾已經親眼目睹惹惱此人會有多可怕的後果，不想讓他有任何不高興。

「別這麼緊張，只是……我的魔法還沒結束喔。接下來才是重頭戲，獻給黑暗豐穰母神的禮物，將會得到幼仔們作為回禮，可愛的幼仔們。」

沒錯——

如同成熟果實回到大地——

●

最早注意到「那個」的，又是帝國的騎士們。

從最安全的遠處看著戰場的騎士們，自然是第一個發現者。正因為他們認為自己安全無虞，才能即使是憑頭盔隙縫的窄小視野也能發現那些存在。

死亡漩渦奪去了王國士兵的生命後，他們發現天空中出現了彷彿要汙染世界的可怖漆黑球體。

那麼，王國的士兵當中，是誰第一個注意到呢？雖然不確定，但很可能是視野不遼闊的右翼士兵。他們即使察覺到情況有異，卻不知道發生了什麼事，舉目四望的結果，才發現了那個。

像是被引誘一般，發現者身旁的士兵，以及他們身旁的士兵也接二連三地注意到了那個。就這樣，欲在卡茲平原開啟戰端的所有人類，只是沉默地眺望浮在空中的球體。

恍如空中開了個洞的球體好似張開了蜘蛛網，一旦被它吸引了目光，就再也無法轉移視線。

黑色球體徐徐變大。

要逃還是要戰？沒人能做這種建設性的思考，只能像個白痴一樣望著那個發呆。

最後——碩大的果實落地。

好像理所當然似的，掉落的球體一碰到大地就裂開了。

如同水袋摔在地上破開，又像熟透了的果肉爆開。

以掉落位置為中心，盈滿其中的物體呈現放射狀擴散開來。那看起來就像煤焦油，完全不反射光線，彷彿黑暗無限延伸的黏稠液體。這種液體逐漸覆蓋斷氣的王國士兵。

也許是一種異常的直覺起了作用，沒有人以為這樣就結束了。

他們有預感——更嚴重的事態現在才要開始。

沒錯——絕望正要開始。

從黑色液體擴散的大地，冒出了孤伶伶的一棵樹。

不，那才沒有樹木那麼可愛。

原本只有一棵，逐步增加了數量。兩棵，三棵，五棵，十棵……沒起風卻搖曳著的這些物體，從那裡長出來的——是觸手。

「咩————————！」

突然間，傳來了可愛山羊鳴叫般的聲音。而且不只一聲，就像一群山羊不知道從哪裡冒了出來。

宛如被那聲音牽引著，煤焦油鼓起蠕動著，某種東西像是噴發般現身。

那東西實在太異常，太怪異了。

身高應該有十公尺吧，若是連觸手一起算進去，不知道會高達幾公尺。

外觀像是蕪菁，好幾根黑色觸手代替了葉片，塊根部分是布滿疙瘩的肉塊，下面是有如黑蹄山羊的五條腿。

根部——肥碩而布滿疙瘩的肉塊部分產生了裂紋，很快地剝裂開來，而且是好幾個地方同時進行。接著——

「咩————————！」

可愛的山羊叫聲，從裂紋中洩漏出來。那是滴滴答答淌著黏液的大嘴。

這種生物一共有五隻。

牠們在卡茲平原上的所有人類面前，顯露出可怖的完整身形。

黑山羊幼仔。

這是與超位魔法「黑暗豐穰之獻祭」造成的死者人數成比例出現的魔物。牠們雖然不具有強大的特殊能力，但耐力出類拔萃。

而牠們的等級——超過九十。

這正是一場殘虐風暴。

除了山羊可愛的……可愛到令人噁心的叫聲之外，聽不到其他聲音。所有人只是無法相信眼前進行的狀況，不願意承認事實，而變得一語不發。即使聚集了遠超過三十萬的——雖然存活者只有二十三萬五千——人群，卻沒有一個人能發出聲音。

在這狀況當中，安茲開心地笑著。

「太棒了，這可是最高紀錄。我看就算找遍古今中外，也只有我能召喚出五隻來喔。這真的太厲害了，我得感謝那麼多人為我而死才行。」

一般來說，能召喚一隻黑山羊幼仔就不錯了，很難得才能召喚兩隻。

然而這次可是五隻。

如同遊戲玩家享受自己創下的紀錄，安茲也為這項新紀錄由衷感到高興，幾萬名死者的事根本無關緊要。

「不過……其實應該再多出現一點的……難道說五隻就是極限了？如果是的話，這就是最大值了，豈不是很厲害嗎？」

「恭喜大人！真不愧是安茲大人！」

受到馬雷的讚美，安茲在面具底下露出笑容。

「謝謝你，馬雷。」

接著，安茲把臉轉向寧布爾，把他嚇得一震，又哭又笑地開口讚美：

「恭……恭喜閣下。」

「謝謝。」

安茲心情愉快地回答。

寧布爾由衷的感動表情，觸動了安茲的心弦。

然後，他想起自己還是ＹＧＧＤＲＡＳＩＬ的玩家時，初次看到「黑暗豐穰之獻祭」的時候，也體驗過相同的感動。

（誇張的魔法或是驚天動地的魔法，能夠震撼非常多人的心靈。不愧是在ＹＧＧＤＲＡＳＩＬ也特別受到歡迎的魔法，我說要發動這個魔法時，雅兒貝德與迪米烏哥斯也都讚不絕口呢。）

帝國陣地中開始傳出鏗鏘鏗鏘的聲音。

那是鎧甲的摩擦聲。

士兵們都在發抖。又有誰能取笑他們呢？

聽到魔導王才剛發動了那樣可怖的召喚魔法，還能發出那麼開朗的聲音，沒有人能不起雞皮疙瘩。

在場所有帝國騎士都是同樣的想法。

只希望安茲．烏爾．恭的殘忍力量不要落到自己頭上。

那副模樣就像在對神祈禱。

背後一身承受著士兵們的懇願，安茲開始進入下一階段。雖然他覺得已經做出了足夠的結果，不過他抱持著輕鬆的心情，覺得或許再多殺一點比較好。

這次的目的是行使超位魔法，向各國宣傳安茲．烏爾．恭的強大力量。

就這點來說，目的已經達成。不過就這樣把魔法消掉太可惜了。

對，太可惜了。

安茲嗤笑著。

如果有舌頭的話，想必已經伸出舔嘴了。

這是出於在YGGDRASIL時辦不到的，一次役使多達五隻黑山羊幼仔的喜悅。

「——嗯，就試試吧。開始追擊吧，可愛的山羊幼仔們。」

接受了召喚者安茲的命令，黑山羊幼仔們慢慢動了起來。

五條羊腿以異常的動作，開始敏捷地挪動。那動作與其說是優雅，倒不如說卯足了力，或許看起來還蠻溫馨可愛的。

只要不是落在自己身上的話。

輕盈地挪動龐大身軀，五頭黑山羊開始奔馳，直接衝向王國的軍隊。

「對了，有三個人——不，是四個人不可以殺，切勿傷了他們。」

想起迪米烏哥斯請求自己留下活口的三人，安茲在腦中——雖然他沒有腦子——對黑山羊幼仔們下命令。

●

「這是在作夢吧？」

遠遠眺望著異形魔怪，一名王國士兵低聲說道。然而沒人回答他，不可能回答得了。大家都被眼前擴展開來的光景吸引了目光，沒多餘精神回答，就像靈魂被勾走了似的。

「欸，這是夢吧？我是在做夢對吧？」

「是啊，是最可怕的惡夢。」

他問第二次時，才終於有人回答，聲調聽起來有一半在逃避現實。

不可能。

我不想相信。

士兵之間蔓延著這種情緒，面對慢慢變大——逐漸靠近的異形存在，不願意接受事實。

如果這只是普通的魔物，他們或許還能拿出勇氣揮動武器。然而在對手瞬間殺害了一翼七萬軍士之後出現的魔物，不可能只是普通魔物。就像目睹了席捲而來的巨大龍捲風，沒有一個人能拿出勇氣挺身而戰。

巨大的怪異存在，靈巧地挪動牠們又粗又短的腿，迅如閃電地衝刺過來。

「居起槍啊！」

傳來了聲音。

一個貴族用走音的尖叫聲嚷著，眼睛布滿血絲，嘴角冒泡。

「拿……拿舉槍啊！還要活就居槍啊！」

雖然他嚇得精神失常，語無倫次，但士兵勉強能猜出他是在說「舉槍」，也知道這是最正確的命令。

士兵們像被電到般一齊舉槍，形成槍林。

他們將槍柄尾端固定在地上，只要對手衝刺過來，本身的速度就會反成為武器，刺穿自己的身體。

這種陣型即使是帝國騎士也很難突破，然而他們腦中冷靜的部分，卻覺得手裡拿著的渺小槍矛似乎毫無意義，但又覺得除此之外沒有活命的辦法。

以異常速度越變越大的怪物不斷逼近，想用跑的逃走幾乎是不可能的。一旦逃跑，只會從背後被那巨大羊蹄踩扁。

他們不斷祈求魔物不要到自己這邊來，並準備阻擋牠們的突擊。

原本看起來小小隻的魔物，以令人毛骨悚然的速度越變越大——拉近距離。

隨著牠們的變大，隨著大地傳來震動，士兵們的心臟越跳越快。最後，當心臟跳到快要破裂之時，龐大身軀衝到了眼前。

那就像是巨大砂石車闖進一群老鼠之中。

在王國軍這邊，數不清的士兵抖著手舉起槍矛。然而對於巨大而擁有強壯肉體的黑山羊幼仔們而言，這樣做又有什麼意義呢？槍矛比牙籤更輕易地被折斷，無法對黑山羊幼仔留下半點傷痕。

黑山羊幼仔的龐大身軀，踏進王國的士兵之中。

無數化為碎片的槍矛在空中飛散。

黑山羊幼仔雖然踐踏著稱不上抵抗的無謂抵抗，但還是有慈悲心的。

沒有痛苦。

壓倒性重量的衝刺讓人無暇感到疼痛。

舉槍的士兵們根本沒機會察覺自己手中的槍被巨大身軀踩碎的瞬間，只知道黑影覆蓋了眼前。

慘叫，慘叫，又是慘叫。

肉片飛上半空，而且不是一兩個人，甚至不是幾十人，是超過百人。他們被大腳踩爛，被揮舞的觸手打飛——不對，是彈飛。

管他是貴族還是農民，一旦化為肉片就都不重要了。

不管故鄉有家人還是朋友，有誰盼著他們回去，一旦變成地面的汙泥就都不重要了。

大家都一樣得死。

大腳踩爛了無數人類，是不是就滿足了，願意停下來了？不。

黑山羊幼仔們跑著。

沒頭沒腦地跑著，在王國軍隊中沒一刻停下來，到處亂衝。

「呃啊啊啊啊啊啊！」

「喔噗喔喔喔！」

「停下來啊啊啊！」
「救命啊啊啊啊啊啊！」
「不要啊啊啊啊！」
「嗚哇啊啊啊啊啊！」
每當大腳一踏下去，就聽見慘叫連天。黑山羊幼仔們的粗腿踩死人類的聲音，還有嬉戲般亂甩的粗壯觸手彈開人體的聲音。
人一輩子沒機會聽到一次的聲音接連響起。
蹂躪。
還有其他更好的字眼能用來形容這片景象嗎？
幾個人拚命刺出槍矛，槍尖確實命中了身軀龐大且無意閃躲的黑山羊幼仔。然而槍矛絲毫沒能陷進那肉塊般的身體，簡直像是厚重的橡膠皮膚與鋼鐵肌肉的團塊。
黑山羊幼仔對這些無謂抵抗甚至沒有嘲笑，只是不斷前進。
在他們明白再怎麼拚命攻擊也沒用前，黑山羊幼仔們一口氣衝進中央軍的正中央附近。
「撤退！快點撤退！」
遠處傳來了尖叫，聽到那聲音，所有人拔腿就跑，那就像是小蜘蛛四散般。然而，黑山羊幼仔比人類快多了。

咕喳。咕喳——

咕喳。咕喳——

咕喳。咕喳——

咕喳。咕喳——

咕喳。咕喳——

只有人類被踩死，變成肉塊的聲音不絕於耳。

●

宛如走在無人的荒野上，三頭怪物橫越中央軍，一邊掀起漫天血肉一邊接近右翼，再過不久就會靠近雷文侯爵的軍隊了。

「撤退！快撤退！」

雷文侯爵慘叫般的大聲嚷嚷。

不可能對付得了那種怪物。

不該白白浪費性命。

聽了雷文侯爵的話，周圍的士兵們都扔下武器慌忙逃命。

然而他們人數太多，無法自由行動。

他原本想稍微保持紀律撤退，這是為了戒備後方的襲擊，結果卻因此浪費了時間，真是失策。

「安茲・烏爾・恭……竟然是，竟然是這麼可怕的存在，這麼可怕的魔法吟唱者！」

自己太小看他了，不，自己並不是有意小看他。

雷文侯爵聽了葛傑夫・史托羅諾夫的那些話，已經把對手放在自己所能想像的最高位置。然而即使如此，還是太小看對手了。

那人太超乎想像了。

這世上有誰能料到，安茲・烏爾・恭的力量有這麼強大？誰會知道世上存在有這麼可怕的力量？

看著拉近距離，徐徐變大的怪物，雷文侯爵喊叫著命令周圍的士兵們。

「這個戰場已經淪為虐殺之地了！總之快逃就對了！」

「侯爵！」騎兵摘下頭盔喊著：「國王呢！國王要怎麼辦呢！」

「笨蛋！沒時間想那種事了！侯爵！怪物要來了！」

聽到叫聲，雷文侯爵視線轉回來一看，只見怪物正開始蹂躪兵士爭先恐後地逃竄而逐漸崩潰的右翼。怪物好像是一直線往這邊跑來，但與其說是盯上了雷文侯爵，倒比較像是隨便亂跑的結果。實際上，其他黑山羊幼仔都離雷文侯爵的所在位置很遠。

「國王人在何方！」

「那邊！」

往士兵指的方向一看，只見王室旗飄揚的位置，已經有一頭黑山羊幼仔急速進逼。

雷文侯爵猶豫了，如果去救駕，會有什麼結果？但是在王國目前的狀況下，一旦失去蘭布沙三世，有可能造成王國瓦解。

不過——

「交給葛傑夫閣下！」

雷文侯爵很信任葛傑夫。

他是王國真正引以為傲的戰士，雖然就算是他想必也贏不了那種黑山羊魔物，但至少一定可以把國王帶離這個地獄般的世界。

「雷文侯爵！情況危急！請侯爵快逃！」

雷文侯爵屬下當中最值得信賴的前山銅級冒險者的叫喊，打消了他的猶疑。

「——侯爵！」

那已經不是叫喊，是慘叫了，雷文侯爵吼回去：

「我知道！逃吧！」

事到如今——怪物已近在眼前，不用再說撤退這種好聽話了。

「軍隊就讓在下來整合吧！請侯爵盡快離開此地，前往耶．蘭提爾！」

看似睡眼惺忪的男人如此吼叫，此人雖然相貌平平，卻沒有人比他更會帶兵。

「交給你了！我的名字隨你使用，責任我來扛。」

羊蹄聲近了，雷文侯爵害怕得不敢回頭，踢馬腹的腳也就更加用力。然而，馬匹動也不動，踢得再用力也不動，耳朵貼平，維持著不動姿勢。

這時，在大混亂當中，一群馬匹踹飛著別人衝了過去。騎馬的人拚命抓著馬的身體，似乎沒有多餘精神去握韁繩。

諷刺的是，習慣戰場的軍馬嚇得不敢動彈，未經訓練的馬則因為陷入恐慌而失控。

「想不到訓練反而收到反效果！」

馬本來是一種膽小的動物，經過訓練，才能成為不怕上戰場的戰馬。但正是因為這樣，才會變得無法動彈。精神上已經超出容許範圍了，但還沒忘記不准逃跑的訓練。

「非常抱歉！『獅子心(Lion's Heart)』！」

風神神官約蘭．迪克斯戈多對馬施加抗恐懼的魔法。馬匹恢復鎮靜，咈咈地叫了一聲。

「雷文侯爵！那麼由我們為您引路！」

「拜託了！」

背後聽到有人說「一路小心」，雷文侯爵在前山銅級冒險者們的保護下，開始策馬奔馳。

騎馬穿越因混亂而失去軍紀的暴動人潮，是非常困難的一件事。然而他們就是辦得到，因為他們是接近人類最高水準的山銅級冒險者。

一行人巧妙穿梭於人潮之間前進。

「那個可惡的怪物魔法吟唱者！那種人怎麼能待在人類的世界啊！」

在隨著馬匹飛奔上下起伏的視野裡，雷文侯爵忿忿地咒罵安茲。

「混帳！得想想辦法才行。得想想如何保護人類的世界——保護未來！」

他因為害怕而不禁喃喃自語，若是不說些什麼，不找點什麼分散注意力，他那清晰的頭腦，會因為逼近自己的危險而忍不住想像各種惡夢。

等回去之後，必須跟王子（賽納克）還有公主（拉娜）會面，找出對抗那個超人魔法吟唱者的對策。

再這樣下去，所有人類將會被支配——如果只是這樣還好。最壞的情況是人類淪為安茲·烏爾·恭的玩具，被凌虐到壽命結束的那一刻。

馬匹奔馳的蹄聲當中，傳來充滿緊張感的咂嘴聲。

「糟了！雷文侯爵！請一邊跑一邊讓馬匹慢慢往右方移動！要追上來了！」

「那個看起來沒長眼睛，怎麼會看到我們啊！」盜賊洛克麥亞喊道。「倫德，有沒有什麼魔法啊！」

「沒有！你以為那種怪物會怕什麼魔法嗎，洛克！」

「就算是這樣還是得——」

「住手！非到緊要關頭不要出手！也許只是正好跟我們跑同一個方向！雷文侯爵！請跑到我們前面！就這樣往旁邊跑！」

他們的聲音在發抖。

雷文侯爵聽從指示，讓馬跑在一行人的最前面，往逃跑人數較少的方向奔馳。

彷彿要握碎怦怦跳動的心臟，極近距離內傳來黑山羊幼仔的叫聲。

「咩————！」

——很近。

雷文侯爵的額頭流下瀑布般的冷汗，他怕得不敢回頭，但彷彿感到後方吹來一股微溫的空氣。

然後他再度聽見——

「咩————————！」

「可惡……！不行了！完全是追著我們跑！……大家都做好覺悟了吧！」

領隊鮑里斯的呼喚，得到魔法的發動作為回答。

「『鎧甲強化（Reinforce Armour）』。」

「『增強低階臂力（Lesser strength）』。」

「好！那麼！雷文侯爵！我們迎擊那個怪物！請侯爵千萬不要回頭，只專心讓馬奔跑就好！」

對於克服了恐懼的他們，雷文侯爵現在該說的，只有一句話。

「……拜託了！」

「是！我們上！」

「喔喔！」

聽聲音就知道自己與後方前冒險者們的馬拉開了距離。

雷文侯爵壓低了臉，維持盡量減少風阻的姿勢。雖然不知道他們能爭取多少時間，總之自己必須頭也不回地逃跑——只有生還，才能報答他們的忠勇。

「看我炸飛你！『火球』！」

「『不落要塞』！」

任憑馬匹奔跑的雷文侯爵耳裡，聽見了像是前冒險者們迎戰魔物的聲音，逆著呼嘯吹過臉旁的風傳來。

然而——兩秒後就再也聽不到前冒險者們的聲音了。

只聽見巨大羊蹄的踏步聲。

撲通！心臟重重地響了一下。

壓低的視野裡——看到地上映照的影子，雷文侯爵死命忍著不叫出聲。

他發現自己的——自己疾馳的腳下有個巨大黑影，並且看出那黑影中伸出一根又粗又長的物體。

「不……」

馬發瘋般狂奔，已經比雷文侯爵操縱得還快，恐怕是這匹馬有生以來最快的速度。即使如此，那影子還是在地上。

「不要啊！」

那是尖叫，連他自己都沒想到會叫出聲來，而且非常大聲。

胯下流出溫熱的液體。

雷文侯爵睜大雙眼，但仍然不敢往後看，繼續讓馬奔跑。

自己還不能死，王國會變成怎樣都無所謂，國家要毀滅就讓他去毀滅吧。

如果跟安茲・烏爾・恭敵對就代表死亡，他願意捨棄這個國家逃走。

真蠢。

自己真是蠢到家了。

竟然跑來這種戰場，真是蠢斃了。

既然早就知道安茲・烏爾・恭擁有驚人的力量，應該想盡辦法待在王都的。

幹嘛去想什麼王國的未來。

「不要啊！」

自己還不能死。

在那孩子長大之前，自己還不能死。而且——也不能拋下心愛的妻子死去。

「不要——」

雷文侯爵的眼前浮現出小孩的模樣。

是他的寶貝兒子。

誕生的小小生命，想起他日漸長大的模樣。兒子還生過病，那時候自己把家裡鬧得雞犬不寧，對妻子發瘋般大叫大嚷，弄到她拿自己沒轍，現在回想起來真是丟臉。

那粉嫩的小手，薔薇般的臉頰。長大之後，一定會成為王國的話題人物。雷文侯爵堅信兒子比自己更有才華，小小年紀就已經微露鋒芒了。

妻子說誰都覺得自己的孩子最好，才沒有那種事。

雷文侯爵真心感謝自己的妻子，生下了這麼可愛的孩子。只是他怕羞，不常說出口。

他甚至在想差不多可以生第二個了。

自己實在不該來到這種戰場，真希望能親手抱緊他倆——

「——咦？」

蹄聲停止了。

雷文侯爵並非憑著勇氣，只是出於好奇心回頭一看，只見黑山羊幼仔像是凍結了般，停止了動作。

3

他不知道自己身在何方，簡直像被扔進了惡夢的世界。

帝國四騎士——巴哈斯帝國最強戰士的稱號，如今淺薄得令人驚訝。

拿那種東西引以為傲的自己，是多麼渺小且可悲的生物啊。擺在眼前的衝擊就是有這麼大。

寧布爾的耳朵聽見壓低的哭聲，是那些恐懼與不安突破臨界點的人發出的嗚咽。簡直就像小孩——不對，是精神退化到小孩程度的人沉痛的悲泣。哭泣的是帝國騎士，而且是大多數的人。

他聽見「快逃啊」的哀求聲。

那是一群人發出的祈禱聲，可憐被眼前上演的殺戮慘禍吞沒的人們。

王國軍的嚴重慘劇，讓身為敵方的帝國騎士們祈求著。

祈求他們能逃一個是一個。

他們是來廝殺的，然而，面對那樣的殘殺場面，任何人類都會心生同情而產生動搖。面對這個狀況還能無動於衷的，只有人面獸心，人類以外的存在。

況且，寧布爾與帝國騎士們都察覺到，這絕非事不關己。

把帝國與王國分開來想，災難是發生在他們那一方。然而如果分成人類與怪物，也可以說災難是發生在自己這一邊。

帝國騎士們是將王國士兵當成了自己人，為他們的悲劇落淚。

「好，差不多了吧。」

對安茲的低喃做出反應，所有視線聚集到他身上。

人數多達六萬人，那音量並沒大到能讓最角落的人聽見。但是他們知道身邊有人轉動了臉，而那臉是對著安茲．烏爾．恭，自己當然也會跟著轉頭。

因為任誰都在害怕眼前惡夢的始作俑者——安茲．烏爾．恭的一舉一動。

安茲慢慢取下面具。

無皮無肉的白色頭蓋骨暴露出來。

若不是在這種狀況下，也許他們會以為面具底下還戴了別的面具。然而，包括寧布爾在內，恐怕帝國所有騎士都立刻理解了。

理解到這是他的真面目，安茲．烏爾．恭是個怪物。

因為他們早有預感，認為能行使那樣巨大力量的存在不可能是人類。

安茲慢慢張開他的雙臂，如同擁抱朋友——如同惡魔張開翅膀，看起來甚至整整大了一圈。

寂靜——遠方傳來王國兵士的慘叫，只有安茲沉著的聲音格外響亮。

「——喝采吧。」

寧布爾不懂安茲在說什麼，張著嘴巴凝視著他。

聽得見他講話的所有人似乎都是如此，隨著竊竊私語像傳話般把安茲所說的話傳出去，視線的數量也越來越多。

當所有人的視線聚集在自己身上時，安茲只是重複了一遍：

「為我至高無上的力量喝采吧。」

第一個拍手的，是站在安茲身旁，與寧布爾相反位置的馬雷。就像被這拍手聲搖醒，零零落落的掌聲，變成了雷鳴般的喝采。

當然，沒有人是真心喝采。

他們才不想拍手讚賞做出那種殘酷殺戮行為的人，那不是戰爭，是屠殺，大屠殺。

然而，不可能有人說得出這種話來。

如雷的掌聲，顯示了所有騎士的恐懼。

響亮無比的如雷喝采繼續升溫，變得更為熱烈。

因為有一頭黑山羊改變前進方向了，而且是朝著帝國軍而來。

配合著拍手，傳出了吶喊般的歡呼聲。

那是帝國騎士們讚揚安茲·烏爾·恭的喊叫，是喊到喉嚨流血的尖叫。

然而，黑山羊沒有停止步伐。

所以騎士們發出了更大的聲音，他們以為是這點程度的聲音不能令安茲滿意，黑山羊才會繼續前進。

——然而，牠還是沒有停下來。

——所以，繃緊的線斷開了。

第一個有動作的不知道是誰，也許只是一個騎士抖了一下，然而盈滿的恐懼就這樣輕易爆發了。

「噫呀啊啊啊啊啊啊啊啊！」

破膽喪魂的尖叫從帝國陣地內的各處響起，帝國軍產生了動搖。

蹂躪過王國軍的其中一頭怪物進逼而來，這種異常事態嚇壞了一些騎士，寧可捨棄動彈不得的馬也要逃命。剛剛才看過那場彷彿地獄的光景，再怎麼缺乏想像力，也會認為下一個就輪到自己與同伴了。

然後——恐懼是會傳染的。

起初不到一百的逃跑人數，每秒鐘都在大幅增加，最後達到整整六萬。

——沒錯。

帝國全軍陷入恐慌，軍隊紀律完全崩潰。

他們逃之夭夭的模樣實在太難看了。

騎士們當然也受過撤退的訓練，然而，現在已經沒多餘精神維持紀律了。他們只想盡早逃離現場，盡快逃到安全的地方，使盡全力推開前面的同袍也要奔跑。

被人從後面使盡全力一推，就無法避免踉蹌摔倒。而一旦摔倒在地，受到恐懼驅策的後續逃兵，就不可能給他們爬起來的機會了。

跌倒的人被後面跑來的人群踩爛。

就算穿著金屬鎧也沒用，別人也一樣穿著金屬鎧。用不了多少時間，這些人就變成了鋼鐵與血肉混合的團塊。

到處都在發生這種光景。

帝國軍不是與敵人廝殺造成傷亡，而是自己不斷增加死傷人數。

寧布爾不知道該怎麼辦，一籌莫展。

他自己也很想逃命，但他不能這樣做，況且也不是所有騎士都逃走了。

環顧軍陣，只見寥寥無幾的——騎著馬不動的一些人還在那裡。

那些人不是嚇得不敢逃走，是被人類無法對抗的壓倒性力量迷住，而興奮忘我。

看到巨大龍捲風往自己這邊前進，一般人一定會想馬上離開。然而，也有一些人對那龍捲風——明知自己會因此喪命，仍然感受到一種美感而留在原地。剩下的就是這種屬於異端的分子。

黑山羊幼仔來到安茲跟前，彎曲著腿，將觸手垂了下來，大概是在表示敬佩服從吧。

怪物不像怪物的模樣，讓寧布爾露出抽搐的笑容。

山羊幼仔原本應該全身沾滿回濺的血，但是看不到血跡，因為都被皮膚吸收了。

安茲坐上牠的觸手，又有幾根觸手伸出來，固定著安茲的身體往上抬，然後舉到自己的頭頂上。

「本來應該是我先用魔法攻擊敵軍，再由帝國軍突擊加入戰局，不過看起來，你們似乎無意行動啊。」

寧布爾無話可說。

安茲說得沒錯，帝國自己違反了對同盟國君主提案的契約。

然而，他不可能責罵膽怯的騎士們。寧布爾就算到了吉克尼夫跟前，也會為他們辯解的，因為剛才的情況實在太可怕了。

「喔，我不是在責怪你們。我也明白你們是擔心衝過去的話，可能會一起被踩扁。實際上要是真的發生這種事，我可就對不起皇帝了。哎，所以，我就連你們的份一起做吧。」

寧布爾瞄了一眼保持不動姿勢的不死者們。

「是……是……是要讓那支不死者兵團衝進敵陣嗎？」
「不，難得有這機會，這次的戰爭就都交給這些山羊，我稍微清掃一下就好。馬雷，你還是保持警戒，以防萬一。」
「好……好的！請交給我吧，安茲大人！」
寧布爾啞口無言了。
他說接下來要進行追擊，而且還是使用了那樣強大魔法的本人親自出擊。
從他的語氣中聽得出來，他不打算讓任何一個人活著離開這個戰場，顯示出永不滿足的殺戮欲求。
「這實在太……難道還殺不夠嗎？你是惡魔嗎？」
寧布爾以為自己是喃喃自語，聲音卻比自己想的還要大，騎在黑山羊上的安茲把他那可怖的臉朝向寧布爾。
安茲對心驚膽跳的寧布爾搖搖頭。
「別弄錯了，我是不死者。」
安茲的意思是，自己並非作惡多端的惡魔，而是憎恨活人的不死者。所以他不會放過任何一個王國士兵，要奪走更多的性命。
這是能夠理解的答案，同時也是最糟的答案。

如果安茲因為自己是不死者，所以要屠殺活人的話，矛頭也很可能指向屬於活人國度的帝國。

不，這是將來一定會發生的事。

該怎麼辦？受到混亂與恐懼侵襲，注意力變得渙散的寧布爾，沒聽見安茲最後低喃的一句話：

「……而且要找的人好像也找到了。」

●

蘭布沙三世坐鎮的大本營，位於無數貴族的家族旗幟飄揚，王國軍最後方的位置。

剛才這裡還有很多貴族，但現在所剩不多了。他們幾乎都落荒而逃，如今只有寥寥可數的幾個人留在這個大本營。國王並不因為宮廷貴族們逃之夭夭而氣憤。

「你們也可以丟下我，自己逃跑喔。」

「陛下何出此言！請陛下快快逃走，一旦被那個盯上了追著跑，就必死無疑了！」

葛傑夫率領的戰士團的副長向國王進諫。

「我身為君王，怎麼能逃出戰場？」

「陛下留在這裡也無能為力，不如回到耶・蘭提爾，再行反擊吧！」

蘭布沙三世苦笑了，真是忠言逆耳。

「說得沒錯，我留在這裡也已經無能為力了。」

我軍已經崩潰，毫無紀律地臨陣脫逃，在這種狀況下，想重新整合軍隊是不可能的。不只是蘭布沙三世，就算找來古今名將，也應付不了這種太過困難而不合理的要求。

「陛下！沒時間了！你們幾個！就算用繩子綁也要把陛下綁走！」

周圍葛傑夫的部下們迅速準備行動。

蘭布沙三世判斷繼續浪費時間下去，不只是自己，連這些人也會有生命危險，於是站了起來。

「免了，我們走吧，不過你們覺得現在逃跑來得及嗎？」

有如地鳴的腳步聲以極快速度進逼而來，在這危急關頭，蘭布沙三世的語氣依然平靜如常，剛才還在這裡的那些貴族驚恐萬分的喊叫根本比都不能比。

「絕對是逃不掉的，如果騎馬逃跑，那怪物一定會追上來。看起來那些怪物似乎會優先攻擊聚在一起逃跑的人，所以我們獲救的辦法只有一個。」

蘭布沙三世這才明白他們剛才為何要催促留下來的貴族們騎馬，一次讓一群人逃走。

「所以，我們要用跑的逃走。」

一看，少數幾名戰士脫掉了鎧甲。

「這些人會背著陛下逃走。」

「你們呢？」

並非所有人都脫了鎧甲，像國王面前的副長就還穿著鎧甲。

「我等打算騎馬往反方向逃跑，達到調虎離山的效果。」

蘭布沙三世看到戰士們臉上的清朗笑容，明白了他們的心境。

「不行！你們是我國的寶物！無論如何都得活下來！你們必須繼續侍奉下任國王。」

「當然了，我們雖然要成為誘餌，但無意送死！」

這是在說謊，他們打算赴死。不，應該說他們明白了自己的命運是「死亡」。

蘭布沙三世想講幾句話勸說他們，但說不出口。面對戰士們的微笑，任何言語似乎都顯得膚淺。

周圍的戰士們開始替蘭布沙三世拆掉鎧甲。

身穿白色鎧甲的戰士走上前來，是克萊姆，他作為女兒拉娜的唯一一名屬下，竭誠盡忠至今。

「我也去當誘餌，雖不知道那頭怪物有沒有長眼睛，不過讓旗幟隨風飄揚，或許能引起對手的注意，況且這件鎧甲也很顯眼。」

克萊姆手上握著國旗，被逃跑士兵踩得髒兮兮的旗幟，彷彿暗示了他們此時置身的狀況。

「唉，那我也跟你一起去吧。」

站在他身旁的是布萊恩‧安格勞斯。據說這名戰士能與蘭布沙三世最信賴的部下葛傑夫‧史托羅諾夫匹敵。布萊恩這次是以拉娜屬下的身分參戰，也就是跟克萊姆屬於同一隊。

「可以嗎？就真正的意義來說，你並不是公主的屬下。」

「啊？哎，別在意啦。我在惡魔騷亂的時候也上了最前線，還不是勉強活下來了。就祈禱這次也能幸運獲救吧，也祝你們好運。」

「神不會拋棄我們的，那場惡魔騷亂時，神為我們派來了英雄，我相信祂這次也會改變我們的命運。」

在蘭布沙三世的面前，布萊恩與副長互相擊拳告別。

「天啊……」

究竟是哪裡出錯了？

蘭布沙三世發出呻吟，眼前的戰士們恐怕沒人能活下來。

副長與克萊姆都要成為誘餌而死。

而說要阻止黑山羊幼仔，衝進混亂場面之中的葛傑夫，不知道怎麼樣了。

眼睛一陣發熱。

他很想說「原諒我」。

他們為了替自己一個老人當誘餌，即將捨棄前途無量的生命。

但蘭布沙三世不能說，他們雖然已有必死決心，但應該也有意努力掙扎求生。

既然如此——

「我要你們平安回到耶．蘭提爾，屆時我會給你們想要的獎賞。」

踏出步伐的克萊姆與布萊恩回過頭來。

「屬下不需要獎賞，陛下。屬下這條命是拉娜大人救來的，怎敢奢求獎賞……」

「我個人倒是希望，能讓我欣賞的這小子娶到這個國家最漂亮的公主殿下當老婆呢。」

「……哈哈哈哈，真是獅子大開口啊。」

「布萊恩先生！您怎麼這樣說啊！」

「那麼我得先給這小夥子貴族地位才行呢，我就盡力試試吧！」

「這下你說什麼都得活著回去了呢，克萊姆小兄弟。」

嚇得差點翻白眼，張口結舌的克萊姆，臉上已經沒了剛才那種戰士的決心。蘭布沙三世忍不住忘記一切，露出了愉快的笑容。

「陛下請。」

「麻煩你了。」

讓人脫掉鎧甲的蘭布沙三世，被戰士揹了起來。

「陛下，即使如此能不能逃得掉還得看運氣。如果有個萬一……還請陛下恕罪。」

「無妨，我只是採用了你的建議。行不通也只能說運氣不好，就死心吧。」

「那麼！陛下！在耶·蘭提爾再會！」

副長等人騎馬奔了出去，彷彿等著他們這樣做，一頭黑山羊幼仔改變了行進方向。

「好！趁大家擔任誘餌時，我們走！」

4

在驚慌逃命的士兵造成的大混亂當中，葛傑夫慢慢緊盯前方，然後拔出國寶級武器——剃刀之刃。每當拔出這把散放清冷寒光的劍，葛傑夫永遠能獲得勝利。換個說法，這把劍就等於葛傑夫的勝利之證。

然而就只有今天，這把劍看起來卻如此脆弱。

比起黑山羊幼仔一直線衝刺而來的龐大身軀，自己實在太渺小了。

「要是讓你過去，就是陛下的大本營了，我得在這裡阻止你。」
說完，葛傑夫嘴角緩和了點，那是自嘲的笑容。
對付那種魔物，葛傑夫毫無勝算，能拖住一秒鐘就很值得稱讚了。
就連王國戰士長——名震鄰近諸國的戰士，這樣一個男人都是如此。
「護送陛下逃走吧，你們必須為此付出性命。」
葛傑夫對不在場的人——自己的直屬部下祈求般地下令。王國當中最強的士兵都留在國王身邊護衛了，當然就算留下他們，也不夠格保護國王躲避那種魔物的暴虐行為。即使付出性命，頂多也只能當肉盾，幫國王擋下對手的一次攻擊。
不過只要能做到這點，就合格了。
他們遭受了對手的攻擊應該會死，但只要能浪費對手的一次攻擊，就能延長國王的性命。如果有八十面肉盾，或許有希望能讓國王存活。
「抱歉了。」
定睛注視著散播鮮血與碎肉，以驚人速度不斷逼近的怪物，葛傑夫對部下們道歉。他們人不在這裡，葛傑夫知道這樣說只是自我安慰，但他仍然不願意還沒道歉就死。
感受著地面的搖晃，葛傑夫尖銳地吐出一口氣。
然後他舉起手中緊握的劍。

遇上一邊踐踏人類一邊進逼的龐大身軀，這把劍是多麼的不可靠啊。

如果是失控的馬車，他能輕易擋下。就算一隻老虎衝過來，他也能錯身躲開，同時一擊砍下牠的腦袋。

然而面對黑山羊幼仔，自己能存活的可能性卻非常低。

「呼————！」

葛傑夫大吐一口氣的同時，周圍的人潮流向產生了大幅變化。直到剛才都還雜亂無章的人馬，開始避開葛傑夫移動了。葛傑夫與黑山羊幼仔之間，彷彿開出一條直線路徑。

黑山羊幼仔不斷踩碎人類，接近葛傑夫。

葛傑夫架著劍，鉅細靡遺地觀察山羊的全身，要攻擊哪裡才能造成最有效的一擊？

他發動武技之一「要害掃描」。

然而——

「——沒有弱點。」

是實際上真的沒有弱點，還是差距太大看不出來？這葛傑夫不清楚。

不過，他並不失望，他早就料到了。

接著他發動其他武技。

算得上是大招，可強化第六感的能力「可能性感知」。

肉體能力差距太大，就算提升了自己的體能，能縮短的差距也微乎其微。既然如此，他想不如從別的地方下手——仰賴第六感或許還比較有用。

「來啊，你這怪物。」

黑山羊幼仔像是聽到了葛傑夫的聲音，一直線往他跑來，兩者之間的距離眼見著越來越短。

就明說了吧。

葛傑夫很害怕。

如果可以，他真想跟周圍這些士兵一樣拔腿就跑。

即使啟動了「可能性感知」還是沒有任何感覺，就樣被扔進完全無光的黑夜。

距離縮得更短，讓他能細細觀察黑山羊幼仔的狀態。

看羊蹄上還沒有半點傷痕，普通的劍很可能無法傷牠一分一毫。從每次踏地時地面陷下去的深度，被那重量壓到絕對是當場死亡。

理解得越多，恐懼感就越強烈。

此時比起周圍倉皇逃命的士兵們，葛傑夫感受到的恐懼更強烈。

但他不能轉身逃走。

王國最強的戰士不能逃。他解除了「可能性感知」，調整呼吸。

——山羊幼仔近在眼前。

距離近到羊蹄刨起的塵土，能吹到葛傑夫身上。

彷彿無視於路旁爬行的蟲子，黑山羊幼仔看都不看周圍的士兵們一眼，一股腦兒往葛傑夫衝過來。

不過，他錯了。

黑山羊幼仔好像碰到牆壁似的身子一扭，想從葛傑夫身旁通過。由於那動作太突然，黑山羊幼仔的腳步亂掉了，即使長了太多的腳仍然無法維持平衡。

葛傑夫當然不會以為對手是想逃走。

牠大概只是想去獵物更多的地方，覺得往旁邊跑才能踩死更多獵物吧。

黑山羊幼仔震撼著大地，從葛傑夫身邊跑過。

由於兩者之間只隔了短短的一公尺，腳下因為強烈地震來襲而站不穩。若不是葛傑夫的話，肯定早就摔倒了。

他配合著黑山羊幼仔即將從眼前跑開的巨蹄——

「——嘿！」

葛傑夫揮劍一砍，對手那樣急速奔馳，速度將成為砍殺己身的武器。羊蹄與劍刃相接的瞬間，驚人的衝擊施加在葛傑夫握劍的手上，那衝擊力大到讓他以為整條手臂要被扯掉了。

緊踏地面的雙腳，在地上留下兩道痕跡，一口氣向後滑去。

「咕咕咕嗚嗚嗚！」

雖然總算沒讓劍脫手，然而一陣劇痛竄過手臂，大概是肌肉或肌腱負荷太大而引發的痛楚吧。

葛傑夫氣喘吁吁，瞪著通過身邊的龐大身軀。

在離葛傑夫不遠處，從開始狂奔到現在，黑山羊幼仔第一次停下腳步。

一根觸手突然變得模糊。

恐懼感彷彿貫穿全身，葛傑夫急忙舉起了劍。

霎時間，非比尋常的衝擊力從劍傳到身上，他的身體就這樣浮上半空。

即使是葛傑夫也什麼都沒能看見，只能猜到自己是被觸手揮開了。葛傑夫的身體整個飛上空中。

被打飛的葛傑夫身體經過不合常理的滯空時間，摔落在地，而且還伴隨了好幾次的旋轉。不過這些旋轉不是屍體被扔出時的那種，而是人類為了抵消被扔出的力道，自己做的旋轉。

葛傑夫強迫不靈活的身體慢慢站起來，瞪著逐漸遠去的黑山羊幼仔。

僅僅一擊。

承受攻擊的手骨折了，劍沒被打斷恐怕只是運氣問題。

葛傑夫臉上完全失去了感情。

自己為什麼會撿回一命？對手為什麼沒有追擊？

因為對手判斷沒必要對付自己，葛傑夫覺得這似乎是最合理的答案。

不是一敗塗地，而是連擂台都無法靠近。

咬緊的嘴唇流出鮮紅的血。

然後葛傑夫強忍著直衝腦門的劇痛，拚命向前奔跑。

就算是贏不了的對手，就算頂多只能再承受一擊，自己還是必須保護國王。

然而毅然決然地踏出的腳步，才幾步就停了下來。

因為他看到朝著自己——錯不了——走來的另一頭黑山羊幼仔，明白到自己為什麼會撿回一命。

黑山羊幼仔上面，有位王者將觸手當成王座一樣巍然而坐。不過那人的長相卻不尋常，是一張骷髏臉，看來應該是被稱為不死者的魔物不會錯。

葛傑夫沒蠢到無法理解那位王者是誰。

「安茲．烏爾．恭……閣下。原來如此，你不是人類啊。」

這人曾經輕鬆殲滅葛傑夫贏不過的教國特殊部隊，說他不是人類，葛傑夫完全能夠理解。

就是啊，自己怎麼會以為那樣強大的存在是人類呢？

「史托羅諾夫大人！」

還來不及回頭，一個聲音先傳進耳裡，沙啞的嗓音讓他知道對方是誰。兩個熟識的人跑了過來。

「你們也都平安啊。」

克萊姆與布萊恩似乎都沒受傷，克萊姆的白色鎧甲更是乾淨如新。兩人不可能爭先恐後地一味逃命，所以看來他們真的很走運。

「真高興您平安無事！」

「我就在想你一定不會死，果然沒死。不過，還沒結束嗎？」

兩人的視線固定在葛傑夫剛才看著的方向。

「那究竟是……」

「能役使那種怪物的怪物，除了一個人之外還會有誰啊，克萊姆小兄弟。就是安茲．烏爾・恭啦。」

「那就是，那就是……真是太……抱……抱歉。」

一看，克萊姆的身體正在發抖。僵硬的表情告訴他們，這並非上戰場的興奮。

「別在意，克萊姆小兄弟，沒什麼好覺得丟臉的。哎呀，真是沒轍了！第三個超乎尋常的強者！從那時候以來，我的人生究竟是怎麼了啊。」

布萊恩散發出壓倒性的劍氣，擺好架式。他那不適合這種狀況的爽快表情，讓葛傑夫覺得有點奇怪。

「我……我也不能逃！」

克萊姆與布萊恩站到葛傑夫身邊。

黑山羊幼仔踩爛著飛散的肉片，在葛傑夫面前站住。

遠處傳來慘叫，只有這裡十分寧靜。

簡直像是只有這裡與世界隔離開來。

安茲的視線興趣缺缺地從葛傑夫移向布萊恩，然後看向克萊姆，暫時停頓了一下。接著他聳聳肩，目光轉回葛傑夫身上。

「……別來無恙啊，史托羅諾夫閣下。」

「恭閣下也是，別來無恙……呵呵，這樣說你對嗎？如果你是在那之後才捨棄人類身分的話，我這樣說就失禮了。」

「哈哈哈，我跟那時候一樣，完全沒變。」

輕聲笑過之後，安茲從黑山羊幼仔身上跳下來。緩緩降落的方式讓人感覺不到重力，應該有某種魔法的力量。

看似是有名的魔法「飛行」，不過想到使用的是安茲這個大魔法吟唱者，很有可能是更高階的——葛傑夫不知道的魔法。

「真的好久不見了，史托羅諾夫閣下，卡恩村那事之後一直沒見過你。」

「就是啊，恭閣下。所以……可以告訴我你有什麼事嗎？總不會是在戰場上偶然看到舊識，就來碰個面吧？」

「哎，也是。我不喜歡花言巧語，這個場合也不適合拐彎抹角。所以……我就明說了。」

安茲慢慢伸出一隻骷髏的手。

不是出於敵意，而是以友好的態度。

「做我的部下吧。」

一瞬間，葛傑夫睜圓了眼睛。

同時兩側傳來克萊姆與布萊恩倒抽一口氣的聲音。

他想都沒想到，如此厲害的大魔法吟唱者竟然會對自己說這種話。

「只要你願意做我的部下——」

安茲彈響了一下手指，不知道用那骷髏手是怎麼做到的。

葛傑夫以為他要對自己怎樣，身體不禁一震。

然而，自己的身心沒產生任何變化，也沒感覺到什麼。

「看看周圍吧。」

葛傑夫環顧周圍，還是一樣，什麼也——

「原來如此，你讓牠們停下來了。」

黑山羊幼仔們停下了所有動作，抬起腳正要踩下，那停在半空中的姿勢有點像是雕像。

「這是暫時性的，再來就看你如何回答。如果你拒絕，我會再度命令召喚出來的山羊幼仔們，內容不用我說了吧？」

葛傑夫大吃一驚。

拿人質要脅葛傑夫成為部下，自己不但不會盡忠，而且一定會變成內奸，葛傑夫不認為安茲連這都沒想到。

既然如此，是否有別的理由？

葛傑夫不知道。

不過，像安茲這樣強大的人物——統率那麼威猛的兵團的存在，竟然會只想要葛傑夫一個人，絕對有什麼理由。

「怎麼了？葛傑夫．史托羅諾夫，做我的屬下吧。」

安茲伸出白骨森森的手。

只要握住那隻手，就能拯救許多人的性命。

葛傑夫的心動搖了。

因為自己得到了拯救王國人民的機會。

然而——葛傑夫無法握住那隻手。

這個決定是錯的。

這個選擇只是自我滿足。

問一百個人，一百個人都會罵葛傑夫是笨蛋。

即使如此，葛傑夫還是無法背叛王國。

葛傑夫堅決地搖頭。

「我拒絕，我是國王的劍。賭上國王對我的恩情，這事我不能讓步。」

「即使這樣做會導致更多人民喪命，你也不肯？你為了解救卡恩村，不顧自己的性命挺身而戰……像你這樣的男人，竟然選擇見死不救？」

葛傑夫感到切膚般的心痛。
即使如此，葛傑夫・史托羅諾夫還是無法握住安茲・烏爾・恭的手。
王國戰士長無法背叛王國。
這就是葛傑夫的忠義。
也許是對保持沉默的葛傑夫覺得煩了，安茲聳聳肩。
「真是個愚蠢的男人，那麼——」

葛傑夫不讓安茲繼續說下去，把剃刀之刃的劍尖對準了他。

「——怎麼？」
剛才對付山羊受到的傷，即使有護符的魔力，仍然沒能完全治癒。
不過劍尖之所以快要顫抖起來，並不是因為受了傷。即使如此，葛傑夫仍然從全身迸發出鬥氣。
「恭閣下，恕我對你這位恩人失禮了——我希望能與你單挑。」

安茲的臉是無皮無肉的骷髏，因此看不出表情，不可能解讀他的心思。

然而，葛傑夫有種感覺，覺得他似乎驚訝得說不出話來。身後的兩人似乎也是一樣的想法，沒有出聲也能清楚感覺到動搖。

「…………你是認真的嗎？」

「當然。」

「……你會死喔。」

「可想而知。」

「明知道還要送死？我並沒打算殺你啊……你有自殺傾向嗎？」

「我本來以為我沒有。」

「……你到底在想什麼？我無法理解你的思維。如果是確定能贏而挑戰，或是認為有勝算而這麼做，那我能理解，可是你似乎覺得自己必敗無疑……是失去正常判斷力了嗎？」

「敵方領袖就在眼前，來到了劍所能及的距離。嘗試取下領袖的首級，不是理所當然的想法嗎？」

「的確，物理性的距離很近。但照我看來，我們之間似乎有著壓倒性的差距，是我有眼無珠嗎？」

咻的一聲，矗立安茲背後的黑山羊幼仔揮動了觸手，葛傑夫身旁的地面被打出個大洞。

即使憑著葛傑夫的動態視力，也無法看清觸手捶打大地的動作。

「或許是喔，恭閣下。」

「因為我說我不殺你，所以你得寸進尺了嗎？」

葛傑夫由衷笑了起來。

「我完全沒那個意思，我只是想作為王國的戰士長，盡我的本分罷了。」

「……如果你想對付我，我會毫不留情地殺了你喔，而且絕不會失手。」

「我想也是。」

「這樣啊……我都說這麼多了，還是無法改變你的心意啊。太遺憾了，作為一個收藏家，殺掉稀有存在（你）實在令我惋惜。」

葛傑夫絲毫無意退縮。

現在是千載難逢的好機會，首先，帶領了那麼多部下的安茲，此時沒帶隨從，隻身站在自己面前。

而且他出於強者的自傲，無意使用矗立身後的山羊幼仔。

如此大好機會，不會有第二次了。

對方站在伸手構不到的高處，但是，此時此刻，正是自己最有可能構到的一刻。

下次再會的時候，他應該會像個不擅長近身戰的魔法吟唱者，讓護衛重重包圍，最好別以為他會再站在自己劍所能及的距離，所以葛傑夫才會提出單挑。
除此之外，還有一個提出單挑的理由。
賭上的可能性實在太低了，但即使如此——
葛傑夫說出了正式的決鬥宣言。
「安茲．烏爾．恭魔導王閣下！我的名字是里．耶斯提傑王國的王國戰士長葛傑夫．史托羅諾夫！我要向你提出單挑！」
「葛傑夫！」
「戰士長……」
另外兩人似乎再也忍受不了，布萊恩大叫出聲，克萊姆發出呻吟。然而葛傑夫並不在意，接著說：
「如果你願意接受，魔導王閣下，我想指定這兩人作為單挑的見證人。」
安茲聳聳肩。
葛傑夫明白到他的意思是「悉聽尊便」，點了個頭。
「等……等等！等一下，葛傑夫！我隨時都願意跟你一起死！我不會讓你一個人去！魔導王陛下！拜託！我知道這樣很厚臉皮，但我真心請求你！請你同時與我們倆交手好嗎！這對你來說應該並不困難。」

聽到布萊恩嘔血般的吶喊，葛傑夫心想「果然」。

那時布萊恩爽朗的表情，原來是戰士有所覺悟的表情。

他早有覺悟與葛傑夫一起死在安茲．烏爾．恭的手裡。

然而，葛傑夫不同意，不能同意。

「布萊恩．安格勞斯！你想侮辱我作為戰士的覺悟嗎！」

布萊恩變得一臉愕然。

「——這樣好嗎？史托羅諾夫閣下，我可以一次對付你們兩個喔。」

「不用了，魔導王閣下。我一個人與你對決，那邊那兩人不用出手。」

浮現在安茲空洞的骷髏眼窩中的紅光增強了亮度。

「……這樣啊，你這眼神我之前也看過，是抱著必死決心前進之人的意志。真是堅強的眼光，令我嚮往。」

安茲像一個人類那樣說道。

「可以，我接受你的提議，我與史托羅諾夫閣下單挑（PVP）。」

布萊恩雙膝一折，跪了下去。

雖然看不到低垂的臉，但雨水滴滴答答地落在紅褐色的土地上。

對不起了。
葛傑夫在心中向布萊恩道歉。
「我會還你們一具全屍的，你們可以用復活魔法——」
「——不需要。」
葛傑夫這句話，讓敵我雙方都啞然無語。
「我不想復活，把屍體扔在這裡也無所謂。」
葛傑夫不認為復活魔法有什麼不好，但他自己並不喜歡。
人只有一條性命。
正因為如此，賭命做出的決斷才有份量。
再說為了王國，他不能復活。
葛傑夫死了，國王就能對內外宣傳，說自己也失去了重要人物。如此一來，或許可以緩和在這場戰爭中痛失摯愛的王國子民對王室的憎惡。
這是擅作主張的王國戰士長最後的盡忠。
葛傑夫不在乎其他人的驚訝，捨棄了一切迷惘，笑著。
「那麼我們開始吧……麻煩你們倆為我的最後一戰做見證。」

克萊姆從來沒想過，布萊恩．安格勞斯這個男人，會暴露出這麼脆弱的一面。
克萊姆所認識的布萊恩是個堅強，逍遙自在而難以捉摸的男人。然而，此時低垂著臉的男人完全沒有這些跡象。即使如此，克萊姆並不覺得他軟弱。
「布萊恩，你不願意幫我完成這份職責嗎？」
葛傑夫頭也不回地說。
布萊恩不肯動，握緊泥土的手，讓克萊姆都感受得到他的悔恨。即使如此，克萊姆還是非說不可。
「——這是史托羅諾夫大人的心願。」
他不認為葛傑夫．史托羅諾夫能贏。
正因為如此，克萊姆與布萊恩都必須實現葛傑夫的心願。
布萊恩慢慢站起來。
好燙。
克萊姆差點往後逃開。
站起身來的布萊恩，彷彿發出了滾燙熱氣。
「……我總是讓克萊姆小兄弟看到我窩囊的樣子呢，我已經沒事了，就讓我把葛傑夫的英姿烙印在眼底吧。」

「——拜託您了。」

布萊恩．安格勞斯與葛傑夫．史托羅諾夫之間究竟是什麼關係？

克萊姆不了解兩人的關係，尤其是布萊恩的想法。

布萊恩輸給葛傑夫，進行了劍術修行。這是克萊姆所知道的布萊恩，但他又覺得兩人的關係沒那麼單純。

「那麼史托羅諾夫閣下，可以讓我看看你那把劍嗎？我想檢查一下。」

安茲就像在問今天天氣一樣若無其事地問道。灌注了魔法的劍會附加各種能力，對它做檢查等於是調查對方的能力，照常理來想絕不會被接受。

不只克萊姆這樣想，布萊恩似乎也是一樣，接下來發生的事讓他們目瞪口呆。

葛傑夫把劍轉了一百八十度，將劍柄交給安茲。

「葛傑夫！你完全不想贏了嗎！」

「布萊恩！別這麼沒禮貌！魔導王閣下不是那種人。」

安茲拿著劍，發動了魔法，然後愉快地笑著。

「這把劍真是厲害。」

安茲像葛傑夫剛才做的那樣，把劍柄交給葛傑夫還給他。

「史托羅諾夫閣下，關於這把劍的力量，你知道多少？」

「無所不知，這把劍擁有超乎尋常的銳利度，能夠削鐵如泥。」

「答錯了，那只不過是這把劍擁有的一部分力量。」

「——什麼？這話是什麼意思，魔導王閣下？」

「用一句話來說，就是這把劍是能夠殺死我的武器。這樣的話，才勉強達到單挑的最低要求。若是讓你用傷不了我的武器戰鬥，那就只是處刑了。」

「把你當成踏進我等城堡的陰溝老鼠就太失禮了。」安茲一邊說，一邊突然從空中拿出一把短劍。

然後他毫不猶豫地把閃閃發亮的短劍用力抵在自己臉上，往旁一拉。

然而，他臉上似乎沒留下任何傷痕。

「就像這樣，魔法力量弱的武器傷不了我。順便一提，這把短劍的資料量——魔力量與史托羅諾夫閣下那把劍差不多，但你那把劍卻能傷得了我，違反了我所知道的常識。如果我贏了，這把劍可以給我嗎？」

葛傑夫苦笑了。

「拜託不要，這把劍是我國的國寶。」

「唔嗯，以歸還掉寶為前提的ＰＶＰ啊，也罷。」

「謝謝你，魔導王閣下。」

安茲把劍還給葛傑夫，然後若有所思地摸摸下巴，接著一步一步遠離葛傑夫，像在測量距離。

「相對距離五公尺的話，差不多就這樣吧。再來是……沒有倒數，所以需要個信號。那邊那個白色鎧甲，來個開戰的信號吧。」

突然受到指名的克萊姆震了一下。

「克萊姆，拜託你了。」

「那……那麼我有魔法手鈴，就搖響它作為信號如何？」

兩人沉默地點頭，同意克萊姆的提議。

葛傑夫將劍舉到中段後，讓全身湧出力量。身後的克萊姆看起來，覺得葛傑夫的肉體就像是膨脹了一樣。

壓倒性的劍氣，克萊姆從未看到王國戰士長拿出真本事施加的這種壓力。然而那看起來簡直有如海市蜃樓，莫名地遙遠而不堪一擊。

「史托羅諾夫大人……」

這大概是自己最後一次看到活著的葛傑夫了。

「不見得。」

「——咦？」

突然間，布萊恩從旁否定。

「葛傑夫不見得會輸，雖然很低，但還是有勝算。那傢伙有一招殺手鐧，你知道是什麼武技嗎？」

「是『六光連斬』嗎？」

布萊恩靜靜地笑了。

「不是，是遠遠在那之上的終極武技，他還藏了這麼一手。」

「是……是這樣嗎！」

克萊姆一邊準備手鈴，一邊注視著舉起了劍，將神經集中到極限的葛傑夫的側臉。

注視著名震鄰近諸國，人稱戰士長的鐵漢的側臉。

「是啊，就是過去曾待過王國的精鋼級冒險者威絲契．克羅芙．帝．羅芳開發，但因為年紀太大而無法運用的武技。如果我的最強祕劍『指甲刀』是多種武技同時發動的招式，葛傑夫的殺手鐧就是單一的最強武技。那招說不定……對安茲．烏爾．恭也有效。」

也許就是因為這樣，那傢伙才會選擇單挑。布萊恩眼睛都不眨一下，神情嚴肅地注視著前方說。

克萊姆咕嘟一聲吞下口水。

拿著手鈴的手好沉重，只要搖響它，葛傑夫的命運就確定了。

「要不要我來？」

「……謝謝，不過……還是我來吧。」

「這樣啊。」布萊恩低聲說完後，就沒再說什麼了。

克萊姆舉起手鈴，並祈求葛傑夫能夠獲勝。

然後——手鈴搖出了比想像中更大的聲響。

將神經集中到極限的葛傑夫，用超乎常理的速度準備踏進敵人懷裡——

克萊姆與布萊恩睜大雙眼，眼睛都不肯眨一下——

——搶在這一切之前，世界靜止了。

「這樣啊……沒有時間對策是不行的喔。」

藉由發動魔法即效無吟唱時間靜止，葛傑夫在安茲面前維持著舉劍過頭的姿勢，就這樣停了下來。

在時間靜止的期間內，所有攻擊都會失效。就算安茲現在用魔法攻擊葛傑夫，也無法給予傷害，所以安茲計算著時間使用魔法。

「『魔法延遲（Delay Magic）．真正死亡（True Death）』。」

他使用的是第九位階的魔法。

由於「心臟掌握（Grasp Heart）」比較好用，所以很少用到這個魔法。

既然在時間靜止時魔法對敵人不會生效，那麼只要計算時間，讓魔法在時間靜止失效的瞬間發動就行了。雖然是基本的連續技，但因為時間很難抓，所有魔法職業的玩家當中，大約也只有百分之五的人能巧妙運用這招。

當然，耗費長得令人傻眼的時間做過練習的安茲，也能運用這種連續技。

「……再見了，葛傑夫．史托羅諾夫，我還挺喜歡你這個人的。」

魔法解除，世界恢復了時間流動。

而魔法搶在一切之前發揮了效果。

——葛傑夫慢慢倒下。

「咦？」

「什……麼？」

克萊姆與布萊恩不明白發生了什麼事。

因為才剛看到葛傑夫要踏進敵人懷裡，他就倒下了。
安茲接住了葛傑夫的身體。
寶劍無力地掉在地上。
勝負已經分曉。
然而他們無法理解。
他們完全不懂發生了什麼狀況。
「究竟是怎麼……？」
「我哪知道啊！」
「怎麼了！站起來啊！葛傑夫！」
布萊恩大聲怒吼。
然而布萊恩的這種心願，遭到冷漠的否定。
「他已經死了。」
魔導王安茲很有禮貌地，彷彿懷著敬意般讓葛傑夫躺在地上，然後慢慢闔上他睜開的雙眼。
安茲看著葛傑夫的臉，對靠近的兩人訴說道：
「……看到他挺身面對沒有勝算的戰鬥，讓我想起了那時候的事……為了表示對戰士長的敬意，我就不讓黑山羊幼仔繼續追擊了……等我替他的遺體化好妝，再送還給你們吧。」

「……不，不用麻煩了。我們自己帶葛傑夫回去，不用你費心。」

克萊姆安心地呼出一口氣。

他以為布萊恩會明知打不贏，還是要向安茲挑戰。不過，他看起來沒那個意思。

「這樣啊。」安茲只這樣說，很快地站了起來。

「我使用的立即死亡魔法『真正死亡』無法用低階復活魔法復活。還有，告訴王國人民，只要向我表示恭順，我會以慈悲心對待他們。」

安茲輕柔地飄了起來。

雖然他毫無防備地暴露出背部，但兩人都沒無恥到能趁虛而入。

安茲坐到黑山羊幼仔的觸手上。

那就像是可怖的王座一樣。

「告訴國王，只要你們在幾天之內將耶．蘭提爾附近地區迅速轉交與我，這些魔物就不會大肆破壞王都。」

黑山羊幼仔一掉頭，開始走向不知不覺間已經撤離戰場的帝國軍的陣地，其他四頭黑山羊幼仔似乎也正要歸返帝國陣地。

「克萊姆小兄弟，有件事想拜託你……可以由我帶葛傑夫回去嗎？」

「……好的，我把史托羅諾夫大人的劍拿回去。」
「死了很多人啊。」
「不知道死了多少人。」
「……整件事究竟是怎麼回事啊。」
「我不知道，不過，如果那樣強大的存在即將君臨此地……」
「將來必定會再發生戰爭……這次搞不好會死更多人喔。」
布萊恩揹著葛傑夫往前走，克萊姆跟在他後面，思考著王國烏雲籠罩的未來。
他覺得布萊恩說的情況一定會發生，重要的是在那情況下，自己究竟該做什麼，以及能做什麼。
而最重要的是——
（——只有拉娜大人的未來，我一定要守住。）
克萊姆用力握緊拳頭，下定決心。只有自己的主人，他一定要保護好，不惜任何代價。

Epilogue

寒氣逼人的夜風吹過。

布萊恩・安格勞斯的頭髮被風吹得亂飛，衣服啪答啪答響。

「——好冷啊。」

白色呼氣與小聲低喃被朔風吹得四散，運往遠方。

彷彿連身體中心都快凍結了。

布萊恩一個人待在出征前，三人登上的耶・蘭提爾城牆塔樓。

這裡除了黑暗，一無所有。

在卡茲平原的戰爭……不，是在那場屠殺當中，許多王國人民喪命了。

他想起自己死裡逃生，從戰場回來的情形。

敗逃的人們步履蹣跚，衣衫襤褸，一副悲慘至極的模樣。

就連身為戰士度過多種生死關頭的布萊恩，僅僅一名魔法吟唱者引起的地獄般光景，至今仍烙印在眼底不肯散去。

即使是受到城牆保護的耶・蘭提爾，也絕對稱不上安全地帶，但好不容易逃進這裡的士兵們都已經筋疲力盡，像昏倒般沉沉睡去。

在空無一人的城牆塔樓上，布萊恩再次吐出一大口氣。

然後他默默地仰望天空。

「總覺得……一切都變得無所謂了。」

布萊恩看看自己的雙手。

抱起那個男人失去靈魂的肉體時的重量，即使在這一瞬間，仍然沒從手中消失，想忘也忘不了。

那是偉大的戰士，是走在自己前面一步的勁敵。

失去那個男人——失去葛傑夫的失落感實在太大了。

葛傑夫的存在對布萊恩而言，不是光用勁敵就能解釋的。

正因為那個男人在御前比武當中擋在自己面前，因為他讓狂妄自大的布萊恩受到挫折，因為有想戰勝葛傑夫的熱情，才有現在的自己。

布萊恩．安格勞斯是葛傑夫．史托羅諾夫賦予生命、培育、鍛鍊起來的。葛傑夫這個男人的強悍，是布萊恩必須花一輩子超越的強悍，如同父親是兒子必須超越的高牆。

然而，自己必須超越的人已經不在了。

葛傑夫直到最後都是聳立自己面前的高山，就這樣逝去了。

夏提雅．布拉德弗倫讓布萊恩見識到真正的強大力量。有一段時期，他因此一蹶不振。

如今他可以說，是因為自己只以強大實力為心靈依靠，擁有十足的自信，被擊垮時才會是那樣脆弱。

然而，葛傑夫不一樣。

「安茲．烏爾．恭。那個怪物恐怕跟夏提雅．布拉德弗倫擁有同等的實力，而葛傑夫卻能挺身面對，與那種存在對峙。」

葛傑夫那時候，並不是為了想活命之類的窩囊理由才提出單挑的。跟布萊恩以前幾乎快要哭出來，拿著劍對夏提雅亂揮的心態肯定是完全不同的。

那麼他是為了什麼那樣做？

「我不懂，你為什麼不逃？」

布萊恩嘔血似的擠出話來。

「為什麼要選擇一死？那個怪物不是說了要放你一馬嗎！應該要累積力量，再行挑戰吧！你為什麼要那樣！如果要死，我多想跟你一起死啊！」

如果不能超越葛傑夫，布萊恩寧可跟他一起死。

布萊恩看看自己腰際的武器。

是暫時准許他借用的剃刀之刃。

布萊恩拔出剃刀之刃，發動武技。

「四光連斬」。

這是葛傑夫在御前比武擊敗布萊恩的武技。

四道刀光砍開欄杆，簡直毫無阻力，就像切開水面一樣鋒利。

「這招也是因為你……我一直很崇拜你……我多希望能跟你一起死啊。為什麼不讓我跟你並肩戰鬥，為什麼不叫我跟你一起死！」

布萊恩以手掩面。

眼睛深處在發燙，但沒流下眼淚。

這時，喀喀的腳步聲傳進布萊恩耳裡，他只想得到一個人會來這裡。

「……都說年紀大了會變得愛哭，真的呢。」

「我覺得失去重要之人的傷痛跟年齡無關。」

果不其然，是那個沙啞的聲音。

「……抱歉啊，克萊姆小兄弟，把事情都丟給你處理。」

布萊恩擦擦眼睛，收劍入鞘，轉過頭來。一臉嚴肅的克萊姆還穿著整副鎧甲，站在那裡。

「不過就算我在，也幫不上什麼忙吧。在這狀況下應該也不會有人跑出來暗殺國王。所以，後來怎麼樣了？」

「是，關於巴布羅王子尚未歸返一事，已經決定明天派出搜索隊了。」

由於無法動用士兵，所以好像會僱用冒險者們進行搜索。

「再來是耶．蘭提爾的轉讓事宜——沒人提出異議。全體貴族一致贊成，國王也同意了。」

聽起來擁王派的貴族們似乎也贊成。

惡魔騷亂之際，擁王派增強了力量，因此才能動員這次的大軍，但大敗造成了嚴重的餘震。再說這附近是國王的直轄地，把此地交給對方，只有王族會直接蒙受損害。他們大概是覺得既然如此，為了自己能存活下去，也只能這麼做了。

這次換成擁王派勢力減弱，貴族派抬頭。

今後將會變成什麼局勢？

無意間，他發現克萊姆的身體在發抖。

大概不是出於憤怒，而是恐懼吧。想起那幕光景，使他破裂的心發出了慘叫，彷彿那種無以抗衡的絕望仍然貼近著自己。

「……現在想起來，才覺得好可怕。」

那大概就類似火災現場的蠻力吧。

布萊恩想起克萊姆站在自己身邊，要與魔導王一戰的身影。接著他想克萊姆也許會知道答案，於是問他：

「欸，你告訴我，葛傑夫為什麼要提出單挑？」

克萊姆露出狐疑的表情，布萊恩心想也許自己問得不夠清楚，正要補充說明，但克萊姆比他先開口，說道：

「這只是我個人的看法，沒關係嗎？」

「沒關係，什麼都好，你說說看。」

「……也許是想展現給我們看吧？」

「……展現什麼？」

「魔導王安茲．烏爾．恭的強悍，還有……大人可能是想開創未來吧。」

「未來是指？」

「是，也許大人是想讓我們帶一些今後敵對時的對策與紀錄回來。」

那種衝擊有如一道雷擊，從頭頂一路竄到腳尖。

除此之外沒別的可能了，克萊姆說的就是正確答案。

那個男人一定是賭上性命，想盡量引出一些情報。身為魔法吟唱者的魔導王，不可能不帶隨從就接受近身戰。但也許奇蹟能再度發生，葛傑夫就是將希望賭在那個機會上，那麼他想把這個可能性託付給誰呢？

布萊恩不禁嘲笑自己，連這種事都想不到。
如果是這樣——自己應該怎麼活下去呢？既然自己已經知道葛傑夫的心意了。
布萊恩陷入沉思，使得寂靜造訪兩人之間，克萊姆似乎有點忍受不住，向他問道：
「……話說回來，史托羅諾夫大人不願復活了嗎？」
「葛傑夫就是那種男人吧。」
即使使用了復活魔法，也不是一定就會復活，據說對自己人生感到滿足的人會拒絕復活。
「國王似乎不肯同意。」
「可想而知，不過，那傢伙不會復活的……你好像不能理解啊。」
「是，我不明白史托羅諾夫大人的想法。我總覺得應該復活，繼續盡忠。」
「是嗎，克萊姆小兄弟這樣想很好。我……如果我死了，不要讓我復活。我不覺得自己……有走過充滿遺憾的人生。」
「我倒是希望有人讓我復活，我想為拉娜大人盡心盡力，直到殞身滅命，不過也要有那個錢才行。」
在王國只有一位魔法吟唱者能使用復活魔法，她一定會索取超高的——正當的復活魔法使用費。

惡魔騷亂時因為所有冒險者組成一隊，所以好像算是特例，但平常進行復活時，必須支付大筆金額。那筆金額貴得嚇人，平民或是士兵就算花一輩子也賺不到，克萊姆也是如此。

布萊恩沒說「公主殿下會幫你付吧」，只是回答「這樣啊」。

沉默再度降臨，這次換布萊恩先開口。

「我一直很想打倒那傢伙……」

克萊姆沒答話，布萊恩也不期待他答話。不對，冷靜一想，這種事跟克萊姆說也沒用，但他就是很想發洩一下累積在心裡的某些東西。

「以前我曾經輸給他，所以我很希望下次能贏他。但是，如今已經沒機會了……唉，讓他給跑啦。」布萊恩望著夜空。「可惡……」

「……布萊恩先生。」

我該怎麼做？

該怎麼回應葛傑夫的心意？

「不，也是，我在猶豫什麼？只有兩條路，要麼繼承他的遺志，要麼不繼承，就這樣。我要……贏……？啊，原來如此。」

答案根本就只有一個。

布萊恩臉上露出凶猛的笑意，將剃刀之刃對準天空。

「哼！誰要繼承你的遺志啊！」

布萊恩從五臟六腑深處發出怒吼。

「是你自己選擇送死的！竟敢給我選了最輕鬆的路！你就在陰間好好後悔吧！我——我要用我的方法超越你！克萊姆！喝酒啦！酒！喝個痛快！」

他並不知道該怎麼做。

但他才不要乖乖繼承葛傑夫的遺志，這樣自己豈不是永遠贏不了他？

反正今後自己一定會常常想起葛傑夫的事，不過，現在就暫時忘了他吧。

布萊恩伸手摟住困惑的克萊姆的肩膀，硬是往前走，感覺雙手變得輕了一些。

新章

Brand New Chapter

人們都在期盼春天的來臨，尤其是親身感受著大地回春的農村更是如此，不過都市地區也是一樣的。只不過，都市地區是以不再需要木柴等暖氣費，來感受春天的來臨。

耶．蘭提爾迎接了春天到來，然而這一天城裡只有寂靜。

大道上空無一人，彷彿城裡沒有半個活人。但是，關起百葉窗——仔細一看會發現開了個小縫——面對大道的房屋當中，有著人們的氣息。那是人們屏氣凝息偷窺外頭的氣息。

就在這天，耶．蘭提爾被轉交給安茲．烏爾．恭，成為了魔導國的都市。

第一道城門開啟，表示歡迎的鐘聲響起。

等經過一段夠長的時間後，第二道城門開啟，鐘聲再度響起。

第二道城門與第三道城門之間，正是都市居民最多的區域。

居民們雖然害怕，卻沒有逃出都市，因為他們知道就算逃走，也只能過著毫無希望的生活。

就算是師傅或工匠階級的人，去了其他都市，大多還是得從徒弟階級開始做起。

歷史悠久的都市當然都有所謂的既得權益，外人來到這裡，自然得從最低階級開始往上爬。換句話說，就算逃到別的都市，大多數人都會找不到像樣的工作，一輩子得在貧民窟過活。

無處可逃的民眾——大多數居民都留了下來。

不過他們仍然做好了打算，一旦有生命危險就要逃走。這是當然的了，他們聽說新的領主……不，新的君王是個可怖的存在。

據說他是屠殺了王國軍的魔法吟唱者。

據說他是外形有如不死者的冷血存在。

據說他是最愛沐浴兒童鮮血的怪物。

諸如此類，沒一項好的傳聞。

所以民眾都躲在門窗後面偷看，想看安茲．烏爾．恭一眼。

不久，安茲．烏爾．恭一行人來到了大道。

看到他的模樣，所有人都說不出話來。

因為他的外形正如傳聞。

第一個現身的人還好，走在隊伍前頭的人，是一位散放明月光輝的美女。

她身穿純白禮服，一頭烏亮黑髮，肌膚有如雪白大理石。以琳瑯滿目的珠寶妝點己身的模樣，甚至引不起肉慾或嫉妒。不過，頭部長出的犄角以及生於腰際的黑色羽翼，尤其是那副美貌，都讓看到的人知道她不是人類。

宛若女神的絕世美女身後，跟著一群戰士。看到他們，居民們都嚇得發抖。

從鎧甲形狀的差異，可以看出戰士們分成兩隊。

第一隊如果要取名字，或許可以稱為死亡騎士團。

他們手持幾乎覆蓋四分之三身體的塔盾，右手拿著波紋劍。

破爛不堪的披風隨風飄揚，身高超過兩公尺的巨大身軀穿著黑色金屬製成的全身鎧，上面布滿類似血管的鮮紅紋路。鎧甲上到處突出銳利尖刺，簡直就是暴力的化身。

頭盔冒出惡魔犄角，臉部位置開了洞，露出腐爛的人臉。空蕩蕩的眼窩當中，對活人的恨意與殺戮的期待化為耀眼紅光。

另一隊如果要取名，應該稱做死亡戰士團。

他們攜帶著握柄很長的單刃劍，腰上掛著手斧、釘頭錘、十字弓、鞭子、短矛等多種武器。每種武器都滿是傷痕，證明它們是經過長期使用的。

這些人身高約莫兩公尺，穿的鎧甲可以算是輕裝。他們身穿不知道是用什麼動物的皮革製成，破爛不堪的皮甲，上臂與臉部等部位纏著咒帶——寫著咒字的繃帶。

繃帶底下隱約露出的，跟剛才那些人一樣，是絕不可能屬於活人的殘破臉孔。

兩支軍團的所有成員，看起來都像是擁有壓倒性力量的存在，然而當他們好幾個人抬著的轎子映入視野時，至今的衝擊被更強烈的衝擊覆蓋，忘在九霄雲外了。

坐在轎上的不死者，飄散出震懾人心的死亡氣息，散發沖天的黑色煙霧。不只如此，背後還發出漆黑光芒。

所有人都立刻直覺認定。

那就是安茲．烏爾．恭。

很多人都確定了一件事，那就是自己不可能在這種人底下生活，不是一句生命危險就能了結的。就在這時，傳來了用力開門的聲音。

民眾好奇地從小小隙縫拚命偷看外頭的情形，看到一個小孩在奔跑。小孩手上握著什麼東西，往安茲．烏爾．恭的異形隊伍跑去。後面追著一名臉色發青的女性，應該是母親。

「把爸爸還給我！」

小孩稚嫩尖銳的聲音異樣地響亮。

「把爸爸還給我！你這怪物！」

男孩手臂一揮，扔出了某個東西。是石頭。

小孩拿著的石頭往一行人──八成是瞄準了安茲．烏爾．恭──飛去。

或許也是因為緊張，石頭根本飛不遠，掉在地上滾了滾。

後面追上來的母親一副魂不附體的神情，彷彿明白到自己與小孩即將面臨的命運。
母親從背後抱緊了小孩，拚命用自己的身體想保護他。
「小……小孩子不懂事！求求您！請大人饒命！」
聽到母親拚命求饒，美女微笑了。
得救了，那副慈母般的溫柔笑靨，讓所有人都不禁放下心來。
「——敢冒犯安茲大人，罪該萬死。」
不知何時拿出來的，美女手中握著一把巨大的長柄戰斧。無庸置疑地，美女的臂力超乎常人。
戰斧的用途也很容易想像，而且不可能猜錯。
「還真是養了頭劣等家畜呢，每公斤單價低落可是畜牧業者之恥喔。」
看著美女慢慢走來，母親領悟到自己與小孩將面臨何種命運，抱緊了孩子。
「求您了！放過，放過孩子吧！我的性命任您處置！求您了！」
「妳這是什麼話？我怎麼可能殺妳呢？安茲大人不喜歡無謂殺生，不會濫殺無辜的。妳儘管放心，等著一堆絞肉在自己手中完成吧……我自己是滿喜歡炸肉餅的。」
不知道她會用什麼方法殺死母親抱緊的孩子，但所有人都明白孩子的短暫人生將在幾秒鐘後結束，也沒人挺身相救。

所有人都不想看到即將發生的慘劇，卻沒有人能別開視線。
孩子與母親都被美女發出的陰氣嚇得不能動。
「你就一邊後悔不該得罪這世上最崇高的偉人，一邊死去吧。」
美女正要揮動巨大武器的瞬間——轟地一聲，大地震動了。震動來自擋在可憐的兩人與美女之間，刺在地上的大劍。
在這個都市裡，沒有人不知道那把劍——以及劍的主人。
活生生的傳說。
不敗的戰士。
悲天憫人的大英雄。
看到唯一能拯救兩個可憐人的存在登場，每個人都在心中高喊大劍之主的名字。
——黑暗戰士，飛飛的名字。
身穿漆黑鎧甲的男人在大道上緩緩現身，拔起刺在地上的劍。他把大劍一轉，揮開沾在上面的塵土。飛飛另一隻手也已經握住了劍，進入戰鬥態勢與美女對峙。

「不過是小孩子扔顆石頭就這麼粗暴，會嫁不出去喔。」

「被你這樣講，我一點都不高興……嗯哼！對安茲大人無禮的人，無分大人小孩，全都得死。」

「如果我說我不准呢？」

「那我就當你有意反抗統治此地之王，宰了你。」

「是嗎，那也不錯。不過，別以為妳能輕易取我的性命。做好死在這裡的覺悟，放馬過來吧。」

飛飛靈巧地揮舞雙手的大劍，擺好架式。那大膽而充滿魄力的態度，確實不負英雄之名。

「你們保護安茲大人。」

美女對身後率領的黑鎧戰士們下令後，自己也舉起握在手中的長柄戰斧。

旁觀的民眾本以為飛飛一定能獲勝，然而對峙的兩人散發的同等氣魄否定了這種看法。他們直覺認為美女也是能與飛飛匹敵的戰士，無庸置疑。

兩人以公釐為單位，慢慢縮短雙方的間距。打破這種一觸即發的氛圍的，正是安茲・烏爾・恭本人。也許是借助魔法的力量，安茲無聲無息地跳下轎子，降落在地上，從背後抓住美女的肩膀。

「安茲大人！」

安茲就這樣湊到美女耳邊，低聲說了些什麼。美女臉上洋溢著令人著迷的溫柔笑意。

「好的，安茲大人，謹依尊命。」

美女向安茲行了一禮，然後將長柄戰斧指向飛飛，不過已經沒有剛才的殺氣了。

「……還沒問你的名字呢，報上名來。」

「飛飛。」

「是嗎，飛飛。我問你，你認為你能打贏我們嗎？」

「……不，不可能。即使以命相搏，也只能殺了妳，或是那邊那一個吧。」

聽到這番話，絕望感襲向市民們的心頭，因為這下他們知道，就連那個大英雄也只能殺死其中一個怪物。

「再說……我如果拿出全力應戰，會有很多人遭到波及而死，這我做不到。」

「真是愚蠢，擁有優秀的力量，卻為了弱者──廢話說多了。安茲大人似乎想跟你做個提議，心懷感激聽著吧。安茲大人要你投降，加入我們納薩力克。」

「──他瘋了嗎？」

「真是失禮，安茲大人並不打算以殺戮與絕望支配這個都市，況且殺掉人類對安茲大人又沒什麼好處。但就算這麼說，這個都市的居民大概也不會相信，所以我要你在安茲大人身邊做事。」

「……什麼意思？」

「今後，這個都市也許會有人跟剛才那個蠢貨一樣，對安茲大人丟石頭。發生這種狀況時，我要你砍下那人的頭。相對地，你可以待在安茲大人身邊監視，以防安茲大人欺凌這個都市的無辜百姓。」

「……原來如此，也就是要我當監視人，隨侍他身邊是吧？」

「有點不對，我剛才也說過，你得親手處決造反之人。也就是說你是市民代表，同時也是法律執行人。」

「我無意遵從惡法。」

「我們也無意施行那麼惡劣的法律啊。所以你的打算呢？如果你不願意將自己的劍獻給安茲大人，我就要視你為危險人物，在這裡殺了你，無論會波及多少人類。」

飛飛環顧周圍。

「我是為了某個目的而旅行，本來是不打算成為任何人的屬下……」

「如果這是你的回答，那也行。那麼就來波及居民，廝殺一場吧？」

「等等！別貿然決定，我還沒說我要怎樣。再說我有個搭檔，她要怎麼辦？」

「那麼那人也一起侍奉安茲大人吧，除此之外還會有別的答案嗎？」

「要是以前的我，一定會以旅途的目的為優先……看來我對這都市意外地有點感情了。我無法對你們屈膝，這樣也無所謂嗎？」

安茲再度靠近美女，低聲呢喃了幾句。

「安茲大人說他准許，飛飛，你就為安茲大人效力吧。」

「……知道了，不過記住，只要你們毫無來由地傷害這個都市的人民，這把劍就會砍下妳與你們的腦袋。」

「……那麼當這個都市的人類反抗安茲大人時，你就用你的劍砍下叛徒的腦袋吧，就算是小孩也一樣。真期待看到這個都市的人造反，以及你心痛地殺死市民的模樣呢。那麼我們先走了，你隨後跟上吧。」

安茲．烏爾．恭一行人開始慢慢前進。等到異樣地長的隊伍終於結束，他們都走遠了，人們才從家家戶戶中蜂擁而出，讓人驚訝原來這裡有這麼多的市民。

他們異口同聲讚揚飛飛的名字。

飛飛害臊地伸出雙手推辭，這時傳來清脆的「啪」一聲，一看，母親給了孩子一巴掌。

「你怎麼這麼大膽！」

她連續揮了孩子好幾個耳光。

母親跟孩子都在哭，但母親仍然不停手。

飛飛抓住了母親的手。

「差不多夠了吧，我有點事想問他。」

「這孩子給飛飛大人惹了麻煩！真的非常抱歉！」

「不，別在意，我才要道歉。啊，你也別哭了，我有點話想問你。」

飛飛拚命安撫哭泣的孩子，問他為什麼會做出那種事。

大家都以為男孩是想為父親報仇，但男孩說有個奇怪的男人慫恿自己，讓他以為扔石頭才是正確的行為。

「原來如此……這位太太，還是別再責罵孩子了，我想他是被魔法操縱了。我猜是教國的陰謀，想讓我與安茲．烏爾．恭互相殘殺。」

「……不，教國應該不會做那種事。我看是安茲．烏爾．恭的陰謀吧？想用這種方式拉飛飛大人當自己的手下。」

聽幾年前開店的店主這樣說，飛飛深深點頭。

「的確也有這個可能，這樣正合我意。今後我將待在那傢伙的身邊，監視他的動靜。只要他有意傷害各位，我定會馬上砍下他的頭。相對地，請大家千萬不要反抗安茲．烏爾．恭。」

「為什麼！只要有飛飛大人在——」

「——請別再說下去了，那幫人就是在等這個。一旦大家發起叛亂，他一定會命令我殺了你們當好玩。」

飛飛張開雙臂，以堂堂正正的態度對在場所有人說：

「我不能主動違反剛才的約定，所以，只要那幫人沒對各位做出無理要求，我希望大家能接受他們的統治。不過只要覺得他們強人所難，希望大家可以來告訴我。」

市民們理解到自己對飛飛而言等於是人質，都露出悲痛的表情。

飛飛對悲傷的市民溫和地笑笑。

「大家別這麼難過，說不定那人意外地是個明君，就暫時觀察一陣子吧。再說如果教國有所行動，也許會有人煽動你們發起叛亂，所以請大家保持警戒。」

沒有人能接受。

不過，也沒人提出反對意見。

安茲．烏爾．恭是不死者。沒有人能信任憎恨，傷害活人的存在。但是大家都相信飛飛，況且飛飛還為了他們放棄自己的目的，所以大家當然也想回應飛飛的一片好意。

聚集起來的市民異口同聲贊成飛飛的提議，答應會跟自己身邊的人解釋這件事，就各自散去了。

結果，耶．蘭提爾沒流一滴血就達成了和平統治，令鄰近諸國難以置信。

OVERLORD
Characters

角色介紹

Character 39

吉克尼夫・倫・法洛德・艾爾・尼克斯

人類種族

jircniv rune farlord el nix

鮮血皇帝

職位——巴哈斯帝國皇帝。

住處——巴哈斯帝國皇城。

職業等級 —皇帝（一般）——?lv

大帝（一般）——?lv

領袖（一般）——?lv

其他

生日——上風月1日

興趣——收集外國情資，與本國狀況做比較檢討。

personal character

帝國的年輕皇帝，別名鮮血皇帝，才華洋溢，擁有優良血統。他將帝國騎士團完全掌握在手裡，藉著軍事力量一口氣肅清貴族。未結婚而有孩子，但對孩子沒什麼感情，如果覺得孩子昏庸不配成爲下任皇帝，可以輕易捨棄。由於他的父皇，也就是前任皇帝是遭母后毒死的，而自己登基後又立刻處死了幾個親兄弟，造成他的一部分內心崩潰。

Character 40

夫路達·帕拉戴恩

人類種族

fluder paradyne

三重魔法吟唱者

職位——首席宮廷魔法師。

住處——大魔法吟唱者之塔。

職業等級－魔法師——?lv

禁術師——?lv

祭司——?lv

其他

生日——太久了不記得。

興趣——關於魔法的一切。

{ personal character }

踏入超越人類物種極限的領域之人稱爲英雄，超越英雄極限的存在則稱爲偏常者。夫路達就是一個這樣的偏常者，在人類種族的魔法職業當中，則屬於整個大陸僅有的四人之一。他站上超越常人的領域，組合三個系統的魔法，開發獨門儀式魔法等等，並使用這種魔法延長壽命。

Character 41

厄里亞斯·白朗·蒂爾·雷文

人類種族

elias brandt dale raeven

溺愛兒子的大貴族

職位——里·耶斯提傑王國大貴族。

住處——耶·雷布爾的府邸。

職業等級－高級貴族（一般）——?lv

賢者——?lv

領袖（一般）——?lv

其他

生日——下火月30日

興趣——關於小孩的一切。

personal character

受許多貴族畏懼的大貴族。順便一提，這個男人只對妻子講過兩次「我愛妳」。第一次是小孩出生的兩天後，另一次是小孩兩歲時的結婚紀念日。第二次講得很小聲，而且不是面對面講，所以或許不能算進去。至於他爲什麼不肯明講，是因爲他認爲「妻子不可能不懂我的心情，所以沒必要特地說出口」。

OVERLORD
Characters

四十一位無上至尊——篇

角色介紹

3/41

泡泡茶壺

異形類種族

bukubukuchagama

黏液主盾

personal character

頗有名氣的聲優，經常爲幼女系角色配音。
平常也是用比較高的聲線講話，但其實大多是演技，
在對佩羅羅奇諾生氣時會發出比較低的聲線，
這好像比較接近她原本的嗓音。
其他能力非常低，但防禦力超強。
而且玩家能力也很高，還能擔任指揮官，
在公會全體出動時，有時也會由她這個主盾率領一支小隊。

4/41

佩羅羅奇諾

異形類種族

peroroncino

爆擊之翼王

personal character

總是大言不慚地說「科技發展都是先用在軍事上，
再來是色情與醫療，這證明了色情的偉大」。
很多人都不只一次看過他熱情推廣十八禁遊戲之後，
卻因爲聽到姊姊的配音而心情跌入谷底的模樣。
創角特別著重弓術能力，
擅長使用特殊技能進行超遙遠距離的轟炸攻擊，
但相反地，在狹窄的場所戰鬥能力就會大打折扣。

後記

賞光買下第九集的各位，大家辛苦了。不知道怎麼搞的，又寫了既厚且重的一集。

在執筆之前，記得我還問編輯大人：「這集沒什麼可以寫的，能不能大概兩百頁就結束？」想不到寫完送廠，原稿印出來一看才發現，「怎麼這麼厚一疊？」

好神奇喔。

真的太神奇了，多出來的兩百頁是從哪兒跑出來的？

不過我在想，差不多可以找一集試著用三百頁寫完。不是上下篇各三百頁喔。

事情就是這樣，雖然不知道是為什麼，總之從下一集開始，小說版將會有與網路版完全不同的發展，讓我心驚膽戰，不過還是希望大家能繼續支持。我先聲明，第十集絕對只有三百頁。

話說深山フギン老師執筆的漫畫版《OVERLORD》上星期已經上市，這星期則是這本小說版第九集《OVERLORD》出爐。然後下星期動畫版《OVERLORD》

就要開始播出了，可說是連續三星期的《OVERLORD》馬拉松（註：此指日本）。

本作有幸得到許多人幫助，三種版本都可圈可點（尤其是so-bin老師……說起老師接下多少工作，為了本作有多辛苦，就算眼淚流乾了也說不完。真的是……有時我甚至覺得在虐待自己！）漫畫、小說、動畫，希望大家都喜歡。

那麼按照慣例進入謝辭。

感謝so-bin老師提供精美無比的插畫，並且為了動畫作畫、漫畫製作付出許多心力，太感謝您了。

負責設計的Chord Design Studio，感謝你們不只原作相關工作，還為動畫《OVERLORD》設計了Logo。這動畫版Logo真是帥呆了，真讚。還有為繪製地圖盡心力的村田大人，檢查得鉅細靡遺的校正大迫大人，伊藤大人，謝謝你們大家。再感謝F田大人協助製作這麼厚的一本書——我本來想這麼說，但仔細一想，《OVERLORD》在F田大人負責的書籍當中好像不算太厚。還有Honey，謝謝你每次幫我這麼多。他自己是個有孩子的爸爸，因此對雷文侯爵那一幕的感想是「小孩子真的很棒」。

雖然族繁不及備載，但除了書籍之外，也感謝一同製作漫畫與動畫版《OVERLORD》的各界人士！

最後，我要對賞光閱讀本書的各位讀者致上最大的謝意！

二〇一五年六月　**丸山くがね**

Postscript by So-bin

這麼快就到第9集了。
各位也要看動畫與漫畫喔。

So-bin

爲了達成自己的目的，安茲在建國之後，仍持續度過風波不斷的每一天。安茲四處奔波解決大小問題，最後踏進了安槃利西亞山脈的委人

王國。在那裡將有何種新的火種等待著他——迎接新發展的

第10集

Volume Ten

OVERLORD 10

矮人工匠（暫定）

OVERLORD *Kugane Maruyama* | illustration by so-bin

丸山くがね

illustration◉so-bin

敬請期待
第10集